KB125384

경비원 홍키호테

경비원
홍키호테

초판 1쇄 발행 2015년 12월 12일

지 은 이   홍경석
발 행 인   권선복
편집주간   김정웅
내지디자인   용은순
표지디자인   김소영
전 자 책   신미경
마 케 팅   정희철
발 행 처   도서출판 행복에너지
출판등록   제315-2011-000035호
주   소   (157-010) 서울특별시 강서구 화곡로 232
전   화   0505-613-6133
팩   스   0303-0799-1560
홈페이지   www.happybook.or.kr
이 메 일   ksbdata@daum.net

값 15,000원

ISBN 979-11-5602-299-2   (03810)

Copyright ⓒ 홍경석, 2015

도서출판 행복에너지는 독자 여러분의 아이디어와 원고 투고를 기다립니다. 책으로 만들기를 원하는 콘텐츠가 있으신 분은 이메일이나 홈페이지를 통해 간단한 기획서와 기획의도, 연락처 등을 보내주십시오. 행복에너지의 문은 언제나 활짝 열려 있습니다.

경비원
홍키호테

홍경석 지음

도서
출판 행복에너지

나는 1959년생 돼지띠 베이비부머이다. 이 시대 필부들의 거개가 그러하듯 나 또한 지긋지긋한 가난과 가장 먼저 조우했다. 이어선 설상가상의 난제들도 잇달아 똬리를 틀고 앉았는데 가장 먼저의 '낭패'는 어머니와의 이별이었다. 그것도 고작 나의 생후 첫돌도 안 된 즈음부터의 너무도 이른, 그러면서도 영원한. 좌절과 자학의 이중 늪에 함몰된 편부께서는 그때부터 철저히 당신 자신을 포기하는 삶에만 열중(熱中)하셨다. 그 불합리한 열중을 바꿔 가장의 본연이자 본분인 '충실'의 일부만이라도 아들인 나에게 나누어 주셨더라면……!

그래서 나도 소위 가방끈이 길었더라면 지금의 나는 과연 박봉의 경비원으로 하염없이 늙어만 가고 있을까? 단언컨대 아니다! 아버지께서 최소한 고등학교, 아니 중학교까지만이라도 학업을 계속할 수 있도록 '배려'만 해 주셨더라도 별명 홍키호테처럼 특유의 열정과 끈기가 각별한 나로선 분명 어떡해서든 대학까지 졸업하고도 남았으리라 단언한다. 이러한 나의 생각은 가정(假定)이다. 사실 이 가정이라는 건 허망하기 짝이 없는 신기루이자 사상누각이다. 그렇긴 하더라도 이러한 가정이 있기에 사람은 이 풍진 배신의 세월을 어쨌든 견디며 살 수 있는 것이다.

예컨대 비록 오늘은 힘들고 괴롭지만 후일엔 반드시 고진감래의 종착역이 있으리라 믿는 따위 등등 말이다. 무심한 세월은 여류하여 나에게도 이순(耳順)이 저 앞에서 손짓한다. 이 삭풍의 세상을 60년 가까이 살아오면서 딱히 벌어놓은 돈도, 뭣 하나 내세울 것 역시 없다. 하지만 주변의 친구와 지인들은 나를 무척이나 부러워한다. 그 이유는 단 하나, 그 어려운 '자식농사'에 성공했다는 이유 때문이다. 아들과 그 아래 딸, 이렇게 남매를 둔 나는 사실 남들이 부러워하듯 자식농사에 성공했다. 현재 아들은 삼성전자의 대리로, 딸은 서울대학교병원에서 임상심리사로 근무한다. 곧 맞이할 사위 역시 서울대 출신의 수재 직장인이다. 이런 '자식농사'의 성공 노하우를 널리 알리고자 하는 게 이 책의 우선 발간 의도다.

또한 비록 가난할망정 가정이 화목해야만 비로소 아이들도 공부에 오롯이 정진할 수 있다는 생각 또한 한몫했다. 불출가 이성교어국(不出家 而成教於國)이란 가정을 경영하는 것은 국가를 경영하는 것과 마찬가지란 뜻이다. 즉 가정이 평온해야만 자녀도 올곧게 잘 자란다는 의미다. 그렇긴 하지만 세상사 모든 것엔 공짜가 없는 법이다. 따라서 대체 어찌했기에 최저생계비도 못 벌어 만날 허덕이는 경비원 나부랭이 따위가 아이들을 향한 농사에 있어서만큼은 그처럼 성공했나를 가감 없이 밝히고자 하는 발상도 이 책을 내게 된 동기다.

아울러 최근 들어 뉴스에 등장하는 빈도가 늘었고 심지어는 각광(?)까지 받는 직업이 된 경비원의 세계와 함께 알려지지 않은 경비원의 애환도 밝히고자 한다. 혹자는 우리네 베이비부머 세대를 일컬어 우리

나라의 고도성장을 이룬 인구보너스 1세대라고 했다. 틀린 말은 아니다. 지난 반세기 대한민국 경제사의 주역은 바로 베이비붐 세대였기 때문이다. 하지만 베이비부머 세대는 커다란 오류와 아울러 실책을 남겼다. 그건 바로 자녀에 대한 학력에의 지나친 올인(다 걸기), 예컨대 명문대를 보내고자 별의별 수단과 강구까지를 남발했다는 것이다.

그뿐만 아니라 자녀의 결혼에 있어서도 지나친 과시문화의 벽에 가로막혔다. 식대만 수만 원을 호가하는 주변 호화 결혼식의 고루한 답습은 지난날 자신이 그리 못했다는 상실감의 상쇄 보상심리치고는 너무도 지나친 측면이 농후하다. 과거엔 국수 한 그릇만으로 얼마든지 자녀의 결혼식이 용이했다. 한데 이런 조촐한 문화가 상실되다 보니 급기야 '오포세대'를 넘어 급기야 '칠포세대'의 비애까지 넘실대는 것이라고 본다. 돈이 없다는 이유로 결혼조차 못 하는 건 분명 비극이다. 결혼은 남들 보기에 근사하자고 하는 게 아니다. 관건은 예나 지금이나 신랑과 신부가 백년해로하는 것이다. 또한 힘겹게 아들딸 결혼시키고 부모가 빚에 허덕이는 건 결코 바람직한 일이 아니다. 더욱이 우린 이제 은퇴세대가 아닌가! 따라서 이제라도 바뀌어야 한다. 결과는 원인에서 기인한다.

선진국처럼 자녀가 스스로 대학을 가고 등록금을 해결하며 결혼비용까지도 알아서 하게끔 '방관해야' 마땅하다는 주장이다. 빈부격차가 심화되다 보니 있는 사람과 없는 사람의 자녀교육비(사교육비 포함)는 얼추 10배 이상까지 간극이 벌어지는 즈음이다. 이 책은 그런 악순환의 고리를 끊고도 얼마든지 자녀를 소위 명문대에 보낼 수 있는 방법까지 알려드리고자 기획되었다. 또한 우리 주변에 위치한 도서관을 이용함으로써 꿩 먹고 알까지 먹을 수 있는 노하우의 전수 역시 본 저서의 발간 의도 중 하나다. 보잘 것 없는 이 책이 가난하여 자녀를 학원조차 보낼 수 없는 분들께도 약소하나마 밀알 역할이라도 할 수 있다면 저자는 만족할 것이다. 끝으로 이 책이 세상의 밝은 빛을 볼 수 있도록 물심양면 도움을 주신 도서출판 행복에너지의 권선복 사장님께 심심한 사의를 표한다.

가난도 기회로 삼을 줄 아는
지혜를 담은 책

이중숙(대전광역시 가양도서관장)

이 책은 독서를 통해 자아계발과 자녀양육, 사회활동을 해 나가는 아버지의 삶을 진솔하게 보여주고 있다. 독서는 지식습득만이 아니라 두뇌계발에 최고로 좋은 학습법이다. 자녀가 독서를 좋아하게 만들려면 어른들이 먼저 책을 펼쳐야 한다는 것은 누구나 다 아는 일이지만 쉽지 않은 일이다.

그런데 여기 책을 가까이 하고, 책에서 배운 대로 실천하기 위해 노력하는 아버지의 진솔한 이야기가 잔뜩 담겨 있다. 저자는 도서관을 통해 자녀들을 사교육비 지출 없이 아들을 대기업에 딸을 명문대에 보낸 진정한 도서관 예찬론자로서 본인과는 저자가 도서관 백일장 대회에 적극 참여하여 시상을 받게 된 것을 계기로 알게 되었다.

늘 자녀들과 손을 잡고 다정히 도서관을 출입하던 자상한 아버지의 모습이 아직도 눈에 선하다. 부모가 책을 통해 세상을 바라보는 깊이를 배워갈 때 아이들도 책을 통해 자신과 세상, 우주와 소통하는 법을 배우고 마음의 키를 높여 나간다. 특히 외우기보다는 이해하는 능력이 성적을 좌우하는 융합교육의 시대에 독서교육은 더욱 중요해지고 있으며, 독서를 통해 쌓은 배경지식과 통합적 사고능력은 우리 자녀의 미래를 좌우한다.

도서관을 운영하면서 비싼 사교육이나 학원에 보내지 않고도 도서관에서 독서를 통해 자녀를 훌륭하게 키워낸 사례들을 종종 접하곤 하는데 이는 진정 내 일처럼 기쁘고 또한 도서관에 근무하는 데 자부심까지 느끼게 한다.

아울러 진정한 공부란 주입식 교육이 아닌 독서를 통한 깊은 사유와 자기주도적 학습에서 비롯됨을 새삼 되새기게 된다. 나에게 미래를 위해서 가장 가치 있는 투자가 무엇이냐고 묻는다면 서슴없이 독서라고 답하겠다.

독서는 내면의 성장을 돕는 키워드이자 우리 삶을 어떻게 변화시키고 영향을 미치는지에 대한 깊은 통찰을 건네주기 때문이다. 좋은 책을 읽는다는 것은 성스러운 즐거움이며, 내가 원하는 곳이라면 그 어디라도 갈 기회와 다름없다.

요즘처럼 남 탓, 부모 탓, 세상 탓하며 책임전가하기 쉬운데도 불구하고 자포자기하지 않고 주어진 여건에서 가장 잘하고 좋아하는 글쓰기를 통해 삶의 보람을 찾고 자녀분들을 훌륭하게 키워낸 저자의 모습은 실로 존경할 만하다.

가난도 기회로 삼을 줄 하는 지혜, 고난과 위기를 기회로 삼는 긍정적인 자세 등은 이 시대에 진정 경종을 울린다. '하늘은 스스로 돕는 사람을 돕는다.' 라는 말이 바로 이런 때 하는 말이 아닐까 싶다. 이 책을, 특히 대입(大入)을 앞두고 있는 자녀와 그 어머니, 아버지들께 일독할 것을 강력히 추천한다.

경험에서 우러난 삶의 지혜를
진실한 언어로 풀어내는 '생활 작가'

심규상(오마이뉴스 대전충청 팀장)

'홍키호테'와 대면한 건 10여 년 전 어느 날입니다. 글을 통해서입니다. 오마이뉴스 시민기자인 그는 거의 하루도 거르지 않고 물을 길어 올리듯 글을 썼습니다. 금세 그의 글을 읽는 재미에 푹 빠졌습니다. 글 속에는 그가 겪어온 세상 풍파가 고스란히 담겨 있었습니다.

그는 초등학교를 끝으로 중학교조차 갈 수 없었습니다. 가난 때문이었습니다. 구두닦이에서부터 날품을 팔며 시간과 맞섰습니다. 가난은 몸과 마음을 힘들게 합니다. 지치게 합니다. 하지만 그의 글에 담긴 가난은 되레 힘을 줍니다. 특유의 낙관주의가 문장마다, 구절마다 배어 있습니다. "가난이 건강을 지켜줬다."고 너털웃음을 짓습니다. 삶의 행복과 원기가 자본이나 권세에 있는 것이 아닌 낙관과 긍정에 있음을 경험으로 보여주고 있습니다.

비슷한 시기 그와 직접 만났습니다. 여러 시민기자가 모여 있었습니다. 그런데도 한눈에 그가 '홍키호테'임을 알 수 있었습니다. 호감 어린 '웃음'과 '미소'가 얼굴 가득 흐르고 있었기 때문입니다.

그는 바지런합니다. 열정이 넘칩니다. 블로그를 가꾸고 우리말 퀴즈대회에 나가기도 합니다. 늘 새로운 모습입니다. 누가 봐도 청년입니다. 20

년째 글쓰기는 그의 성실함을 말해 줍니다. 그에게 닿는 모든 것은 스스로의 삶을 깨우치는 배움의 장입니다. 그는 척박한 현실을 벗어나려고 자신을 타박하지 않습니다. 대신 질끈 신발 끈을 조여 맵니다. 한 걸음 한 걸음 움직입니다. 우보천리(牛步千里)를 떠올리게 합니다.

그는 글쓰기에 주저함이 없습니다. 몸으로 체득한 오랜 경험은 낱말 하나로도 한편의 글을 지어냅니다. 그만큼 사연이 많습니다. 그에게 '구두'라는 단어를 제시하면 순식간에 구두와 얽힌 수십 편의 글을 짜낼 것입니다.

'돈키호테'는 앞뒤를 잘 분간하지 못합니다. 저돌적이고 맹목적입니다. 그는 죽으면서 "이룰 수 없는 꿈을 꾸고, 싸워 이길 수 없는 적과 싸웠으며, 이룰 수 없는 사랑을 하고 잡을 수 없는 저 별을 잡으려 했다."고 말합니다. 여기 '홍키호테' 이야기가 있습니다. 주인공은 경위가 바르고 낭만적이고 긍정적입니다. 그는 겸손하고 당당합니다. 그러면서도 이룰 때까지 꿈꾸는 일을 마다하지 않습니다. 이길 때까지 싸웁니다. 끝내 그는 자신의 이름으로 저작물까지 내놓았습니다.

포기할 줄 모르는 진지한 삶의 이야기가 듣고 싶습니까? 이 책엔 소박한 삶 속에서 그때그때 찾아낸 싱싱한 느낌과 생각이 들어 있습니다. 그는 경험에서 우러난 삶의 지혜를 진실한 언어로 풀어내는 생활 작가입니다.

자기 이름으로 처음으로 책 한 권을 펴내게 됐다고 쑥스럽게 전하던 목소리가 떠오릅니다. 술 한 잔 걸친 그의 홍조 띤 얼굴도 떠오릅니다. 그의 꾸밈없는 이야기를 좋아합니다. 한 잔 걸치며 그가 펴낸 책을 화두로 그의 이야기를 듣고 싶습니다.

가슴을 울리는 따스한 시선

최재근(굿모닝충청 총괄국장)

월간 '샘터'가 글을 쓰게 된 동인이라고 했다. '샘터'에 올라 온 글을 보고 "나도 한 번 써볼까?"해서 기고한 글이 자신의 이름으로 버젓이 올라간 것에 용기를 얻었다고 했다. 그렇게 시작한 글쓰기가 벌써 20년.

그동안 문학관련 상만 100여 차례 이상 수상했다. 수필가로도 등단 했다. 여러 매체에 시민, 객원 기자, 그리고 넷포터와 리포터 등으로 왕성한 활동을 했다. 나와는 1년 전 인연을 맺었다.

'굿모닝충청' 시민기자 등록 그리고 "자신의 글을 기고하고 싶다."는 한통의 전화가 출발점이 됐다. 누구나 겪을 만한 일상의 편린들을 특유의 감성으로 녹여내었다. 시사적인 문제에도 거침없는 입담을 쏟아내기도 한다.

저변에 흐르는 사람 냄새와 따스함, 그리고 배려는 그의 글이 가진 매력이다. 언젠가 그는 '굿모닝충청' 기고를 통해 작가적 갈증을 토로하기도 했다. 강산이 두 번 바뀔 정도로 글을 써 왔지만 자신의 이름으로 된 책을 갖지 못한 것에 대한 목마름이었다.

'타는 목마름으로' 아마도 이것이 책을 내는 동력이었으리라. 간절하면 이뤄진다고 했던가. 마침내 그가 책을 낸다고 했다. '경비원 홍키호테' 그가 걸어온 인생역정에 걸맞는 제목이다.

초졸 학력이 전부인 경비원이 대기업 직원인 아들과 서울대(학원)을 졸업한 딸 등 두 자녀를 훌륭하게 키워낸 이야기를 담았다. 항상 낮은 곳에 있었지만 좌절하거나 절망하지 않고 미래를 설계해왔던 삶의 여정을 진솔하게 풀어놓았다.

언제나 그랬듯 살아가는 모든 것들에 대한 따스한 시선은 가슴을 울리기에 충분하다. 책을 내기로 결심한 뒤 했던 얘기다. "글쓰기에 전부를 걸고 최선을 다했더니 인생은 내가 원하는 것들을 천천히 하나씩 선물해 주었다."

선물만큼 사람의 마음을 기분 좋게 하는 것이 있을까? '경비원 홍키호테'는 아마도 같은 시대를 함께 살아가고 있는 모든 이들에게 주어지는 또 하나의 선물이 될 것이다. 찬바람이 불기 시작하는 계절, 자칫 쓸쓸해질 수 있는 마음을 이 한 권의 책으로 위안받아보는 것은 어떨까.

● 목차 ●

PART 1

명문대의 품격

서울대 가는 길

서울특별시 관악구 신림동 산 56-1번지. 지금의 도로명주소인 서울시 관악구 관악로 1번지로 바뀌기 전 서울대학교의 주소이다. 머리털 나고 처음으로 서울대를 가게 된 건 오로지 똑똑한 딸을 둔 덕분이었다. 동행한 아들도 말만 듣던 서울대를 구경한다는 설렘 때문이었는지 발걸음이 꽤나 낭창낭창했다. 더욱이 그 대학은 다른 사람도 아닌, 유일한 자신의 여동생이 다니는 대학이 아니던가! 이윽고 서울대에 들어서니 '샤'자 모양의 거대한 세모꼴의 정문이 우릴 가장 먼저 맞았다.

서울대의 약자를 의미하는 이 세모꼴 상징물은 지난 1975년 서울대학교 종합캠퍼스가 관악구인 현 위치에 건설되면서부터 서울대의 상징으로 자리잡게 되었다고 한다. 즉 1940년대부터 사용하던 학교 상징에 기초해서 만든 것이라는데 국립 서울 대학교의 머리글자인 'ㄱ' 'ㅅ' 'ㄷ'의 형상을 본뜬 디자인으로써 전체적으로는 열쇠의 모습을 하고 있었다. 이 학교의 교훈은 '진리는 나의 빛'인데 그 진로를 찾고자 하는 열쇠를 학교의 정문에서부터 상징적으로 나타내고 있는 셈이었다. 서울대에 들어서기 전 딸에게 휴대전화 문자메시지로 우리가 곧 학교로 들어설 테니 어디서 만나는 게 좋을까를 물었다. 그러자 딸은 지금 수업 중이라며 본부 건물 앞에서 기다리면 나가겠다고 했다. 풍선처럼 잔뜩 팽창한 가슴을 제어하며 딸을 기다리노라니 지난 시절이 기억의 창고에서 튀어나와 흐뭇함을 자아냈다.

"그만 공부하고 자렴~!" "아니에요, 아빠 먼저 주무세요." 딸은 고교 시절 늘 그렇게 새벽 2시까지 공부에 전념했다. 다른 집에선 부모가 자녀에게 공부를 더 하라고 닦달한다지만 우리 집은 반대였다. 딸은 초등학생 시절부터 고교 졸업 때까지 그렇게 줄곧 공부벌레로 일관했던 것이다. 그러더니 고교 3학년 초겨울에 그예 일을 냈다! "아빠, 저 서울대 합격했어요!" 딸이 거실의 프린터에서 서울대 합격증을 출력하여 건네주던 날의 감격은 지금도 결코 잊을 수 없는 희열의 극치였다. 결국 참을 수 없었던 나의 두 눈에선 연신 눈물이 분수처럼 분출되었다. 그리곤 입 안으로까지 그 눈물이 들어찼다. 하지만 오랜 세월 불변했던 익모초처럼 쓰디썼던 맛이 아니라 어느새 감로수처럼 달콤한 맛으로 변해 있었다. "악착같이 살다보면 반드시 좋은 날은 오는겨!"라는 할머니의 말씀이 그 눈물 사이로 포개졌다. 딸을 껴안았다. "아~ 우리 딸 정말 최고다! 고맙다!!" 그 감격의 눈물은 무거운 돌덩어리를 내려놓는 듯 마음까지 가볍게 해주었다. 딸은 적막하던 우리 집에 환한 웃음꽃을 피워주었다.

나는 여러 가지 사정으로 말미암아 고작 초등학교 밖에 나오지 못한 불학의 무지렁이(50세 이전까지는)였다. 따라서 내 아이들에 대한 교육열은 다른 사람들과는 확실히 남달랐다. '나는 어머니를 나의 생후 첫돌도 안 되어 잃고 알코올중독자인 홀아버지를 모시고 사느라 겨우 그것밖에 못 배웠으나 다른 건 몰라도 나의 아픔이자 부끄러움의 정점인 불학의 고통만큼은 기필코 유산으로 물려주지 않으리!' 그래서 의도적으로 아이들이 초등학생일 적부터 주말과 휴일이면 도서관에 데리고 다니며 많은 책을 읽도록 '유도했다'. 그리고 직원들이 보고 난 신문과 잡지에서 아이들 교육에 연관된 부분은 반드시 갈무리하여 집으로 가지고 왔다. 아들은 먼저 자신이 원했던 충남대학교에 장학생으로 진학했다. 3년 뒤, 제 오빠와 같이 대입 수험생의 험난한 길을 걷게 된 딸은 전교 1등을 놓치지 않았다. 그러한 남다른 저력과 자산을 바탕으로 지난 2004년 초겨울에 딸은 마침내 수시에 합격하여 서울대에 진학하게 된 것이었다.

잠시 후 딸이 환한 미소를 띠며 우리 앞에 나타났다. "아빠~ 오래 기다리셨어요? 오빠도 같이 와서 참 좋네요!" 아들은 제 여동생이 어찌나 대견해 보였던지 귀에 가서 걸린 입은 학교를 나와 신림동의 어떤 식당에서 밥을 먹을 즈음에야 겨우 제자리에 가 붙었다. 아들이 그럴진대 아빠였던 나의 뿌듯함은 과연 어땠을까! 때문에 고무된 기분을 주체 못한 나는 낮술로 소주를 두 병이나 마셨다. 딸은 1학년이었던 당시 서울대 기숙사에서 생활을 하였다. 아울러 장학생이었기에 돈도 별로 들어가지 않았다. 식사를 마친 뒤 딸에게 용돈을 몇 푼 쥐어주고 집으로 돌아오는 열차에 몸을 실었다. 휙휙 스쳐 지나가는 열차의 차창 밖으로 어렸을 적의 어떤 편린이 물안개로 모락모락 피어올랐다.

내가 국민학교 3~4학년 무렵이었던 것으로 기억한다. 우리 집 아랫집에서 방 하나를 세주었는데 그 방에 들어온 이는 서울대 법학과를 나온 이라고 했다. 근데 사법고신지 뭔지를 본다고 공부하느라 항상 두 문불출한다며 그 집의 주인아줌마가 동네방네 다니며 죄 소문을 냈다. 덕분에 아버지께서도 귀동냥으로 이를 아셨던 것이다. "저 밑의 집에 들어온 청년이 서울대를 나온 사람이라더라!" "근디유?" "너도 공부 열심히 해서 꼭 서울대 가도록 햐~" 하지만 당시 어린 나이였던 나는 서울대의 그 육중한 의미와 존재감까지도 도통 알 수 없었다. 나이가 더 들어 못 배운 게 한이 되어 땅을 치며 한탄했을 때는 몰라도. 어쨌든 그 청년은 1년 여 가까이 거기서 숙식까지를 해결하다 나갔는데 법조인이 되었다는 건 확인할 바 없어 모를 일이다. 여하튼 서울대와 동 대학원까지 모두 6년을 공부하는 동안 딸은 단 한 차례도 빠뜨리지 않고 장학금을 받는 자타공인 재원이었다.

그뿐만 아니라 대학원을 졸업하기도 전에 마치 입도선매인 양 서울대병원으로의 취업이 결정된 건, 녀석이 그만큼 우수한 인재라는 방증이었다. 늘 그렇게 공부를 잘한 딸은 비단 우리 집안의 웃음보따리 역할에만 머물지 않았다. 녀석의 그러한 치열한 '열공'은 나에게까지도 배움의 소중함이란 착한 전염병으로 전이되었다. 그래서 나는 나이 오십에 겁도 없이 사이버대학에 진학했다. 그곳은 무진장의 지식과 지혜라는 황금이 가득한 보물창고였다.

딸이 대학 졸업 당시 받은 최우등 상장

간절하면 보인다

2004년 늦가을의 일이다. 그날은 퇴근하면서도 '내일의 결전!'을 앞둔 탓에 마음이 싱숭생숭했다. 내일은 드디어 딸이 수시모집으로 지원한 대학에서 1차 합격자를 발표하는 날이기 때문이었다. 저녁을 먹으려는 데 일곱 시 저녁뉴스에서 예상치 않았던 대학들의 수시합격자 발표 보도를 시청하기에 이르렀다. 순간 화들짝 놀라 딸을 재촉했다. "얼른 인터넷에 접속해 봐!" 예정보다 하루 빠르게 발표된 대학의 최종합격자 발표로 인해 딸 역시도 어리둥절하기는 매일반이었다. 하지만 딸은 혹여 불합격이 될 여지도 고려하였기에 배수진을 먼저 쳤다. "혹시 불합격이 됐으면 어쩌지요?"

그러나 나는 거짓을 가장하며 큰소리를 쳤다. "괜찮아, 한 번 실수는 병가상사라고 했지 않았니? 정시모집도 있는데 뭘……" 그러나 속내는 진정 딸의 최종합격을 빌고 있었다. 어느새 식사도 하지 않고 부지런히 PC 자판을 두들기는 딸의 모습에만 눈을 박았다. 침을 삼키며 긴장하고 있던 중 잠시 후 딸의 입에서 함성이 터져 나왔다. "와~! 저, 서울대에

22

합격했어요!" 순간 중석몰촉(中石沒鏃)의 결과 도출이란 감격에 눈물이 분수처럼 치솟았다. 나와 아내는 딸을 껴안고 눈물 반 웃음 반으로 정신이 없었다. 내 딸아, 정말 장하다! 내 딸은 한국의 수험생과 학부모라면 그 누구라도 열망하는 서울대 입성(入城)의 꿈을 마침내 일궈낸 것이었다. 그로부터 하루도 안 지났는데 여기저기서 딸의 합격여부를 묻는 전화와 이미 합격을 눈치챈 지인들의 축하전화가 쇄도하기 시작했다. 너무 행복했다. 그래서 또 눈물이 나왔다.

지난 3년간 하교하는 딸을 위해 밤마다 마중을 나갔던 일이 지금도 생생하다. 그러나 당면한 경제난으로 인해 좌절의 늪에 빠져 허우적댔던 적은 또 얼마나 많았던가! 한때는 너무도 사는 게 힘들어서 스스로 생을 마감코자 하는 어리석은 기도까지도 했던 적이 있었다. 그러나 그처럼 우둔한 이 아비에 비해 딸은 항상 전교 수석을 놓치지 않았으며 아울러 자신의 목표를 달성하기 위해 일로매진하여 마침내 서울대 최종합격의 영광을 안게 된 것이었다. 아들의 삼성그룹 취업 합격과, 동격이랄 수 있는 딸의 그러한 합격은 '간절하면 보인다'의 적극적 실천 결과였다.

이순신 장군은 무려 14년 동안이나 변방 오지를 떠돌았다. 그리곤 풍찬노숙의 간난신고 끝에 마흔 일곱이 되어서야 비로소 삼도수군통제사가 되었다고 한다. 이순신 장군은 우리 국민 모두가 꼽는 불세출의 구국영웅이다. 임진왜란으로 나라가 풍전등화의 위기에 처했을 때 그의 구국의 일념과 간절함은 과연 어떠했을까! 만약에 그가 없어 바다마저 왜군에 점령당했더라면, 그래서 조선을 침략한 후 뒤늦게 출전한 명나라와

신의주쯤에서, 아니 밀고 당기는 절충 끝에 평양의 대동강 내지 서울의 한강을 경계로 하여 휴전 내지 종전을 했다면 지금의 대한민국은 과연 존재할 수 있었을까? 여기서도 볼 수 있듯 간절함은 바로 그런 것이다. 반드시 이뤄내고야 말겠다는 철옹성 같은 의지와 신념이 담보돼야만 비로소 성공하는 것이다.

나는 몇 달 전부터 작심하고 이 책을 쓰기 시작했다. 이젠 나도 독자가 아니라 저자가 되겠다는 야무진 꿈이 날개를 펼친 때문이다. 내 생애 최초의 이 책이 발간되는 날, 나는 분명 딸의 서울대 합격 발표 날 때처럼 감격하여 눈물을 보일 게 틀림없다. 그건 '간절하면 보인다'는 나의 믿음이 결실로 맺어지는 것이기 때문이다. 간절하면 방법이 보이지만 간절하지 않으면 핑계만 보인다. 간절한 바람엔 당연히 노력과 열정이 따라야 한다. 그렇지 않으면 행운과 성공의 신(神)은 여전히 외면하기 때문이다.

언젠가 EBS교육방송에서 멕시코 제왕나비를 보았다. 아메리카의 제왕나비는 매년 날씨가 추워지는 10~11월에 집단으로 캐나다에서 출발한다. 그리곤 장장 5,000km를 날아서 멕시코의 고산지대에 정착하여 겨울을 지낸다. 멕시코 시에라친과산의 전나무 숲에는 수천 만 마리의 제왕나비가 떼를 지어 모여들었다. 그들의 신비하고도 아름다운 세상을 감상하면서 나의 무지(無知)를 개탄하지 않을 수 없었다. 저 조그만 녀석들도 모진 노력을 하여 자그마치 5,000km를 난다는데 두 다리가 멀쩡한 내가 뭘 못할쏘냐. 나도 동물을 좋아한다. 그래서 봄이면 나비들도 사랑스런 눈길을 담아 카메라에 담곤 했다. 한데 종작없이 이 꽃 저

꽃으로 마구 쏘다니는 나비만 보아온 나로선 그 동영상이 충격으로 다가왔다.

여하튼 딸의 명문대 합격은 여러 가지 긍정과 희망의 파랑새로 날아왔다. 동창회 등지에 나가면 어깨에 나도 모르게 힘이 들어가 당당했다. 지천명의 나이였음에도 사이버 대학에 겁 없이 등록한 건 후일 맞을 사위와 며느리에게도 학력으로 꿀리지 않을 심산(心算)도 한몫했다. 업무 매뉴얼(manual)에 따라 야근이 주간근무보다 많은 게 경비원이다. 야근을 하면서 나는 반드시 책을 읽는다. 독서의 습관은 아이들이 어려서부터 시작했으니 30년은 족히 되었지 싶다. 한 달에 읽은 책을 최소한 다섯 권만 치더라도 1년이면 60권이다. 이를 30년으로 곱하면 1,800권이란 셈이다. 그 이상 읽었다고 자부하는 터다.

남아필독오거서(男兒必讀五車書)라는 말이 있다. 이는 남자라면 반드시 다섯 수레의 책을 읽어야 한다는 뜻이다. 과거엔 남자만이 벼슬을 하고 세상에 나아갈 수 있었으므로 이런 표현을 썼다고 한다. 그동안 내가 읽은 책을 수레에 올리면 다섯 수레엔 미치지 못할 것이다. 그렇긴 하지만 나는 책을 읽으면서 결코 농땡이를 부리지 않았다. 노트와 볼펜을 들어 독후감 형태의 글을 남겼다. 좋은 구절(句節)과 내용을 베끼는 데 있어서도 게으름을 피우지 않았다. 그러한 밑천이 있었기에 마찬가지로 겁도 없이 전국 무대의 퀴즈 프로그램에도 출전할 수 있었다. 내 별명이(에스파냐의 작가 세르반테스가 지은 소설의 주인공인) 돈키호테를 표방한 '홍키호테'가 된 건 다 이유가 있다. 돈키호테와 비슷하게 나 역시 남들이 보기론 무모하다 싶은 일을 무시로 저질렀기 때문이다.

매주 일요일 낮에 방영되는 〈전국노래자랑〉에 나가본 사람들은 아는 사실이 하나 있다. 그건 바로 예선이 본선보다 어렵다는 것이다. 〈우리말 겨루기〉와 〈퀴즈 대한민국〉 또한 마찬가지였다. KBS 대전방송총국에서 필기시험에 이어 PD와 작가들의 면접 겸 인터뷰 협공(挾攻)을 받게 되었다. 퀴즈 프로그램이란 필기시험만 잘 봐도 합격을 하고 이른바 요직으로 가는 일부 공직의 길과는 차원부터 달랐다. 간절한 바람과 의지, 그리고 무언가 특이하면서도 튀는 행동을 하지 않으면 절대로 뽑아주지 않았기 때문이다. 이를 간파한 나는 흡사 신입사원이 면접을 보듯 또렷하고 큰소리에 더하여 비장의 무기까지 뽑아들었다. "저는 성대모사도 할 줄 압니다." "그게 무엇인가요. 여기서 한번 해 보세요." 코미디언 남보원 선생과 더불어 성대모사의 달인으로 꼽히는 고 백남봉 선생은 생전에 각종 동물 소리는 물론 기차, 자동차, 그리고 경운기 시동 켜는 소리를 기가 막히게 잘 냈다. 나는 거기서 유일하게 그 경운기 돌아가는 소리를 잘 따라했기에 거침없이 그 자리서 표현했다. PD와 작가들이 배를 잡고 웃었다. '이젠 됐다! 나는 이제 본선으로 진출한다.'고 확신했고 그 믿음은 들어맞았다. (열흘 뒤 그 프로그램의 "알려 드립니다"를 접속해보니 내 이름 석 자가 선명하게 올라와 있었다.)

비록 퀴즈의 달인과 영웅은 못 되었지만 후회는 없다. 어쨌거나 나는 최선을 다했기 때문이다. 최선을 다하면 된 것이다. 간절함은 희망(希望)과 동격이다. 10년에 가까운 무명 생활을 딛고 최고 MC 자리에 올라 희망의 아이콘(icon)으로 등극한 사람이 유재석이다. 외국의 또 다른 희망 아이콘은 스티븐 호킹(Stephen William Hawking)이다. 갈릴레오와 뉴턴, 아인슈타인의 계보를 잇는 세계 최고의 우주 물리학자 스티븐 호킹은 불과 스물한 살 나이에 루게릭병으로 시한부 선고를 받는다. 하지만 그는 좌절 대신 희망을 택했다. 자신의 의지대로 움직일 수 있는 건 손가락 두 개뿐이었다. 그렇지만 머릿속으로 수식을 계산하며 '블랙홀이 사라진다'는 놀라운 연구결과를 발표했다. 일명 '호킹 복사'라 불리는 이 이론은 물리학계에 센세이션을 일으켰고 현대 물리학의 새로운 지평을 열었다는 평가를 받았다. 40년 넘게 루게릭병을 안고 살면서도 전 세계를 상대로 강연과 강의를 멈추지 않고 있는 그는 진정 인간승리의 표본이라 하겠다. 그 원동력은 '나는 반드시 물리학의 거목이 되리라!'는 간절한 바람과 적극적 실천이었을 것이다. 그에게서 나는 또 배웠다. 간절하면 보인다는 사실을. 또한 가장 큰 성공은 한 번도 실패하지 않음이 아니라 실패할 때마다 다시 일어서는 데 있다고 한 공자님의 말씀을 떠올렸다.

희망은 불법이 아니다

　나는 최종학력이 '국졸'이다. 국민학교가 초등학교로 바뀐 건 지난 1996년부터이다. 원래는 소학교라는 이름이었는데 일제 강점기 때 일본이 황국신민의 정신을 불어넣기 위해 국민학교라는 이름으로 바꿨다고 한다. 이후 독립이 된 후에도 계속하여 사용하다가 광복 50주년을 맞은 1995년에 일본식민지 시대의 잔재를 없애기 위해 1995년 12월에 교육법을 개정하여 초등학교라는 이름으로 바뀌게 되었다고 알고 있다. 아무튼 국민학교만 달랑 졸업하였기에 지금의 초등학교를 여기에 대입시켜 '초졸'이라고 하면 왠지 현실감이 떨어진다.

　나이 오십에 이르러서야 3년 과정의 사이버 대학에 가서 만학(晩學)을 했다. 그러나 교육부 비인가(非認可) 대학인지라 언죽번죽 '대졸'이라곤 하기 어렵다. 얼마 전 동창회 총무로부터 동창회에 참석하라는 연락을 받았다. 동창회에 나가 다시 또 살가운 동창생들을 만날 생각을 하니 내 맘은 마치 소풍을 앞둔 소년과도 같았다. 책장을 뒤져 빛바랜 사진 한 장을 찾아보았다. 그건 바로 44년 전 '졸업한' 국민학교 앨범에서 상고머리를 한 채 촌놈 티가 줄줄 흐르는 내 흑백사진이었다. 내가 국민학교 졸업을 앞두고 찍었던 그 흑백사진 한 장은 지금도 동창들과의 연결고리가 되고 있는 유일한 사진이다.

내가 초등학교 6학년 때였다. 당시 나는 병이 든 홀아버지와 매우 어렵게 살고 있었다. 졸업식 날이 다가왔지만 돈을 벌어야 했던 소년가장의 처지에선 졸업식에 참석하는 것마저 사치였다. 소년가장이 된 계기는 이렇다. 하루는 학교에 갔다 돌아오니 아버지께서 식은땀을 흘리며 기진맥진하고 계셨다. "밥은 드셨나유?" 힘없이 고개를 좌우로 흔드는 아버지가 측은하기 짝이 없었다. 부엌으로 들어갔다. 하지만 열어본 쌀독마저 텅 비어 당장 그날 저녁 끼니마저 위태로운 지경이었다. 차갑게 얼어버린 밥을 끓여 미음을 만들어 먹여드리고 고향역 앞으로 달려갔다.

나처럼 어린 녀석이 돈 벌 방법은 구두닦이가 제격이었다. 5학년이던 지난해 여름방학에 아이스케키 장사를 할 때 안면을 터 두었던 구두닦이 형의 손을 간절히 붙들고 늘어졌다. "나도 구두 좀 닦게 해 줘유! 그렇지 않으면 우린 굶어죽어유!" 그 형은 구두를 닦는 '닦새'가 아니라 다방 등을 돌아다니며 손님의 구두를 찍어오는 '찍새'를 시켰다. 그 형은 얼마간의 돈을 주었다. 방직공장을 지나 다리를 건너니 쌀집이 눈에 들어왔다. 쌀을 한 되 샀다. 짧은 겨울 해는 어느새 서산으로 기울고 삭풍이 뼛속까지 파고들었다.

집으로 돌아오는 고샅길엔 저녁밥을 짓는 집들의 구수한 냄새가 가족들의 도란도란한 정겨움과 어울려 하모니를 이루고 있었다. 어쩌면 사소한 그러한 것들조차 그림의 떡이었기에 나는 더욱 추워 움츠러들었다. '다른 집의 엄마들은 아이들을 줄줄이 사탕으로 낳고 좁디좁은 방에서 살을 부비며 가난하게 살지언정 달아나지 않고 잘만 살거늘 하지만 왜 내 엄마는?' 사 온 쌀로 밥을 지어 군내 나는 김치와 한 술 뜨고 밖으로 나갔다. 겨울 해는 성미 급한 손님이 주문한 음식이 늦는다며 휑하니 식당을 나가버리는 것처럼 야박하게 짧았다. 어두운 하늘을 올려다보았다. (겨울 하늘은 여전히 엄마별의 존재는 비추지 않은 채 차갑고 스산할 따름이었다.) 추위나 배고픔보다도 더 견디기 힘들었던 것은 희망 없는 기다림이었다. (얼굴조차 알 수 없는 어머니는 여전히 희망 부재의 무기한 함흥차사였다.) 지독한 가난과 외로움, 그리고 슬픔의 형극에서 어디로든 달아나고만 싶었다. 그렇지만 나마저 사라진다면 아버지는 과연 누굴 의지하며 사실 것인가! 미우나 고우나 나를 낳아주신 아버지셨다. 나는 체념하며 가출의 충동을 가까스로 눌렀다.

체념이 희망을 짓누를 때의 그 참담함은 겪어보지 않은 사람은 모른다. 지금이야 잃어버렸지만 그 즈음의 내 마음은 정주영 현대그룹 회장의 회고록에 나오는 빙설절기부 풍표무상기(氷雪切肌膚 風飄無上期), 즉 얼음과 눈은 살갗을 베는 듯 차디찬데 바람은 불고 불어 그칠 기약이 없구나……라는 심정이었다. 가난의 정점에서 살았기에 내 지난 시절의 사진은 국민학교 졸업을 앞둔 당시의 흑백사진 외는 없다. 부친 역시 달랑 사진 하나만 남기고 홀연히 저 세상으로 떠나셨다.

사진은 작은 종이에 시간을 가두어 당시의 모습을 보여준다. 그러나 사람의 기억은 시간의 흐름마저도 역행한 채 과거의 모습 중에서

미화된 부분만을 추려낸다. 아울러 그리움의 기억은 연어처럼 세월의 강까지 거슬러 오른다. 어쨌든 내가 카메라 영업을 할 당시엔 사진을 가급적 많이 찍었다. 그랬던 것은 나의 지난 사진이 없음에 대한 상쇄 차원의 보상심리에서 기인한 아쉬움의 실천이었다.

카메라 세일즈맨을 할 때 나는 비록 판매 목적이었지만 '여행'을 원 없이 했다. 제주도와 섬, 북한만 빼고 대한민국의 구석구석을 모두 가봤다. 아이들이 자라면서도 툭하면 사진을 찍었다. 나중에 결혼을 하면 나눠줄 요량으로 그렇게 많은 사진을 남긴 것이다. 내가 남들보다 비교적 일찍 결혼한 건 어머니가 없음에서 기인한 외로움이 가장 크게 작용했다. 느껴볼 수 없었던 살가운 모정을 아내에게서라도 누려봤으면 했던 것이다.

세월은 성큼성큼 흘러 아들에 이어 딸도 고등학생이 되었다. 공부에 있어서만큼은 여간내기가 아니었던 딸이었다. "지금 자면 꿈을 꾸지만, 지금 자지 않으면 꿈을 이룬다."는 글을 써 벽에 붙여놓고 공부에 열심이던 딸이 지금도 눈에 선하다. 아들도 그랬지만 딸 또한 공부를 썩 잘했다. 그래서 우리 부부는 아이들의 공부(성적 저하에 따른)로 인한 스트레스를 한 번도 겪지 않았다. 중고교 시절에도 학원 한 번 안 갔다는 딸이 서울대를 갔다고 하면 주변에서 다들 놀란다. "우리 애는 학원을 몇 군데나 다녔는데도……"

그래서 '이실직고'하는데 전혀 안 간 것은 아니다. 수시모집으로 딸이 서울대에 합격은 하였다. 허나 처음엔 최종합격이 아니라 1차 합격자였다.

따라서 면접 등의 관문이 도사리고 있었다. 그걸 통과하고도 그해 수능의 점수가 낮으면 수능 고득점자에게 밀려 불합격이 될 수도 있었기 때문이었다. 주변에 급히 자문을 구하니 서울로 가라고 했다. 그리곤 대학합격을 목적으로 한 면접 강화 프로그램을 잘 하는 학원에 다니라고 했다. 딸은 그 학원을 딱 일주일 다녔다. 매일 아침 일찍 일어나 대전역에서 열차를 타고 상경하는 딸을 배웅했다. 밤에 딸이 오는 시간이면 마찬가지로 대전역으로 마중을 나갔다. 웃기지도 않는 현상은 딸이 서울대에 최종합격한 뒤에 나타났다. 딸이 불과 일주일 다닌 학원이었건만 그 학원에선 마치 내 딸이 1년 내내 다닌 것처럼 홍보한 것이다. 그러나 우린 허허 웃으며 문제 삼지 않았다. 승자의 여유라고나 할까.

어린 시절 나에겐 희망이 전혀 없었다. 하지만 이젠 아니었다. 내 사랑하는 아이들은 나로 하여금 살아갈 목적을 제시했다. 나에게 희망을 준 것은 비단 아이들뿐만 아니다. 아내 또한 마찬가지다. 몇 달 전 참여한 지역방송의 전화인터뷰 덕분에 여성용 화장품을 공짜로 받았다. 희색이 만면한 아내는 그 화장품을 잘 썼다. 그러다가 다 떨어졌는지 어느 날엔가는 싸구려 화장품을 사다 안방의 화장대에 놓았다. 나는 아내가 그 화장품을 어디서 사왔는지 잘 안다. 중앙시장 초입에 있는 헐한 가격의 화장품을 전문으로 파는 매장에서 샀다는 걸.

부끄러운 사실이지만 나는 결혼할 때 빈곤해서 아내에게 반지 하나조차 끼워주지 못 했다. 그랬음에도 아내는 그걸 지금도 타박치 않으니 내가 되레 미안할 노릇이다. 언젠가 시사고발 프로그램에서 보니 외국 유명브랜드의 고가 화장품이 가장 많이 팔리는 나라가 바로 우리나라라고 했다. 아내는 우리가 처한 가난 탓에 화장품 역시도 지금껏 싸구려 국산 화장품만을 사용해오고 있다. 그러나 진정한 아름다움은 외모에 있지 않고 마음속에 있는 것이라 했던가. 그래서 아내가 여전히 곱고 아름다운 모습과 마음을 겸비하고 있는 것이라 생각한다.

한때 나는 위만 바라보고 살면서 나 자신이 참으로 불행하다는 편견을 지닌 적이 있었다. 그렇지만 그 또한 이젠 아니다. 그건 바로 '내 살가운 가족이 무변하게 곁에 있는 것만으로도 나는 여전히 행복한 사람'이라고 생각을 바꾼 덕분이다. 또한 모든 건 마음먹기에 달렸다고 보며 살고 있다. H. 노이만은 '사람의 마음에는 방(房)이 둘 있어서 기쁨과 괴로움이 따로 들어 산다'고 했다. 맞다. 세상사의 모든 것 역시도 마음먹기에 달린 것이다. 제 아무리 물질이 풍요한 부자인들 마음이 헛헛하고 자식들이 속을 썩인다면 그게 무슨 진정한 부자라 하겠는가.

또한 인생사라는 건 본디 희로애락과 새옹지마의 점철이라 하였으니 우리도 지금처럼 열심히 살다보면 언젠가 잘 살 날은 기필코 도래하리라. 인생이라는 차(車)를 운행하다 보면 때론 비가 내린다. 설상가상 폭설로 인해 꼼짝을 못 하는 경우도 발생하는 법이다. 그러나 그 험산준령을 지나면 반드시 탄탄대로와 만난다고 믿는다. 나도 언젠가는 반드시 행복이라는 과실을 딸 수 있으리라! 한 때 절망의 늪에 빠져 허우적거릴 때 밤을 보면 캄캄한 어둠만이 가득했다. 근데 마음을 돌리니 그 어둠의 밤은 '희망'이라는 빛을 붙여 달고 나오는 밝은 아침임을 알게 되었다. 가난엔 서러움이 붙어 다니고 재물엔 거만이 붙어 다닌다지만 성공엔 노력이 붙어 다니고 행복엔 사랑이 붙어 다님을 또한 발견했다.

지금도 이혼과 빈곤 등의 문제로 말미암아 가정해체가 줄지 않고 있다. 허나 억만금을 줘도 바꿀 수 없는 것이 바로 가정의 행복이다. 그래서 나는 앞으로도 아내와 아이들을 더욱 사랑하고 생업에도 옹골차게 매진할 작정이다. 그러노라면 내 인생이라는 차에도 언젠가는 반드시 행복과 풍요만이 가득 쌓일 것이다. 절망은 가장 무서운 질병이다. 겨우 진정된 메르스보다 무섭다! 반면 희망은 행복의 바이러스다. 희망을 버리지 않는 사람에겐 반드시 기회가 온다는 걸 믿는다. 또한 희망은 결코 불법이 아니다. 오히려 정부(?)에서도 적극 권장하는 게 바로 희망이다.

신혼여행을 떠나기 전 아내와 함께

진짜 실패자는

야근을 마치고 아침에 귀가하자면 몹시 피곤하다. 마치 유리로 된 나의 심신이 땅바닥에 부딪쳐 산산조각 나는 느낌이다. 지하철이나 시내버스에 오르면 졸음이 금세 소나기로 쏟아진다. 집에는 꾸벅꾸벅 졸다 깨다를 거듭하다 겨우 도착한다. 이윽고 도착한 너무나 반가운 집! 건강이 여전히 안 좋은 약두구리 아내는 내가 좋아하는 된장찌개에 새로 지은 밥을 식탁에 올리기 시작했다. "당신은 먹은겨?" "응." 단 둘이 사는 집이건만 우리 부부의 아침 대화는 이처럼 아주 짧다. 그러나 점심이 되면 달라진다. 두어 시간 잠을 자고 일어나니 해갈을 더욱 가속화하는 비가 시원하게 내리고 있었다. "여보, 비도 오는데 짬뽕 먹으러 갈까?" 아내가 고개를 주억거렸다. 거실의 벽시계를 보니 정오가 지나고 있었다.

중동호흡기증후군(메르스)의 확산세가 주춤한 때문이었을까…… 우리가 단골로 찾는 중국집 〈연변짬뽕〉 집은 손님들로 가득 차 있었다. 자리가 없어 잠시 주춤거리자 아줌마는 혼자서 술과 짬뽕을 먹고 있던 손님에게 양해를 구했다. 그는 둥그런 5인용 테이블을 독차지하고 있었다.

"죄송하지만 같이 앉으셔도 되겠지요?" 술을 좋아하는 사람 치고 악인 없다는 게 나의 평소 시각이다. 이런 나의 정서에도 부합되게 그 손님은 흔쾌히 그러라고 했다. 나는 짬뽕을, 아내는 중국식 비빔밥을 주문했다. 우리에게 합석해도 무방하다고 한 그 손님은 벌써 소주를 세 병째 마시고 있다며 한껏 자랑했다. 걱정이 돼서 물었다. "그렇게 드셔도 괜찮으세요?" 그러자 그는 기다렸다는 듯 기고만장하게 대답했다. "아~ 저는 주량이 소주 다섯 병이유. 그래서 두 병을 더 먹어야 취하쥬." 이키, 졌다! 나는 '고작' 세 병만 마셔도 인사불성인데. 하지만 세 병째 마시고 있다는 그 손님은 벌써부터 콧물을 질질 흘리고 있음에도 정작 자신은 그 사실을 인식하지 못하고 있었다. 그런 모습과 더불어 자꾸만 쓸데없는 장광설을 유포하는 그에게 깔끔함을 좋아하는 아내는 정나미가 떨어졌는가 보았다.

때마침 식사를 마치고 일어나 셈을 치르는 손님의 빈 테이블로 자리를 옮기자고 했다. "많이 드십시오." "예, 고마워유." 자리를 옮기니 음식이 나왔다. 짬뽕에 소주까지 한 병을 마시니 배가 터질듯이 불렀다. '주량 다섯 병'의 그 손님은 우리가 식사를 하는 중간에 콜택시를 불러 어디론가 떠났다. 집으로 돌아오면서 4홉들이 소주를 한 병 샀다. 나는 주량이 세 병(2홉들이)인지라 하는 수 없는 노릇이었다.

소주가 지금처럼 도수가 내려가기 전까지의 내 주량은 두 병이었다. 그러나 소주회사들이 경쟁적으로 알코올 도수를 내리는 바람에 주량이 증가한 것이다. 결과적으로 소주회사들이 고차원적 마케팅을 하였다는 게 내 생각이다. 나는 여전히 배가 불렀기 때문에 포만감을 느끼지 않아도 되는 해바라기씨를 냉동실서 꺼내 안주로 삼았다. 지난봄에 5천 원어치를 산건 데 반 주먹만 볶아도 훌륭한 안주가 된다. 이상은 그동안 창궐했던 메르스가 겨우 진정국면에 들어서던 지난 7월 삶의 편린이다.

8월에 접어들면서 정부는 메르스의 사실상 종식을 선언했다. 그럼에도 불구하고 전대미문(前代未聞)의 메르스 확산과 공포로 말미암아 인체의 면역력을 높이는 건강식품에 대한 관심은 여전히 높아지고 있는 때다. 아직까지도 메르스에 대한 뚜렷한 치료제나 백신이 딱히 없다보니 평소 면역력을 키워 질병을 예방하려는 사람들이 늘고 있기 때문이리라. 이런 국민적 관심의 증폭에 맞춰 대한영양사협회와 (사)한국식품커뮤니케이션포럼은 〈면역력 증감식품 10가지 플러스 원〉을 선정해 발표했다. 발표에 따르면 메르스 예방을 위한 면역력 증강식품으론 현미 등 곡류 1종과 마늘, 파프리카, 고구마 등 채소 3종외에도 고등어 등 해산물 1종, 그리고 돼지고기 등 육류 1종과 홍삼과 잣 등 견과류, 이어 표고버섯과 요구르트를 권했다.

이러한 면역력 증강 10대 식품 가운데 단연 나의 눈에 띈 것은 견과류였다. 우리가 아는 대표적인 견과류에는 해바라기씨와 잣, 땅콩과 호두가 있다. 나는 평소 미련하게 안주보다는 술을 더 탐하는 측면이 있다. 술을 많이 마시자는 욕심을 채우자면 안주는 배부르지 않은 걸 선택한다. 재작년 가을 대전광역시청 앞 광장에 〈전국 지역 명산품 임시판매장〉이 개설되었다. 거기로 구경을 간 김에 가평 잣을 샀다. 잣나무의 열매인 잣은 솔방울 같은 단단한 송이에 들어 있으며 맛이 고소하고 기름기가 많아 기름을 내거나 고명으로도 쓴다. 잣죽과 잣국수는 아이들도 좋아한다. 치아가 부실한 어르신들의 영양식으로도 손색이 없다.

우리나라의 명산품은 참 많다. 호두가 천안의 명산품이라면 잣의 으뜸은 역시나 경기도 가평이다. 가평 잣은 경기도 최고봉인 화악산과 명지산 등 높고 아름다운 산에 위치한 깊은 계곡에서 태어난 덕분에 그 품질을 최고로 친다. 여기에 충남 금산의 인삼과 같이 기후와 토질까지 궁합(宮合)을 이뤄냈기에 대한민국 명품 특산물로 자리매김한 것이다. 여름에 자주 먹는 시원한 콩국수에 고명으로 잣이 빠지면 이 또한 '실정법 위반'이다.

그런데 사실 내가 좋아하는 견과류는 단연 호두이다. 호두가 들어있는 게 천안의 명물 호두과자다. 그 녀석은 또한 우산과 함께 소년가장 시절 나에게 밥을 먹게 해 준 일등공신 중 하나인 덕분에 더 살갑다. 호두과자를 팔자면 음료까지 덩달아 파는 기쁨이 있었다. 다음에 시장에 가면 호두 좀 사오련다. 손으로 까는 해바라기씨(요즘엔 아예 까서 시판되지만)와 달리 호두는 그 견고함이 대단하다. 때문에 망치 등을 이용해 깨뜨려야만 먹을 수 있다. 야근을 하자면 늘 먹는 게 컵라면이다. 이 또한 뜨거운 물을 붓지 않으면 먹을 수 없다. 우리가 하는 일 역시도 '부딪쳐야만' 결과도 생기는 것 아닐까.

"진짜 실패자는 지는 게 두려워서 도전조차 안 하는 사람이다"란 말이 있다. 맞는 얘기다. 내가 늦은 나이에 사이버대학에 들어가 만학의 공부에 몰입한 건 바로 그러한 관점에서 비롯되었다. 오프라인 수업 때 나가 보면 내 나이가 가장 많았지만 아랑곳하지 않았다. 내 처, 내 아들보다 불과 몇 살 더 먹은 급우까지 동기(同期)로서 예우했다. 이에 직장 일을 마치고 부랴사랴 달려와서 주경야독하는 그들 또한 정중하게 부응했다. 졸업식 날 나는 학업우수상까지 거머쥐었다. 그 또한 부딪쳤기에 가능한 것이었다. '내 나이가 어때서'라는 가수 오승근의 히트곡처럼 늦은 때란 없다. 시작이 반이기 때문이다.

실패(失敗)는 그에 따른 혹독한 대가가 따른다. 사업에서 실패하면 빚쟁이들이 달려들어 아갈잡이를 한다. 결혼 생활에서 실패하면 자녀까지 방황한다. 그래서 사업이든 결혼이든 그 무엇을 하더라도 반드시 성공하고 볼 일이다. 그렇다고 해서 해보기도 전에 망설이다가 그만둔다는 건 비겁한 짓이다. 소주와 맥주는 뚜껑을 열어야 마실 수 있다. 호두도 마찬가지다. 어떤 도구를 동원해서라도 껍질을 깨뜨려야 먹을 수 있으니까.

간절한 바람은 결국 성공으로 이어진다는 신조를 가지고 있다. 지금의 내 직업인 경비원을 평생 할 순 없는 노릇이다. 또한 잦은 야근은 사람을 쉬이 골병 들게 만든다. 따라서 나도 제 2의 인생이란 무대의 막(幕)을 열어야 한다. 내가 오늘도 치열하게 글을 쓰는 이유는 바로 여기에 있다. 나는 부지런함의 종착역을 믿는다. 고진감래(苦盡甘來) 또한 그 과실의 맛이 너무나 달콤하다는 걸 절감했다. 고로 나는 오늘도 도전한다. 진짜 실패자는 아예 도전조차 안 하는 사람이다.

아이들이 주는 힘

　나는 올해 나이 57세의 4년차 경비원이다. 그러니까 54세 때부터 경비원으로 일했다. 경비원이란 직업을 갖기 전엔 무려 30년 가까이나 세일즈맨을 직업으로 삼아 밥을 벌어먹었다. 그건 세일즈맨이란 직업은 나처럼 고작 국졸(초졸) 학력만 지닌 불학의 필부에게 조차도 딱히 차별을 두지 않았기에 가능했다. 왜냐면 그 직업군은 오래 전부터 학력보다는 판매실력을 더 중시하기 때문이(었)다. 그러니까 시쳇말로 많이만 팔 줄 알면 그야말로 장땡이란 얘기다. 한데 뭐든 마찬가지겠지만 오르막이 있으면 내리막도 있는 법이다.

　우리네 인생도 불타는 열정과 청춘의 시절이 있었는가 하면 어느덧 뉘엿뉘엿 황혼길에 접어들고 심지어는 뒷방 늙은이 신세로까지 전락하는 것처럼. 여하간 다른 직업도 아니고 어찌 보면 매일매일 마치 맨땅에 헤딩 하듯 그렇게 신규고객을 창출해야만 먹고 살 수 있는 척박하기 짝이 없는 직업인 세일즈맨을 장장 30년 동안이나 이어왔다는 건 분명 경이적인 사건이라고 보아도 무리는 아닐 것이리라. 그럼에도 결국엔 인터넷에 이은 스마트폰 문화의 고착화가 결정적으로 작용하는 바람에 그예 그 장구한 세일즈맨 생활을 청산하고 말았다. 그리곤 취업이 안 되어 몇 달을 놀다가 지난 2011년 말에 가까스로 취직이 되어 2012년 1월 1일부터 모 업체에서 보안요원으로 근무하고 있다.

한데 말이 좋아 '보안요원'이지 실은 이를 총칭하는 명칭이 '경비원'이다. 경비원스럽게 야간엔 방범과 소등, 순찰 등의 근무를 하고 주간의 경우엔 의전과 주차관리에도 신경을 써야 한다. 근무하는 직장의 건물은 크기도 하거니와 입주업체 또한 적지 않은 터여서 출입하는 인원만 하루에 수백 명이 넘는다. 또한 빌딩의 지하1층엔 고객센터가 위치한 때문으로 고객들이 무시로 방문한다. 따라서 이들 모두에게도 깍듯한 인사를 건네야 하는데 이로 말미암아 거수와 목례의 병행인사만 해도 하루에도 수백 번이다.

아울러 인사의 기본인 미소를 항시 띠어야 한다. 주간근무의 경우엔 오전 7시에, 야근은 오후 5시에 전임자와 교대를 해야 한다. 그러나 근무복으로 갈아입고 업무 인수인계까지 염두에 두자면 최소한 정해진 시간의 30분 전까지는 직장에 도착해야 한다. 작년 3월까지는 내가 지금의 직장에서 입사 일자가 가장 일천(日淺)한 '졸병'이었다. 그러다가 작년 4월부터 같이 일하던 선배 경비원들 셋이 그만두고 그 자리를 신입 경비원들이 채웠다. 덕분에 나의 신분은 졸지에 중고참으로 뛰어올랐는데 급여의 인상 따위 등 가시적 변동이 작년까지는 없었다. 연차휴가 역시 의미 없는 그림의 떡에 불과했음은 물론이다.

어쨌거나 경비원으로 근무를 시작하면서부터 나는 다른 경비원의 교대시간보다 1시간 일찍 출근하는 걸 나름의 원칙으로 세웠다. 따라서 야근인 경우, 집에서 오후 3시부터 분주히 출근을 서둘러 직장엔 오후 4시도 안 되어 도착하기 일쑤였다. 하지만 그렇다고 해서 너무 일찍 직장에 들어서면 그 또한 그야말로 생뚱맞아서 안 되었다. 또한 나로 인해 일찍 퇴근하는 경비원이야 당연히 좋아서 입이 귀에 가서 붙겠지만 그와 짝꿍이 되어 일을 하던 또 다른 경비원은 나로 말미암아 괜스레 뿔이 날 수도 있었다. 그러므로 근처의 공원에서 운동을 하든가 산책 따위를 하면서 출근시간을 적절히 조절하였다.

지난 2012년 6월에 현재 다니고 있는 직장으로 전근을 왔다. 경비원이란 직업은 야근과는 떼려야 뗄 수 없는 직업이다. 지금도 한 달에 열흘 이상을 야근하니까 말이다. 그런데 잦은 야근이라는 것은 정말이지 심신을 극도로 지치게 한다. 때문에 솔직한 심정인데 아이들이 결혼을 하고 나면 현재의 경비원을 그만둘 생각이다. 그리곤 낮에 일하고 밤에는 자는 지극히 평범한, 그러면서도 '사람답게 사는' 직업으로 바꿀 작정이다. 헉헉대며 살아봤자 기껏 백 년도 못 사는 게 인생이거늘…… 다 아는 상식이겠지만 야근을 오래 하면 사람이 쉬 곯는다. 이는 건강의 바로미터랄 수 있는 편안한 잠을 못 자기 때문이다.

야근이 내재한 불편과 속상함은 비단 여기에 국한되지 않는다. 고삿부리 아낙인 아내는 내가 야근을 할 적마다 독수공방의 처지로 추락한다. 더욱이 가뜩이나 겁쟁이인 아내는 건강하기는커녕 지금도 약으로 사는 중이다. 작년에 허리에 이어 어깨수술까지 받는 바람에 회초리처럼 바짝 야위었다. 그래서 아내를 향한 걱정은 야근을 하는 내내 내 마음을 찔러댄다. 여하간 예나 지금 또한 나는 애초 숙면과는 인연이 없는 척박한 인생길의 주인공이었다는 느낌이다.

유년기부터 시작하여 이후 더욱 가팔랐던 비탈길의 소년가장이었던 10대 말까지도 나는 여전히 편안한 잠하고는 계속하여 악연만을 이어왔으니까. 이것이 바로 내 아이들의 결혼 뒤엔, 아니 그 전이라도 여건만 성숙되면 지금의 이 힘든 경비원 직업을 그만두고자 하는 다짐의 큰 이유다. 야근은 참 많이 힘들다. 그렇지만 내 사랑스런 아이들만 떠올리면 나도 모르는 힘이 불끈 들어찬다. 그건 바로 아이들이 주는 선물이다. 제 할 일을 스스로 찾아서 척척 할 줄 알고 예의마저 바른 아이들은 정녕 하늘이 주신 축복이다.

지식의 화수분

경비원으로 일하며 야근을 하노라면 새벽 2시경 종이신문이 배달된다. 세상이 바뀌어 스마트폰으로 간편히 뉴스까지 볼 수 있는 좋은 세상이다. 하지만 베이비부머답게 구세대인 나는 여전히 잉크냄새가 싱그러운 종이신문이 좋다. 아무튼 언젠가 그 종이신문에서 졸업식을 맞아 모 명문대 여대생을 동급생과 선후배들이 헹가래치는 모습이 큰 사진으로 게재되었다. 그 모습을 보자 재작년 2월 서울대 대학원을 졸업한 딸의 모습이 기억에서 지금 보고 있는 영화처럼 선명하게 떠올라 흐뭇했다.

지난 2005년 출신고에서 유일무이 서울대에 합격하여 진학한 딸은 서울대 재학 4년 내내 한 번도 장학금을 빠뜨리지 않은 자타공인의 재원이다. 이후 졸업하고 1년을 쉰 뒤 입학한 서울대 대학원 재학 2년 동안에도 장학금을 놓치지 않았다. 따라서 서울대학교와 대학원, 그리고 별도의 장학금을 주신 신양문화재단의 관계자님께도 묵직한 감사의 인사를 드린다. 정석규 신양문화재단 이사장님께서 지난 5월 21일 별세하셨다는 뉴스를 보았다. 순간 가슴이 미어지면서도 정중하게 삼가 고인의 명복을 빌었다.

경남 마산 출신인 정석규 이사장님께선 모교인 서울대와 부산공고에 각각 장학재단을 설립해 무려 1,000여 명의 학생을 후원하셨다고 한다. 고무 산업을 일구며 평생 모은 재산 500여억 원을 두 학교에 기부했다니 진정 대단히 존경받아 마땅한 위인이셨다. 정 이사장님께선 부산공고에도 많은 기부를 하셨으며 그동안 서울대에만 총 450억 원을 기부해 진즉 귀감이 되신 분이다. 고인께서 주신 그 귀한 장학금이 있었기에 내 딸도 비교적 너끈하게 서울대학원까지 졸업할 수 있었다. 거듭 고인의 극락왕생을 기원한다.

　하여간 딸이 그렇게 공부를 참 잘 한 덕분에 내가 비록 '소문난 박봉'의 세일즈맨과 경비원이었지만 경제적으로도 큰 무리 없이 졸업까지 시킬 수 있었다. 때문에 지금도 초등학교 동창회 등지에 나가면 친구들도 자식농사에 성공했다며 나를 부러워한다. 아울러 때론 이런 질문까지 받기 일쑤다. "어떻게 했기에 딸을 그 좋은 대학(원)까지 가르친겨? 별도

딸의 졸업식이 열린 서울대 정문의 모습

로 소위 족집게 과외 내지 사교육이라도?" 그럼 나는 금세 손사래를 친다. "뭔 소리여? 내가 무슨 돈이 어디 있다고 감히 사교육을. 하지만 나름의 노하우는 있었지!" "그래? 그게 뭔데!"

주지하듯 자녀(학생)의 사교육비도 양극화되어 고소득층이 저소득층의 10배 가까이나 되는, 그야말로 거액을 사교육비에 탕진(?)하고 있는 시절이다. 대한민국의 자녀교육열은 단연 세계 제일이다. 그렇지만 저소득층은 먹고 사는 문제가 급선무이다 보니 자녀들 학원비부터 줄이는 데 반해 고소득층은 갈수록 사교육을 더 많이 시키고 있는 것이 엄연한 현실이다. 이러한 사교육비의 양극화는 곧장 아이들의 성적으로 이어지고, 또한 이는 결국 부와 사회적 신분의 세습으로 나타난다는 분석까지 가능해진다.

그렇다면 과거처럼 이른바 '개천에서 용 난다'는 말은 이제 옛말이 되고 있는 것일까? 개인적으론 아직도 그렇지는 않다고 본다. 그럼 친구와 지인들에게도 널리 전파하고 있는 나의 〈사교육 없이도 명문대 가는 노하우〉를 이제부터 공개코자 한다. 먼저 주말과 휴일 등 쉬는 날에는 자녀와 함께 도서관에 가는 것이다. 나는 아이들이 초등학교에 다닐 적부터 이런 방법을 적극 실천했다. 또한 책을 실컷 본 뒤 도서관을 나올 적에는 별도로 빌린 책을 집에 와서도 읽게 하였다. 따지고 보면 도서관도 '장사'와 유사한 면을 가지고 있다. 이용객이 많으면 그에 맞춰 들여오는 책의 숫자도 증가한다. 반면 이용객이 없이 마치 철 지난 바닷가인 양 썰렁하면 책의 신규 유입은 고사하고 자칫 도서관 폐쇄라는 극약처분까지를 받을 수도 있음에서이다. 우편물 이용자가 줄어들어 사용 빈도가 적은 적은 우체통은 유지하기 어려워 점차 폐쇄하겠다는 우정사업본부의 발표는 이러한 주장의 방증이다.

에이브라함 링컨은 "한 권의 책을 읽은 사람은 두 권의 책을 읽은 사람의 지도를 받게끔 되어 있다"고 했다던가? 여하간 내 아이들의 어려서부터의 다독(多讀) 습관은 사교육을 전혀 필요치 않게 한 동력이었으며, 더불어 아들과 딸 모두 본인이 원하는 대학으로의 진학(그것도 장학생으로!)까지를 일궈낸 일등공신이었다. 얼마 전 읽은 책에서 "타인이 이끄는 대로 행동하는 사람의 배는 산으로 가지만 가능이 시키는 대로 행동하는 사람의 배는 정상으로 향한다."는 아주 의미 있는 글을 보았다.

작금 대학을 나와도 취업하기가 힘든 시절이다. 그렇지만 소위 명문대를 졸업하고, 그것도 줄곧 장학생으로 질주한 인재라고 한다면 과연 기업에서도 이러한 미래의 동량을 외면할까? 고루한 주장이겠지만 미래가 불안할수록 꿈을 향한 노력엔 불을 더 붙여야 한다. 짐 콜린스 미국 스탠퍼드대학교 교수는 "한 번의 큰 성공보다 일관성 있는 작은 행동이 위대함을 결정한다"고 했다. 돈이 없어서 우리 아이(들)의 사교육조차 시킬 수 없다고 낙담하거나 좌절하지 마시라! 여러분이 사는 집 근처에도 분명 도서관은 있을 테니까. 요즘 도서관은 더욱 친절해져서 이용자가 원하는 책을 가급적이면 빨리 구입하여 배치해 주고 있다. 뿐만 아니라 정기적으로 이벤트까지 열어 책을 많이 본 학생들을 표창하기까지 한다. 그러니 이보다 더 훌륭한 지식의 화수분이 또 어디에 있을까? 뭐든 마찬가지겠지만 미루면 늦어지는 법이다.

오늘 당장 사랑하는 자녀의 손을 잡고 가까운 도서관으로 가시라. 그리고 그 좋은 행동을 습관화하면 된다. 더불어 그 습관을 단기가 아닌 장기적인 '목표'로 삼으시라. 나는 아이들이 초등학교 시절부터 중학교 때까지 무려 9년 가까이나 그렇게 도서관을 마치 풀 방구리에 쥐 드나들 듯 했다. 그게 바로 두 아이 모두 '당당한 대학'에 갈 수 있었던 일등공신이자 천군만마였다.

인사와 병촉지명

　요즘 세상은 여전히 요지경이다. 그래서 언젠가는 탤런트 신신애가 부른 노래 〈세상은 요지경〉도 크게 히트를 기록한 바 있었다. "세상은 요지경~ 요지경 속이다~ 잘 난 사람은 잘난 대로 살고~ 못 난 사람은 못난 대로 산다~ 야이 야이 야들아~ 내말 좀 들어라~ 여기도 짜가 저기도 짜가~ 짜가가 판친다~ 인생 살면 칠팔십 년 화살같이 속히 간다 ~ 정신 차려라 요지경에 빠진다~ 싱글 벙글 싱글 벙글 도련님 세상~ 방실 방실 방실 방실 아가씨 세상~ 영감 상투 비뚤어지고 할멈 신발 도망 갔네~ 허~ 세상은 요지경~ 요지경 속이다……" 따지고 보면 인생은 한방이다.

　이런 말에 걸맞게 신신애는 이 노래 한 방으로 일약 방송무대를 휩쓰는 스타로 거듭 날 수 있었다. 그런데 이 노래는 왜 히트했을까? 일단 가사의 내용이 자못 의미심장하다. 잘난 사람은 잘난 대로 살지만 못난 사람은 못난 대로 산다는 대목은 누구보다 서민 대중의 마음에 와서 꽂히는 아픔과 공감의 화살이다. "여기도 짜가 저기도 짜가~"라는 구절 역시 보이스피싱 등 눈 뜨고도 당하는 어이없는 요지경 세태까지 풍자하는 듯 하다.

'짜가'는 가짜와 같은 말이다. 가짜는 거짓이라는 등식이며 이는 또한 사기라는 의미까지를 아우른다. 뉴스 검색에서 '보이스피싱'을 치면 줄 줄이 사탕으로 끝없는 사기행태들이 꼬리를 문다. 우리는 지금 사기꾼들 등살에 전전긍긍의 세상을 살고 있다. 하지만 정부는 이러한 세균들을 박멸할 능력이 부족하다고 보는 입장이다. 늘 그렇게 사후약방문이란 주장이다. 또한 뒤늦게 처방을 내놔봤자 보이스피싱 그 사기꾼 놈들은 진화하여 더욱 고도의 사기를 친다. 심지어 은행서 인출한 돈을 냉장고에 넣어두라는 말도 안 되는 '구라'까지 친다. 이어 당사자를 밖으로 유인해낸 뒤 그걸 빼가는 신출귀몰 수법은 봉이 김선달도 울고 갈 사기의 절정이다.

요지경(瑤池鏡)은 확대경을 장치하여 놓고 그 속의 여러 가지 재미있는 그림을 돌리면서 구경하는 장치나 장난감이다. 요즘 아이들은 잘 모르겠지만 우리가 어렸을 적에 장에 가면 이런 걸 많이 팔았다. '요지경'은 알쏭달쏭하고 묘한 세상일을 비유적으로 이르는 말이기도 하다. 이런 요지경 세상의 '큰 역류'는 또 있었다. 새로운 제품, 이른바 '신상(品)'이 나올 때마다 교체하던 30대 남성이 이를 말리는 양부모를 폭행해 재판에 넘겨졌다는 뉴스가 바로 그거다. 어떤 30대 남성은 새로운 모델의 휴대전화나 자동차가 나오면 참지 못하고 계속 교체를 했단다. 음식점 배달원으로 일을 하며 넉넉치 않았던 그는 양부모의 돈으로 신상을 사들였다는데…… 생활 형편이 어려웠던 양부모가 말리자 화가 난 그 한심한 작자는 부엌칼로 위협하거나 큰 돌을 아버지 얼굴에 던지는 만행까지 서슴지 않았다고 한다. 자신을 입양해 30년 넘게 키워줬지만 과소비를 말리면 양부모를 무자비하게 때렸다는 것이다. 그는 결국 상습

폭행과 협박 등의 혐의로 재판에 넘겨졌고 1심은 징역 3년을 선고했단다. 재판부는 그가 과소비를 제지한다는 사소한 이유로 자신을 키워준 양부모를 상습적으로 폭행하고 협박해 죄질이 나쁘고, 재범 위험도 커 실형 선고가 불가피하다고 설명했다.

옛말에 머리 검은 짐승은 키우지도 말라고 했다. 이는 (때로) 사람은 짐승만도 못 하며, 따라서 남의 은공을 모르는 수가 많으므로 배반을 한다는 의미심장의 속담이리라. 보이스피싱 등의 사기꾼과 부모를 때리는 패륜의 작자 외에도 인사를 안 하는, 아니 못 하는 이를 가장 경멸한다. 인사(人事)는 매우 중요하다. 유치원을 가는 조그만 아이도 집을 나서자면 아빠와 엄마께 인사부터 하는 게 예의다. 학교에 가면 급우와 선생님께도 인사를 해야 한다. 대학에 합격하자면 교수님들 앞에서의 면접고사를 잘 치러야 한다. 여기서도 인사가 정중하고 진정성이 없으면 아웃(out)이다. 하물며 직장의 취업일 경우 두 말 하면 잔소리다. "김 이사, 방금 면접 마치고 나간 사람의 면접 점수는 어때?" "전무님, 제가 보기론 인사도 제대로 할 줄 모르고 도리어 얼굴에 오만방자함만 가득해 보이더군요." "맞아~ 저런 사람을 뽑으면 조직원들까지 피곤해. 뽑지마!" '인사(人事)가 만사(萬事)'라는 말이 있다.

좋은 인재를 잘 뽑아서 적소에 배치하는 것은 모든 일을 잘 풀리게 하고, 순리대로 돌아가게 한다. '인사'는 직장에서의 직위 부여 외에도 사람과 사람 간에 마주 대하거나 헤어질 때 예를 표하거나 말 또는 행동까지를 포함한다. 이를테면 "처음 뵙겠습니다~" 내지 "수고하셨습니다~"와 "먼저 퇴근합니다. 수고하십시오~" 따위 등등이다.

직장은 적자생존의 정글이다. 강자만이 살아남을 수 있는 직장에서의 기본은 인사다. 고개 숙여 인사한다고 해서 누가 뭐라고 안 한다. 고개도 꺾어지지 않는다. 해바라기를 보라. 익을수록 고개를 더 숙이는 해바라기의 습성을 아는가? 그건 나름 생존전략이자 어떤 처세(處世)의 본능적 습관이다. 지금처럼 고개를 숙이지 않고 작렬하는 태양을 향해 고개까지 빳빳이 쳐든다면 그리스 신화에 나오는 이카로스(Icarus)처럼 될 것이다. 이카로스는 하늘 높이 올라가지 말라는 아버지의 경고를 잊은 채 높이 날아올랐다. 결국 그 어리석은 희망으로 인해 날개를 붙인 밀랍이 태양열에 녹아 에게해(海)에 떨어져 죽었다.

이 신화에서 비롯된 '이카로스의 날개'는 미지의 세계에 대한 인간의 무모한 동경을 상징한다. 햇볕에 바짝 말라비틀어진 해바라기씨는 상품성이 떨어져 수확조차 포기한다. 새들도 쪼아 먹지 않는다. 인사가 바로 그런 장르(genre)라는 주장이다. 나는 '홍키호테' 외에도 '정월초하루'라는 별명이 또 있다. 이는 그만큼 인사를 잘 한다는 증거의 별칭이다. 이 별명은 내가 인사를 너무 잘 한다며 동네의 의원 원장님이 붙여주셨다. 이러한 별칭, 아니 칭찬에 걸맞게 애고 어른이고 간에 아는 사람을 만나면 내가 먼저 인사한다. 그 인사엔 당연히 진정과 존경까지 가득 담아서 한다.

인사를 잘하는 까닭은 어려서 아버지로부터의 밥상머리 가정교육이 우선했다. 이후 세일즈맨으로 직장생활을 하다 보니 정중한 인사는 필수였다. 인사를 못 하면 판매실적은 당연히 도출되지 않았기 때문이다. 습관이 되어 버스나 택시를 타도 내가 먼저 기사님께 인사한다. 인사한다고 해서 자신의 가치는 전혀 떨어지지 않는다. 말이 바뀌면 행동이 바뀌게 되고 행동이 바뀌면 습관이 바뀌게 된다. 또한 습관이 바뀌면 운명이 바뀐다고 했다.

우리들 경비원은 1년 단위의 계약직이다. 인사를 잘 못 한다고 소문이 파다하면 다음 해 재계약에서도 탈락될 가능성이 높다. 경비원이 인사도 제대로 못 하면 자격이 없는 셈이다. 새로이 들어온 사람이 불땔꾼처럼 심사가 바르지 못하여 하는 짓이 무례하고 이간질이나 일삼는 사람인 경우 역시 대략난감하다. 또한 자신만 편안하길 추구하고 동료는 무시하는 사람 또한 경비원으로선 자격미달이다.

경비원이란 직업을 4년 째 하면서 알게 된 것이 있는데 직무는 그리 어렵지 않으나 문제는 짝꿍이다. 즉 파트너를 잘못 만나면 대단히 피곤하고 힘들어진다는 사실이다. 멧부엉이가 아닌 이상 옹춘마니 같은 이를 좋아할 이가 과연 어디에 있을까! 더욱이 지금은 경비원도 학력이 높고 은퇴 이전의 직장은 그야말로 '삐까번쩍'했던 데서 일하다 나온 고급인력들도 무수한 즈음 아니던가. 꽃도 다소곳해야 더 예쁘다. 예나 지금 역시도 '가난'이란 험산준령은 나를 포위하고 있다. 그럼에도 여유작작하게 대처할 수 있는 까닭은 수십 년 이상 견뎌낸 고난과 역경이 오히려 나를 더욱 강하고 성숙한 인간으로 성장시킨 덕분이다. 그 중심에 사랑하는 가족이 포진했음은 물론이다.

글을 일기처럼 쓰기 시작한 건 약 20년 전부터다. 초등학교 시절, 반에서 줄곧 1~2등을 질주했다. 일기를 잘 쓴다고 상도 자주 받았다. 한데 아마도 그런 토양이 지금도 나로 하여금 글을 쓰게 만드는 원동력이지 싶다. 불멸의 안중근 의사께선 "하루라도 글을 읽지 않으면 입안에 가시가 돋는다(일일부독서구중생형극(一日不讀書口中生荊棘)"고 하셨다. 나는 하루라도 글을 쓰지 않으면 손이 근질근질하여 견딜 재간이 없다.

병촉지명(炳燭之明)이란 '저녁에 밝히는 촛불의 빛'이라는 뜻으로 늙어서도 배우기를 좋아함을 비유한 말이다. 글을 20년 전부터 써온 터인지라 그동안 받은 문학관련 상만 백여 개가 넘는다. 이런 '자산'은 결국 수필가로 등단하는 계기를 만들었다. 또한 가외의 수입원(收入源)으로 시민과 객원기자, 그리고 리포터와 모니터 등 투잡(two job)까지 가능하게 하였다. 덕분에 박봉이었음에도 불구하고 두 아이를 대학(원)까지 가르칠 수 있었다.

출근하면 전날 배달된 종이신문이 구겨진 채 방치되어 있다. 인터넷과 스마트 폰 문화가 진즉 착근된 시절이다. 따라서 신문을 구독하는 직장과 가정이 더욱 줄어든다고 한다. 그렇긴 하더라도 신문은 오래 전부터 역사나 풍성한 정보 제공의 밑거름이다. 또한 신문사의 기자들은 하나같이 소위 '언론고시'를 통하여 입사한 인재들이다. 따라서 나는 반드시 신문을 일독한다. 내 아이들이 오늘날 이른바 좋은 대학을 나오고 직장 또한 일류에서 근무하는 것 역시 어려서부터 습관처럼 익힌 도서관의 출입과 아울러 내가 매일 가져다 준 신문 덕분이라 믿고 있다.

과거엔 지금과 같은 형광등이 없었다. 따라서 촛불 내지 등잔불 아래서 책을 보았다. 하지만 등하불명(燈下不明)이란 말도 있듯 제아무리 좋은 책과 신문이라고 하더라도 정작 이를 읽지 않으면 무지(無知)에서 벗어나기 어렵다. 나의 이 첫 저서는 자그마치 20년 습작(習作)의 내공 덕분이다. 나는 지금도 무언가의 새로운 지식 혹은 단어일지라도 생소하여 몰랐던 건 반드시 기록으로 남긴다. 나의 '병촉지명'은 지금도 유효한 현재진행형이다.

장학금과 격려금

아이들이 중학생이었던(사실 고교생이 되면 도서관에 갈 시간이 없다!) '도서관 시절'을 지나 빠르기로 소문난 세월은 저벅저벅 더 흘렀다. 그리곤 고 3이었던 딸도 수능을 몇 달 앞둔 즈음이 되었다. 당시는 나의 경제적 형편이 더욱 심각한 지경이었다. 그럼에도 딸은 '풍랑을 탓하지 않는 어부'였다. 딸이 예민하기 짝이 없던 여고생 시절, 정말로 돈이 없어 학비마저 줄 수 없는 절박한 상황에까지 봉착한 적이 있었다. 그러나 학교에선 전교 1등인 딸의 실력을 인정해준 덕분에 학비를 감면해 주었다. 고로 그 또한 다른 형태의 장학금이었던 셈이다.

그뿐만이 아니었다. 무료의 중식 제공에 더하여 심지어는 가정에서의 교육용 PC라며 당시로선 최신형 사양의 컴퓨터까지 빌려준 적이 있었다. 그러한 부끄러운 가난 때문에 성정이 삐뚤어진 녀석 같았더라면 가출 따위의 일탈로써 반항하기도 했을 것이었다. 하지만 착한 딸은 그러지 않았다. 그러니 내 어찌 딸을 끔찍이 사랑하고 또한 고맙다고 하지 않을 도리가 있으랴!

나의 경제적 사면초가는 이 뿐만 아니었다. 심지어는 딸의 대학 등록금조차 없었으니까! 하여간 여전히 없는 살림이었지만 빚을 내서 대입면접고사 준비와 함께 직접 해당 대학에까지 가서 수시전형의 원서를 접수하는 일정에도 차질이 없도록 노력했다. 마침내 결과가 발표되었다. 딸은 2004년 늦가을에 서울대학교와 모 의대에 동시에 합격하는 쾌거를 일궈냈다. 지독한 가난과 음습한 환경에도 결코 굴하지 않고 마침내 자신의 뜻을 그예 관철시키고야 만 딸이 너무도 고마웠다! 감사와 미안함이 교차하면서 참을 수 없는 눈물이 마구 솟았던 건 당연지사였다.

당시 서울대는 합격자를 1차 복수(複數)로 발표하였는데 관건은 도래하는 수능에서 받게 되는 점수였다. 따라서 거기서 과연 점수를 얼마나 받느냐가 초미의 관심사였다. 이윽고 도래한 그 해 수능을 보는 날. 딸을 수능고사장인 대전 둔산여고 정문까지 따라가 다시금 다독거렸다. "우리 딸은 잘 할 수 있어! 지금껏 해온 것처럼만 하면 돼. 알았지!" 고개를 끄덕이며 딸이 고사장으로 들어가기에 거기서 이동하여 절로 갔다. 그리곤 딸의 최종합격을 발원하며 108배를 정성으로 올렸다.

딸은 결국 서울대에 최종합격했다. 딸이 그렇게 서울대에 합격은 되었으나 등록금이 없어 망연자실하던 때가 바로 지난 2004년 겨울이었다. 말로는 "명문대에 합격이 되었으니 얼마나 좋으냐!"며 덕담을 하는 사람은 있었을망정 막상 수백 만 원이나 되는 거액을 꿔 줄 사람은 도무지 보이지 않았다. 당시 나는 D일보에서 주.월간지 영업의 세일즈맨으로 일하고 있었는데 벌이는 여전히 지지부진의 터널을 벗어나지 못 한 때문이었다.

하는 수 없어 숙부님을 찾아갔다. 유일무이한 나의 혈육이자, 내가 어려선 의탁을 하기도 했던 선친의 하나뿐인 동생 되시는 분이었다. 숙모님도 계신 데서 딸의 합격증을 보여드리며 간청했다. "작은 아버지, 작은 어머니~ 제가 못 나서 딸의 등록금조차 없기에 이처럼 염치불구하고 찾아왔습니다. 예전 제가 첫 사업을 시작할 때도 두 분 어르신들께 도움을 청하였지요. 그때 흔쾌히 큰 도움을 주셨지만 저는 실패했습니다. 그래서 웬만하면 아무 말씀도 안 드리려 하였지만 제 처지가 워낙에 군색해서 또 찾아뵈었습니다. 다른 사람도 아니고 제 딸이고 보니 정말이지 사지(死地)와 지옥불이라도 뛰어들고 싶은 절박한 심정이기에 왔습니다. 딱 한 번만 더 마지막으로 부탁드리오니 제 여식의 등록금 좀 내 주십시오!"

그러자 생각지도 않았던 '이변'이 일어났다. "공부를 썩 잘 해서 기대가 컸던 너였었다. 하지만 네 아버지 때문에 중학교조차 진학하지 못하고 만날 고생만 하는 모습에 나도 가슴이 참 아팠다. 여하튼 고진감래라더니 네 딸이 서울대에 합격이 되었다고 하니 나도 뛸 듯이 기쁘다!" 곁에 계시던 숙모님께서도 무척이나 좋아하시며 딸의 머리를 연신 쓰다듬으셨다. "아이고~ 예쁜 내 새끼!" "감사합니다!!" 어려울 땐 역시나 남보다 혈육이 우선이었다. "등록금은 언제까지 내면 되니?" 집으로 돌아온 이틀 뒤 내 통장에는 두 분께서 보내주신 무려 5백만 원이나 되는 거액, 즉 '격려금'이 들어와 있었다. 그 돈으로 등록금을 내고도 많이 남아서 밀린 공과금 등까지 덩달아 납부 할 수 있었다.

이듬해 해가 바뀌어 2월이 되자 서울대에선 새내기가 되는 딸에게 기숙사를 준다고 했다. 반가운 마음에 아내는 이불도 새로 사서 갈무리하는 등 딸 이상으로 동분서주했다. 이후 상경한 딸은 역시나 우리가족의 기대를 저버리지 않았다. 서울대 재학 4년간 단 한 차례도 빠뜨리지 않고 계속하여 장학생으로 자리매김하였으니 왜 안 그렇겠는가. 그건 동(同)대학원 재학 때도 마찬가지였다. 딸은 학교에서 주는 장학금 외에도 별도의 장학재단에서 주는 장학금까지 받았다. 그러니까 이는 딸의 평소 깜냥에서 기인한 자강불식(自強不息)의 공부 실력과 의지를 학교와 장학재단에서도 인정했다는 뜻이다.

또한 이러한 것들이 내가 보기엔 사교육이 없이도 명문대를 갈 수 있는 노하우라고 주장하는 바다. 딸 자랑만 하는 듯싶어 불현듯 아들에게 미안하다. 따라서 이번엔 아들 차례다. 딸과 달리 아들은 지방거점대학인 충남대학교를 장학금을 받으며 집에서 다녔다. 그러나 당시에도 나의 벌이는 허름숭이였기에 아들은 고된 알바를 하지 않으면 안 되었다. 그런데 아들은 알바를 보는 시각이 다른 학생들과 확연히 달랐다. 그래서 수당을 많이 준다는 택배회사의 알바 외에도 밤에는 현재의 나처럼 경비를 서는 건설현장을 자청했다. 그렇게 스스로 학비까지 해결하며 대학을 마친 장한 아들에겐 딱히 해준 게 별로 없어 지금도 미안하기 짝이 없다.

이런 감정은 나보다 아내가 더욱 묵직하게 느낀다. 게다가 대학을 졸업하기도 전에 취업 준비생들의 선망의 직장인 삼성전자에 덜컥 합격한 아들이기에 고맙기 그지없음은 물론이다. 딸처럼 학창시절에도 실력이 출중했던 아들은 대학 졸업 전에 벌써 두 곳의 대기업에서 합격증을 받아두고 있었다. 그래서 대학 졸업식 날엔 축하의 헹가래 외에도 부러움과 질시까지를 함께 받았다. 경기도 동탄 신도시에 살지만 효심이 장강처럼 깊은 아들은 짬만 나면 집으로 달려온다. 그리곤 나의 술친구까지 되어주고 있어 여간 고맙지 않다. 미워하면서 배운다고 했던가.

부전자전(父傳子傳)인지 평소 나 또한 선친을 닮아 술을 많이 마셔서 건강이 그리 썩 좋은 편은 아니다. 이를 잘 아는 아들은 몸에 좋다는 건강식품을 항상 챙겨주어서 커다란 고마움을 가지고 있다. 내가 못 살아서 고생을 굉장히 많이 해서인지 아들에겐 근검절약 정신이 고착화되어 있다. 자신의 회사 동기들은 입사하자마자 샀다는 승용차를 입사 5년차인 올해야 비로소 구입한 점에서도 알 수 있다. 다만 불만인 건, 여태 애인이 없다는 것이다. 딸도 마찬가지지만 아들 역시 본인만 좋다고 하면 그 어떤 처자라도 흔쾌히 며느리로 맞을 요량이다. 똑똑한 아들이고 보니 날림치 같은 여자를 배우자로 맞을 가능성은 없으리라 믿는다.

김태희보다 예쁜 내 딸

얼마 전 아침이었다. 야근인지라 여유 있는 오전을 누리는 중이었다. 집 전화가 울기에 발신인을 보니 서울(02)이었다. "네~" "거기 홍00씨 집이죠?" "제 딸입니다만 왜 그러시죠?" "안녕하세요, 저는 서울 압구정에서 웨딩 플래너를 하는 사람인데 아직 시집을 안 갔으면 제가 소개 좀 해 드릴까 하구요." "하하~ 제 딸은 결혼했습니다. 아무튼 감사합니다." 그때와 같은 전화는 이따금 받는다. 이는 딸이 졸업한 서울대인명부 때문이다. 거기에 보면 딸이 졸업한 년도와 집 전화번호도 실려 있다. 그래서 웨딩 플래너는 그걸 보고 전화를 한 것이다. 한데 딸이 결혼했다는 건 나의 새빨간 거짓말이었다. 딸은 아직 미혼이다. 그럼에도 그처럼 결혼했다고 '뻥을 친' 건, 그렇게 안 하면 웨딩 플래너는 다시금 어느 부잣집 아들을 소개해 주겠다며 사자후(?)를 뿜을 게 빤하기 때문이었다.

동 시대를 살아가는 사람들의 일반적 정서는 대동소이하다. 그건 있는 사람은 '여유'가 있다는 것이며 반대로 없는 사람은 '빈곤'하다는 것이다.

이에 더하여 때론 상대적 박탈감까지 느끼는 경우도 없지 않다. 여기서 말하는 여유와 빈곤은 비단 재물에만 국한하지 않는다. 이 두 가지 명제는 자녀교육에도 어쩌면 고스란히 부합되니 말이다.

몇 년 전, 그러니까 딸이 대학을 졸업한 뒤 1년간 쉬면서 대학원 진학 준비를 하던 즈음이다. 퇴근하던 중 사통팔달의 요충지인 서대전 네거리에서 실로 오랜만에 후배를 우연한 계기로 만나게 되었다. 하여 술잔을 나누었는데 후배가 가장 먼저 물었던 건 바로 내 아이들의 '현주소'였다. "형님 아이들은 공부 잘 하기로 소문났었지요? 그래서 여쭙는데 지금은?" 주저할 까닭이 없었다. 예나 지금이나 내가 비록 지지리 못 사는 가난뱅이일망정 자녀교육에 있어서만큼은 만석꾼이란 자부심이 오롯하던 터였기에. "아들은 충남대를 나와 삼성전자에 취업했고 딸은 서울대를 졸업하고 대학원 진학을 준비 중이라네." 순간 후배의 얼굴에서 낭패와 당혹감이 교차하는 걸 놓치지 않았다. 거푸 술을 마시던 후배가 울상이 되어 말했다.

"저는 연봉이 1억 가까이나 되기에 아이들의 교육에 있어서만큼은 뭐든 다 해 줬다고 자부합니다. 하지만……." 그런 열의와 기대와는 다르게 아이들의 대학 진학 '성적표'는 소위 3류 대학으로 그쳤다며 땅을 치는 것이었다. 하는 수 없어 "가방끈이 길다고 성공하는 건 아니다"라고 위로(?)했지만 별무효과였다. 스스로의 격정으로까지 비화된 후배의 '울분'은 급기야 날더러 "그건 여유 있는 자의 오만"이라고까지 비판하였다. "그래, 네 말도 맞다. 내가 돈은 없어도 자식농사만큼은 잘 지었으니 이만하면 부자지." 그렇게 오히려 내가 후배를 위로하는 웃지 못 할 촌극까지 벌어졌다.

언젠가 자녀 교육에 지나치게 집착한 엄마가 공부 잘하는 딸만 편애하였단다. 대신 공부 못 하는 아들에겐 각종 폭언과 구타 등 학대행위를 하여 결국 법원으로부터 이혼 사유에 해당된다는 판결이 나왔다는 뉴스를 보았다. 내 자녀가 공부 잘 하길 원하는 건 인지상정이자 '맹모삼천지교'의 본능과도 같다. 그러나 폭언과 구타까지 동원한다고 하여 실효가 있을까? 개인적으로 나는 두 아이에게 "공부해라!"는 소릴 거의, 아니 전혀 안 했다고 하는 편이 낫겠다. 대신에 칭찬과 격려는 아끼지 않았다. 칭찬은 긍정 언어와 동격이다. 긍정 언어를 쓰는 사람은 일도 잘 풀리는 법이다. 고루하고 진부한 소리겠지만 내 자녀를 공부 잘 하게 할 수 있는 방법으로는 강제가 아니라 자율이며 또한 폭언이 아니라 칭찬이다.

미모와 대단한 학력까지 갖춘 까닭에 심지어 '여신'으로까지 칭찬받고 있는 배우가 바로 김태희다. 지난 10월 1일 종영된 SBS 드라마 〈용팔이〉에서 더욱 물오른 연기를 펼친 그녀가 2013년 3월 자신이 광고한 모 그룹의 채용·설명회를 위해 서울대를 방문한 적이 있었다. 김태희는 그 자리에서 자신이 졸업하고 9년 만에 처음 와 본다면서 감회가 새롭다고 밝혔다. 그러자 그 자리에 참석한 학생들은 그야말로 난리가 났다. 이에 경호원인지 보디가드인지 아무튼 김태희가 선 무대의 뒤에 있던 건장한 체격의 남자는 달려드는 학생들을 제어하느라 바빴다. 그 모습을 보면서 나는 이렇게 빈정댔다. "쳇~ 김태희가 뭐라고, 난 김태희보다 우리 딸이 더 예쁜데!(김태희 씨 미안해요~(^^;)" 입은 삐뚤어졌어도 말은 바로 해야 맞는 법이다.

사실 김태희가 예쁜 건 사실이다. 오죽했으면 그녀가 행사장(또한 어떤 이벤트이든 간에)에 등장하면 "어? 인형이 말을 하네!"라는 극찬까지 쏟아질까. 개인적으로 김태희가 오늘날과 같은 인기몰이를 할 수 있는 연유는 출중한 미모도 미모이거니와 학력, 즉 서울대를 나온 재원(才媛)인 배우이기 때문에 가능했다는 느낌이다.

사랑하는 내 딸이 어려서부터 비범한 재주를 보인 건 아니다. 다만 점차 성장하면서 보인 '특기'는 늘 그렇게 곰손이처럼 책 보기를 즐겼다는 것이다. 그런 습관은 학교에 진학하면서 더 했는데 특히나 시험을 앞둔 때면 식탁에 앉아서도 아예 책에 눈을 박곤 했다. 다 아는 상식이겠지만 세상에 공짜는 없다. 또한 어떠한 결과든 간에 원인이 개입하기 마련이다. 내가 김태희보다 곱다고 느끼며 여전히 눈에 넣어도 아프지 않은 사랑하는 내 딸이 서울대를 갈 수 있었던 비결은 초, 중, 고교 12년 동안 부동의 전교1등으로 질주한 저력이 그 밑바탕이었다.

또한 서울대 1차 합격 뒤에 치러진 그해 수능에서도 기대에 어긋나지 않게 1등급 성적을 수두룩하게 받았기 때문이었다. 딸의 월등함은 대전동신고등학교를 졸업하던 날에도 고스란히 드러났다. 딸은 그날 무려 일곱 개나 되는 상을 받았다. 뿐만 아니라 그날의 하이라이트라 할 수 있는 금메달로 만든 대상(大賞)까지 휩쓸었다.

그래서 졸업식장에 참석한 학부모님들 역시도 연신 호명되어 나가는 내 딸을 보면서 꽤나 부러워했던 것이다. "와~ 대단하다! 평소 얼마나 공부를 잘 했으면 저럴까?" "내 말이, 그러니 저런 딸을 둔 부모는 얼마나 행복할까!" 그랬다. 나는 그날 정말 행복했다. 그러한 감흥은 딸이 서울대를 졸업하던 날에도 이어졌다. 졸업식장에 앉아 내 딸이 학사모를 쓰고 사진을 찍는 모습을 보면서 나는 너무 행복해서 또 눈물이 찔끔했다. 그런 어림쟁이 같은 모습에 동석한 아내는 푼수 떤다며 나의 허벅지를 꼬집었다.

그러거나 말거나 나의 뇌리엔 초등학교 시절 나를 밀어내고 반에서 1등으로 올라선 Y가 동시에 오버랩 되었다. Y는 내가 초등학교 4학년 2학기에 전학을 온 여학생이다. 후에 주워들은 말에 따르면 그 학생의 부모님은 교육자라고 했다. 그에 걸맞게 그녀는 공부를 참 잘 했다.

뿐만 아니라 고등학교는 당시로선 어떤 파격이랄 수 있는, 천안에서 충남도청의 소재지가 있던 대전으로까지 유학(遊學)을 갔다고 들었다. 반대로 그 즈음 나는 기껏 소년가장이나 되어 가지고 구두를 닦았다. 그런가 하면 지금도 천안의 명물인 호두과자와 주전부리 따위를 광주리에 담아 시외버스에 올라가 파느라 공부라곤 거들떠도 볼 수 없는 절박한 처지로 까무룩 추락하고 말았다. 토양이 비옥한 땅에 뿌린 씨앗과 황무지에 던져진 씨앗의 발아(發芽), 그리고 성장의 차이가 그처럼 커다란 간극을 만든다는 걸 비로소 절감했다.

그러했기에 그날 내가 흘린 눈물엔 그녀를 향한 이런 외침까지 포함돼 있었다. 'Y야, 나는 비록 초라한 국졸의 학력이었으되 내 딸만큼은 너처럼 이 대학을 졸업한다!' 동시에 때에 맞지 않게(졸업식은 2월이라서 추웠다) 초등학교 시절 나를 가르치셨던 담임선생님의 다음과 같은 덕담이 훈훈한 명지바람으로 불어왔다. "이대로만 열심히 공부하거라. 그럼 너도 서울대 갈 수 있어!" 하지만 그러한 희망은 물거품으로 사라진 지 이미 옛날이다. 여하튼 '김태희보다' 고운 내 딸은 내년에 결혼 예정이다. 장소는 이미 예약돼 있는데 서울대 캠퍼스 안에 위치한 웨딩홀이다.

내 자녀로 와 줘서 고마워

'최정예'란 무엇인가? 최정예(最精銳)는 제일과 으뜸 혹은 최상(最上)을 가리키는 가장 최(最)에 '썩 날래고 용맹스러움 또는 그런 군사'와 '능력이 우수하고 일에 기운차게 앞질러 나설 힘이 있음, 또는 그런 인재'를 의미하는 정예(精銳)가 붙어 어떤 극존칭(極尊稱)의 매우 우수한 인재라는 뜻이다. 따라서 "세계 최정예 특수부대는?" 내지 "우리나라 축구(야구외 다른 스포츠도 마찬가지로)팀의 최정예 선수는 누구야?"라는 식으로 곧잘 쓰이곤 한다.

미국의 하버드와 스탠포드 대학에 동시 입학해 화제를 모았던 인물이 김 모 양이었다. 그러나 그 합격증들이 다 허위로 드러나면서 이를 최초로 보도한 미주중앙일보 객원기자 전 모 씨는 오보를 인정하고 사과까지 했다. 이런 현상을 보자면 역시나 기자는 반드시(!) 사실을 확인한 후에 비로소 기사를 작성해야 옳다는 교훈을 새삼 남기게 됐다. 나도 오래도록 객원(시민)기자를 하고 있지만 사실에 입각한, 즉 팩트(fact)가 아닐 경우 절대로 쓰지 않는다. 여하튼 그렇다면 그 김 양은 잠시 누렸던 '최정예 재원(才媛)'이란 찬사의 자리에서도 내려와야 한다는 셈법이 적용된다고 느껴졌다.

아울러 '그럼 누가 과연 최정예일까?'라는 자문자답까지로 생각의 레일이 연장되었다. 한데 그 답은 쉽사리 도출되었다. 왜냐면 그 대상은 바로 다름 아닌 내 사랑하는 아들과 딸이었음으로. 가정의 달이었던 지난 5월에 아들과 딸이 나란히 집에 왔다. 아들은 조만간 사내 신입사원 교육 강사로 발탁될 것 같다는 낭보를 전했다. 순간 치열한 사내공모와 경쟁을 거쳐 발탁되었을 것이란 생각에 만석꾼 이상의 부자 마음으로 돌변했다. 아내의 입도 금세 귀에 가서 붙었다. "와~ 역시 우리 아들은 대단해! 축하한다~" 딸도 제 오빠를 칭찬해주는 도타운 우애의 모습에서 두 녀석이 새삼 어찌나 예쁘던지…….

여기서 잠시 지난 2005년 2월 3일에 쓴 〈서울 유학을 앞둔 딸에게 쓰는 편지〉를 소개코자 한다. 이는 나의 블로그에 저장돼 있는 덕분에 호출이 가능했다.(이러한 나름의 '글 창고'가 있으니 참 좋은 세상이다!) "사랑하는 딸아~ 오늘 드디어 네가 합격한 대학의 등록금을 납입하게 되었구나. 남들은 사립대학의 반 밖에 안 되는 국립대학의 등록금인지라 퍽이나 다행이라고들 하더구나. 그러나 너도 알다시피 현재 우리 집의 가정경제 형편이 어려운 관계로 아빠는 너의 대학등록금 납부조차도 실로 만만치는 않았다. 하지만 기분은 무척이나 좋았단다. 그건 바로 이제 내 딸도 어느새 자라 인생에 있어 가장 절정기랄 수 있을 '여대생'이 된다고 하니 여간 고무되는 게 아니었기 때문이었지……. 이제 다음 주면 신입생 OT에 이은 기숙사 신청, 그리고 TEPS 시험에 이어 기숙사로의 입사와 입학식 등등의 행사로 인해 너는 눈코 뜰 새가 없으리라 생각되는구나. 또한 3월에 대학의 개강이 되면 사랑하는 내 금지옥엽을 이제는 내 맘대로 볼 수도 없겠구나 라는 생각에 한 편으로는 벌써부터 공허감이 삭풍처럼 달려들기도 한단다. 하지만 어쩌겠니…… 인생사라는 건 본시가 '회자정리'(會者定離)가 수순인 것을.

그러나 우리 부녀지간의 헤어짐은 고작 잠시이며 내가 사랑하는 딸의 또 다른 발전을 위한 기간이기에 아빠는 그 외로움을 능히 견뎌내야만 하는 것임을 말이다. 누군가 말하길 '농사 중에서 가장 으뜸은 뭐니뭐니 해도 자식 농사'라 했단다. 그렇다면 아빠는 자식농사를 참으로 잘 지은 그야말로 '행복한 농부'라 할 수 있겠지? 변변한 바라지를 해 주지 못 했음에도 불구하고 항상 우등생의 고지를 점령해 온 너와 더불어 지금은 군인인 네 오빠는 또 그 얼마나 심지가 곧은 녀석이었더냐?! 효심 가득하고 친구 간에도 우애 깊으며 너와 우리 가족 모두를 끔찍하게도 사랑하는 아들은 너와 함께 이 아빠의 영원한 희망이며 또한 아빠 삶의 버팀목이란다. 꽃피는 봄이 도래하면 눈에 넣어도 여전히 아프지 않은 너와는 헤어져서 아빠는 이제 '기러기 아빠'가 될 공산이 농후하구나.

하여 아빠는 벌써부터 진득하게 몰려오는 외로움이 차라리 공포스럽기까지 하단다. 그러기에 벌써 수확의 만추(晩秋)를 기다리고 있는 건지도 모르겠다. 가을이 오면 네 오빠도 군복을 벗고 집으로 돌아올 테니 말이다! 사랑하는 딸아~ 이제 너와 원활하게 대화를 나눌 날도 많지 않음에 이 편지를 통해 다시금 이 아빠의 바람을 피력하고자 한다. 아빠는 지금도 자신 있게 주창하건대 너와 네 오빠를 진정 사랑과 칭찬으로써 키워왔다고 자부한다. 또한 그러한 토양이 빛을 발했기 때문에 너와 네 오빠가 오늘날까지도 진정 '튼실한 재목'으로 자라주고 있음에 정말로 고맙다. 대학은 말 그대로 크게 배우는(大學) 전당이다. 또한 많은 동기들과 아울러 훌륭하신 선배님과 후배들과의 교유(交遊) 역시도 빈번해 질 게야. 그래서 노파심에서 거듭 강조하는데 벼는 익을수록 고개를 더 숙이듯 부디 지금처럼 예의 바르게 생활하길 바란다.

또한 '어디서 어떠한 상황에 처해 있든 매사 주인의식을 갖자'는 의미의 '수처작주'(隨處作主)의 패러다임을 견지하길 원한다. 아울러 이담에 대학을 졸업하고는 취업을 하든 결혼을 하든 여하튼 '동천년노항장곡 매일생한불매향(桐千年老恒藏曲 梅一生寒不賣香)'의 기초를 공고히 하는 바람이란다. 너는 똑똑한 녀석이니까 이 뜻이 '오동나무는 천년이 되어도 항상 곡조를 간직하고 있고 매화는 일생동안 춥게 살아도 향기를 팔지 않는다'라는 건 잘 알고 있겠지? 요 며칠사이 폭설에 이은 기온의 급강하로 인해 길을 가는 사람들 모두가 동동거리며 코와 귀까지 막고 있음을 보게 된다. 하지만 이제 내일이면 어느새 입춘(立春)이로구나. 이런 걸 보면 제아무리 삭풍이 휘몰아치며 동장군이 기세를 떨친다 한들 다가오는 천리(天理) 앞에선 고작 찻잔 속의 태풍이라는 게 바로 계절의 순리가 아닐까 싶구나.

올해는 아빠도 그동안의 지지부진과 어려움의 질곡에서 벗어나 여대생인 내 딸의 바라지에 더욱 최선을 다할 수 있는 '멋진 아빠'가 되고자 하는 것이 최대의 목표다. 모쪼록 내 사랑하는 딸의 앞날에 항상 건강과 행운과 신의 가호가 함께 하길 발원한다. 네가 서울로 유학가기 전에 잠시나마라도 대천바다에 가서 시원한 해풍을 맞으며, 또한 영겁의 세월을 묵묵히 견뎌온 바위들도 보고 싶구나. 그러한 인고의 견딤을 보고 내 딸이 잔잔한 바다는 노련한 사공을 만들지 않는다는 평범한 교훈까지를 배웠으면 하는 바람과 함께 이젠 성인이 된 내 사랑하는 딸과 싱싱한 해산물을 안주 삼아 소주라도 나눴음 하는 것이 이 아빠의 속셈이란다. 너를 사랑한다! 하늘만큼 땅만큼."

일본의 유명한 서양문화사 전문가 모리시타 겐지가 쓴 〈위대한 남자들도 자식 때문에 울었다〉를 보면 다음과 같은 내용이 등장한다. "위대한 아버지가 살아 있는 동안은 무리야. 거대한 떡갈나무 곁에서 자라는 어린 나무는 노목의 그늘에 가려 빛을 보기 힘들어." 자기도취에 빠진 런던의 아기 공작새라고 야유 받던 외아들 랜돌프는 아버지 처칠의 지원으로 의원선거에 출마해 여섯 번이나 떨어지자 이렇게 말했다. 그 역시 아버지를 닮은 뛰어난 문장력과 강연으로 생활을 꾸려가지만 폭음으로 인해 생을 마감했다.

빼어난 통찰력을 가졌던 처칠도 아들에게는 그 힘을 발휘하지 못한 것이다. 학교 무용주의자로 자식들을 제대로 교육 시키지 않았던 에디슨의 장남 토마스 주니어는 사기꾼들에게 속아 토마스 에디슨 2세 전기회사를 설립한 뒤 '사람의 생각을 찍는 기계'를 발명했다며 아버지의 명성을 이용했으나 곧 망했다. 그 뒤 또 명의를 빌려 주어 사기를 치려 하자, 에디슨은 발명가의 재능이 없는 아들에게 농장을 사주며 농사에 전념할 것을 당부했다. 하지만 실패를 거듭한 토마스 주니어는 결국 스스로 목숨을 끊었고, 둘째 윌리엄도 실업자로 전락해 아버지에게 생활비를 받으며 지냈다.

돈을 훔치다 사기죄로 기소되고, 술과 여자에 빠져 아버지의 다비식에도 참석하지 못한 간디의 큰아들 할리할은 네 아들 중 간디의 뜻을 승계하지 못한 유일한 자식이다. 그 역시 처음엔 '작은 간디'라는 이름을 얻을 정도였으나, 자식을 소유물로 여겨 지배하려던 아버지와 잦은 마찰로 이슬람교로 개종까지 하고 아버지에게 등을 돌린다. 훗날 간디는 자서전에서 정치에 시간을 빼앗겨 성장기 아이들을 돌보지 못했던 점을 크게 후회했다. 미국의 대문호 헤밍웨이의 아들 그레고리도 심한 우울증에 시달리다 결국 구치소에서 쓸쓸히 생을 마감했다. 그의 죽음 뒤에는 술과 여자, 여행에 빠져 가족을 돌보지 않았던 아버지가 있었다.

위인이든 평범한 사람들도 자식을 제대로 키우기란 어려운 일이며 반대로 자식 노릇하기도 그리 쉽지만은 않다. 하물며 성공한 아버지의 이름에 누를 끼치지 않아야 한다는 부담을 안고 살았던 그들에게 아버지는 하나의 커다란 짐이었을지도 모른다. 우리는 흔히 오복(五福)을 입에 올린다. 오복이란 壽(수), 富(부), 康寧(강녕), 攸好德(유호덕), 考終命(고종명)의 다섯 가지다. 수(壽)는 장수(長壽)하는 것이고 부(富)는 부유한 삶을 영위하는 것, 강녕(康寧)은 우환이 없이 편안한 것을 말한다.

유호덕(攸好德)은 덕을 좋아하며 즐겨 덕을 행하려고 하는 것이며 고종명(考終命)은 천명(天命)을 다하는 것이다. 여기에 나는 한 가지를 추가하려고 한다. 그건 바로 '자식 복'이란 것이다. 하늘은 스스로 돕는 자를 돕는다는 말은 결코 허언(虛言)이 아니었다. 여기서 나는 거듭 다짐코자 한다. 그건 바로 효자불궤 영석이류(孝子不匱 永錫爾類), 즉 자식은 부모가 한 것을 보고 배워 그대로 하므로 본(本)이 되는 아버지의 길을 앞으로도 꾸준히 정진하겠다는 것이다.

봉기불탁속

    딸은 지난 2004년 11월에 대입수능을 치렀다. 그러고 나자 곧바로 수능 부정행위가 발각되었다. 때문에 그 파장이 일파만파를 일으킨 적이 있었다. 그런데 얼마 안 되어선 모 유수의 사립대학에서 교수가 부정행위로서 자신의 아들 성적을 올려준 것이 발각되었다. 그도 모자라 여기저기의 고교에서도 내신 조작 등의 부정과 시험문제의 누설이라는 실로 부끄러운 작태들이 꼬리를 물었다는 뉴스를 기억한다. 그러한 사례들을 보면서 나는 다시금 사람은 무슨 일이 있더라도 늘 정직으로 일관해야 한다는 교훈을 얻었다. 사람은 누구라도 아침에 눈을 뜨면 치아에 이어 눈과 귀도 깨끗이 닦는다. 그건 바로 새로운 '아침 정신'에 입각하여 오늘 하루도 좋은 말만 하고(치아) 아름다운 것만 보며(눈) 달콤한 말만을 듣겠노라(귀)는 자신과의 약속을 실천하기 위한 행동의 발로라고 생각한다.

    나와 같은 중년의 가장들이라면 누구라도 추구하고 신봉하는 자신만의 '가훈'이 있을 것이다. 나는 진즉부터 우리 집의 가훈을 '정직'과 '성실',

그리고 '신용'으로 정한 바 있다. 비록 나는 물질적으로는 여전히 빈곤한 서민이며 로또복권에 당첨이 되든가 방송의 퀴즈 프로그램에서 우승자가 되지 않는 이상에는 앞으로도 아등바등 살아야 할 게 뻔한 필부다. 하지만 그처럼 어렵게 살았을지언정 단언하건대 그동안 도둑질을 한다거나 남에게 피해를 주면서 살지는 않았다고 감히 자부한다. 정직을 모토로 살았으며 그러한 나의 사상은 자녀에게도 항시 가훈으로서 주지시키고자 노력했다.

평소 '악목도천'(惡木盜泉)이라는 것을 신봉한다. 그건 바로 '아무리 곤란할지라도 결코 부끄러운 짓은 않는다'는 의미의 경구(警句)이다. 지금도 잊을만하면 여전히 보게 되는 것 중의 하나가 일부 정치인과 고위직의 뇌물 수수와 직책에 편승한 향응과 금품 수수, 그리고 부정행위다. 그런데 이건 바로 부정직한 행태의 전형이라 하겠다.

언젠가 진실은 없고 늘 거짓부렁만 일삼는 직원이 하나 있었다. 그래서 경계심을 늦추지 않았는데 어느 날부터 그 직원은 교언영색으로서 내게 접근해 오기 시작했다. 결국 그 직원의 회유에 놀아난 나는 그의 카드 발급에 보증을 서 주었는데 그가 달아나는 바람에 고스란히 변제해준 쓴 기억이 남아있다. 그리고 보면 정직은 역시나 습관인 듯 싶다. '악목도천' 외에도 봉기불탁속(鳳飢不啄粟)이란 의미 또한 늘 가슴에 새기고 있다. 이는 '봉(鳳)은 굶주려도 좁쌀을 쪼지 않는다'는 뜻으로 굳은 절개를 뜻하는 말이다.

또한 절개(節槪)는 신념과 신의 따위를 굽히지 아니하고 굳게 지키는 꿋꿋한 태도이다. 따라서 더워도 나쁜 나무 그늘에서는 쉬지 않으며, 목이 말라도 도(盜)란 나쁜 이름이 붙은 샘물은 마시지 않는다는 뜻을 지닌 '악목도천'의 사촌 쯤 되는 셈이다. 지난날 소년가장 시절엔 구두닦이도 했다. 군대에 가면 이발을 담당하는 병사를 일컬어 은어로 '깎사'라고 부른다. 구두닦이도 처음부터 손님의 구두를 닦을 순 없다. 처음엔 다방 등지를 다니면서 손님들의 구두를 걷어오는 '찍새'부터 해야 했다. 국어사전에도 올라와 있는 이 말은, 닦을 구두를 모아서 구두닦이에게 가져다주는 일만 하는 사람을 속되게 이르는 말이다. 그럼 구두만 전문적으로 닦는 '닦새' 형은 연신 침을 퉤퉤 뱉어가며 구두를 닦았다. 하지만 곧이곧대로 구두만 닦아선 돈을 많이 벌 수 없다는 현실적 한계가 있었다.

그래서 등장한 것이 바로 '우격다짐 다짜고짜 구두 뒤창 갈기'였다. 단 이런 일종의 사기 짓은 역에서 방금 나온 승객이 주 타깃이었다. 다방손님에게 그리했다간 경을 칠 게 뻔해서였다. 다방손님은 주로 근처의 사람들이 주를 이뤘다. 반면 열차서 내린 사람은 속된 말로 오다가다 보는 사람이라서 후환이 거의 없었다.

닦새 '형'은 구두를 닦으러 온 사람이 의자에 앉아서 구두를 들이밀면 밑창부터 살폈다. 그리곤 다짜고짜 한 쪽 구두를 손으로 들어 올리면서 동시에 구두의 뒤창을 시퍼렇게 날이 잘 선 칼로 무 자르듯 냉큼 갈라놓았다. 대경실색한 손님이 큰소리를 쳐도 아랑곳하지 않았다. 방귀 뀐 놈이 되레 성낸다고 그 형은 그때부터 특유의 '협상'을 시작했다. "이렇게 뒤창이 다 닳은 구두를 신고 다니는 사람이 요즘에 어딨슈?"라며.

그러다가 돌부리에 걸려 넘어져 골절이라도 되면 어쩌려고 하냐는 둥 언죽번죽 말도 참 잘 했다. "그러니께 시방 나보고 구두 뒤창을 갈으라는 겨?" "그렇지유!" "얼만디?" 그럼 닭새 형은 당시로선 거금인, 즉 새 구두 값의 얼추 반에 해당되는 액수를 불렀다.

경악의 표정으로 바뀐 손님은 발을 빼려 해도 이미 늦었다. 벌써 반쯤은 베어져 나간 손님의 구두 뒤창으로 말미암아 그 손님은 제대로 걸을 수가 없어진 때문이었다. 쩔뚝쩔뚝 몇 발자국 가지도 못 하고 손님은 되돌아왔다. 한데 그건 닭새 형의 오랜 경험에서 터득한 치밀한 어떤 시나리오의 수순이었다. "근디 그 구두 뒤창은 왜 그러키 비싼겨?" "그야 품질이 최고인 수입품이니께 그렇지유." 손님은 연신 입맛을 다시면서도 하는 수 없다는 듯 체념했다. 그 '멍청한' 손님이 가고 나면 닭새 형은 만면에 미소를 띠며 이렇게 말하곤 했다. "킥킥~ 오늘은 호구를 셋이나 잡았네!" 어질더분한 그의 작태에 내가 비록 한참이나 어린 나이이긴 했으되 속으론 아주 못된 놈이라며 경멸했다.

그래서 면상에 가래침이라도 칵~ 하고 뱉고 싶었다. 아울러 '아무리 어렵기로 나는 너처럼은 절대로 안 살 거다!'라며 다짐에 무거운 돌을 올리곤 했다. 이런 '봉기불탁속' 실천의 경우는 언론사에 재직할 당시 더욱 두드러졌다. 지금이야 세일즈를 전화로만 하는 이도 있다. 그러나 당시엔 철저히 '필드'를 뛰어다니며 고객을 만나 설득을 하지 않으면 안 되었다. 그러면 고위 공직자 중엔 꼭 이런 사람들이 나타났다. "사정상 구독하기 어려우니 대신 이 돈 받고 가주시면 고맙겠습니다." 그러면서 얼마간의 돈을 주었는데 그 이유는 내가 언론사에 속해 있다는 명함의 '위력' 때문에 가능했다. 그렇긴 하더라도 단언컨대 나는 단 한 푼조차도 돈을 받은 적이 없다! 아이들 보기에도 부끄러운 아빠가 되어선 안 되겠다는 결심이 그런 행동으로 이어진 것이다.

병행하여 아이들이 어려서부터 유독 강조한 게 존댓말의 사용과 정직이었다. 이에 부응하여 아이들은 말을 배울 무렵부터 나와 아내에게 깍듯했다. 또한 정직하게 커왔음은 물론이다. 〈부끄러운 A학점보다 정직한 B학점이 낫다〉는 책이 있다. 학교서 아무리 A학점만 받는 장학생과 우등생일지라도 정작 그 사람이 정직하지 않으면 말짱 도루묵이다. 눈물로 젖은 빵으로 살았던 구두닦이 소년가장 시절에 스스로 터득한 정직한 삶의 견지 다짐과 실천, 그건 후일 제대로 된 내 아이들의 생성(生成)의 밑거름이 되었다고 생각한다.

정직을 잃은 사람은 더 잃을 것이 없다. 이는 비단 명언(名言)에서만 드러나지 않는다. 내가 아는 사람 중에 정직을 상실한 때문에 직장에서 쫓겨나고 가정마저 붕괴된 이도 있다. 아무튼 가난과 슬픔이 습관이었던 막막한 소년가장 시절을 지나 청년으로 진입하면서 그녀가 내 앞에 나타났다. 지금은 내 아내가 된 그녀가.

겸손은 힘들어

　지난 10여 년 전 절친한 친구가 부친상을 당하였다. 그래서 부조금을 받아 정리해 주는 등 슬픔에 빠진 유족들까지 위로하고자 나름대로 바지런을 떨었다. 3일장의 마지막 날에 운구는 영안실을 떠났다. 이윽고 도착한 본가에서 고인께서는 꽃상여로 옮겨지셨고 꽃상여를 둘러멘 상두꾼들은 상두꾼 앞잡이인 선소리꾼의 구슬픈 구령에 맞춰 장지를 향해 나아갔다.

　고갯마루에 있는 고인의 장지는 우리네 인생길만큼이나 구비지고 험난했다. 그러자 선소리꾼은 요령을 더욱 요란스레 흔들며 "노잣돈이 적자(赤字)여~"라며 노골적인 푸념을 연신 입에 달았다. 그 같은 선소리꾼의 호명에 따라 장자(長子)부터 막내사위에 이르기까지 고루 불려나간 유족들은 상여에 현금을 매달고 다시금 연신 절을 했다. 그러한 모습을 보면서 문득 '인생은 공수래공수거'라 했지만 때에 따라선 저승에 갈 때도 노잣돈이 조금은 있어야겠다는 생각에 일순 마음이 짠해졌다. 산소 안으로 고인께서 묻히시자 더욱 오열의 강을 이루는 유족들을 보면서는 역시나 우리네 인생이라는 건 부처님께서 말씀하셨던 바대로 찰나이자, 또한 조로(朝露)라는 생각이 들었다. 장례를 치르는 친구와 유가족들 모두 시종일관 문상객들에게 겸손으로 일관했다.

오래 전 칭기즈칸(Chingiz Khan)의 리더십을 다룬 다큐멘터리를 TV에서 시청한 바 있다. 신분을 막론하고 능력을 우선해서 인재를 선발했던 그의 리더십은 본받을 만하다고 느껴졌다. 하지만 가는 곳마다 살육과 강탈과 강간을 일삼고 일부 지역은 아예 초토화를 만들었던 칭기즈칸은 피지배국의 국민이 보기엔 여전히 그저 살육자이자 정복자일 따름이었다. 여하튼 그는 몽골의 초원에서 시작하여 말을 통한 빠른 이동으로 인류 역사상 세계 최대의 영토를 정복했다. 그 후 진시황을 좇아 자신도 영생불사를 꿈꾼다. 하지만 그러한 꿈이 역시나 물거품으로 돌아가자 그는 자신의 무덤을 누구에게도 공개하기 싫었던 나머지 자신의 능을 만든 사람을 모두 죽여 없애는 바람에 지금껏 그의 무덤의 위치는 누구도 모른다고 했다.

따라서 칭기즈칸에게 있어 겸손이란 애초 존재하지 않았을 거란 의심의 눈초리가 정당하다는 셈법이 도출된다. 언젠가 무려 마흔 몇 채의 주택과 아파트를 지니고 있다는 여자가 뉴스의 헤드라인으로 다뤄진 바 있었다. 그 여자는 부동산 투기로 불로소득을 꾀하고자 하는 전형적인 복부인의 전형이었다. 때문에 당시 내가 느꼈던 소회와 분노감은 상당한 경지였다. 이라크의 전 대통령이었던 후세인이 생전에 암살 위협을 피하기 위해 수십 채의 주택으로 밤이면 밤마다 이동을 하며 잠을 잤다는 것은 이해가 되지만 그 여자는 대체 왜? 그렇다면 그건 자신도 자신의 그러한 작태가 참으로 남부끄러운 짓이라는 걸 인지했기 때문에 그렇게 이 집 저 집으로 옮겨 다니면서 잠을 잤던 것은 아니었을까?

그동안 살면서 많이는 보지 못 하였으나 몇 번 목도한 것 중의 하나가 바로 사람이 죽을 때는 그야말로 빈 몸뚱이로 간다는 것이었다. 그런 사실은 기실 누구라도 익히 알고 있는 '상식'이다. 나와 같은 서민들은 늘 기를 쓰고 열심히 벌어도 한 채 마련조차 어려운 게 바로 아파트다. 한데 그러함에도 세속적 욕심에 눈이 멀어 그런 아파트를 수십 채나 가지고 있다는 일부 에고이즘의 인간은 겸손은 물론이고 예의마저 상실한 이 자본주의 사회의 어떤 폐단이라고 생각한다.

'명예와 부, 모두를 지니려 한다면 그예 화가 되어 미친다'는 고금의 진리마저 거부하고 남부럽지 않은 고위직에 있음에도 그 직위를 이용하여 부도덕한 뇌물을 받는 사람들도 여전하다. 의지대로 되지 않는 일이 다발하고 마음마저 헛헛할 때면 시장에도 가보고 병원과 장례식장에도 가보라고 했다. 시장에 가면 고작 천 원어치의 나물을 팔기 위해 최선을 다하는 시장사람들의 투철한 삶의 의욕을 보게 되고 병원에서는 고달픈 투병의 나날을 긍정적으로 이겨나가고자 하는 많은 환자를 보게 된다. 그리고 졸지에 불귀의 객이 된 생떼 같은 자식의 영정 앞에서 오열하고 있는 장례식장 부모의 모습에서 우린 새삼 겸손을 배운다.

나는 지지리도 못난 탓에 허름한 아파트 한 채 조차도 없이 살고 있는 척박한 서민이다. 하지만 물질보다는 평온한 가정을 우선시하며 진정한 재물은 올바른 자녀라는 사관으로 무장하며 살아왔다. 여전히 어렵지만 앞으로도 무변하게 성실하고 착하게 살아가고자 한다. 그러노라면 그동안 외면만 해 왔던 가혹한 운명의 신도 한 번쯤은 나에게도 고개를 돌려 미소를 짓는 때가 오리라 믿기에.

"오, 주여! 내 아이가 이런 사람이 되게 하소서. 약할 때에 자신을 분별할 수 있는 힘과 두려울 때 자신을 잃지 않는 용기를 주소서. 정직한 패배 앞에 당당하고 태연하며, 승리의 때에 겸손하고 온유한 사람이 되게 하소서. 남들을 다스리기 전에 먼저 자신을 다스리는 사람, 미래를 향해 전진하면서도 과거를 결코 잊지 않는 사람이 되게 하소서." 맥아더 장군이 마흔여덟 살에 얻은 아들을 위해 드린 〈아버지의 기도〉라는 글의 일부이다. 이 글의 핵심은 '겸손'이다. 겸손(謙遜)은 남을 존중하고 자기를 내세우지 않는 태도가 있음을 뜻한다.

그러나 때론 겸손은 힘들 때도 있는 게 사실이다. 마치 가수 조영남이 부른 '겸손은 힘들어'라는 노래의 가사처럼. "세상에는 이런 사람 저런 사람 세상에는 잘난 사람 못난 사람 많고 많은 사람들이 있지만 그 중에 내가 최고지… 겸손 겸손은 힘들어 겸손 겸손은 힘들어." 거의 평생을 겸손으로 일관하여 살아왔다고 해도 과언이 아니다. 그렇지만 때론 이 겸손이란 위선의 탈을 벗는 때도 없지 않았다. 그건 지난날 딸의 서울대 졸업 때 빚어졌다.

흔히들 "태생(胎生)은 못 속여"라고 한다. 그래서 '태생적 한계' 내지 "그 자는 원래 태생이 그래서…"라는 따위의 비유도 우린 곧잘 인용한다. 그렇다, 나는 태생이 단신(單身)이다. 키가 고작(?) 165센티미터밖에 안 되는 '짜리몽땅'한 키를 소유한 남자니까 말이다. 하지만 이건 내 의지와는 아무런 상관없이 부모님께서 나를 이리 만들어 주신 것이다. 고로 이 같은 '현실'을 어디에도 푸념을 하거나 하소연을 한다는 건 그야말로 어불성설(語不成說)이다.

언젠가 모 방송에서 개념 없는 여대생이 키가 일정 이하로 작으면 '루저'라고 해서 말이 많았음을 기억한다. 그러나 나는 당시부터 그 말에 동의하지 않았다. 절대로! 그럼 이제부터 이에 대한 반향(反響)의 항변을 시작하련다. 우선 나는 누구보다 부지런하다. 키라도 작으니까 행동으로나마 키가 큰 이에 필적(匹敵)하는, 아니 그 이상으로 살자고 작심한 건 매우 어려서부터다. '조실 모하고 삭풍이 휘몰아치는 사회로 나오고 보니 그러한 다짐과 결심은 더욱 견고한 철옹성으로 바뀌었다.

평소 바지런하기론 그야말로 타의 추종을 불허한다. 우선 새벽 네댓 시면 벌써 기상하여 밥을 짓는다. 홀아비도 아니거늘 이처럼 홀아비 티를 내는 건 마누라가 늘 고삭부리이기 때문이다. 웬만한 반찬까지 척척 잘 하는 내 솜씨는 허름한 식당의 주방장 뺨을 치고도 남는다고 자부한다. 이런 연유는 태산만큼이나 많은 고생을 어려서부터 숱하게 해 온 내 공 덕분이다. 박복하여 많이 배우지도 못 한 때문으로 숱한 멸시와 조소까지 덤터기를 썼다. 그 또한 오기가 발끈했기에 방대한 책을 닥치는 대로 읽어대며 지식적 빈틈을 메웠다.

태생(胎生)의 또 다른 표현은 부전자전(父傳子傳)이다. 나를 닮아 '아담 사이즈'인 딸은 누구보다 지독한 악바리였다. 아~ 그렇다고 하여 내

82

딸이 성미가 깔깔하고 고집이 세며 모진 사람이라고는 오해하지 말아주시길! '악바리'의 또 다른 의미는 '지나치게 똑똑하고 영악한 사람'이라는 뜻이니까. 딸은 연전(年前) 서울대를 졸업할 때도 최우등 상을 받았다. 그러니 내 어찌 딸바보의 자랑을 단지 기억의 유치장에만 가둘 수 있었으랴. 때문에 지인과 친구에 이어 당시의 직원들에게도 모조리 밥과 술까지 샀던 것이었다. 여하튼 딸이 대학을 졸업하던 날엔 그동안의 겸손을 접고 '부러우면 지는 거다.'의 반대인 '안 부럽기에 이긴 거다.'는 차원의 행복감을 만끽할 수 있었다.

신의 선물, 아내

오래 전 겨울의 일이다. 당시 아내의 건강은 얼추 위험 수준이었다. 밥도 전혀 못 먹고 사다 준 전복죽마저도 겨우 서너 숟갈 뜨면 그만이 었다. 그렇게 사흘 이상이나 꿍꿍 앓다보니 살림살이 또한 엉망이었다. 그래서 내가 밥을 지어 먹고 설거지와 청소까지 했다지만 어디 여자가 하는 것만 하였겠는가. 평소 가뜩이나 허약한 체질이긴 했다. 그러함에 도 변변치 못 한 이 서방이 돈을 많이 못 벌어오는 터여서 그 나약한 체구를 이끌고 나가 돈을 벌곤 했던 것이 그만 자리보전의 원인이었던 것이다.

전날도 병원에 데리고 갔다 왔지만 별 차도는 없었다. 의사는 아내가 심한 탈수현상까지 있어 입원 가능성도 배제할 수 없다고 했다. 보리차 를 자주 마시라고 했다. 간호사는 근육주사에 이어 손목에도 혈관주사 를 놓았다. 그러나 금세 까맣게 멍이 드는 아내의 손목을 보자니 그 멍 이 내 맘까지로 전이되는 느낌이었다. 뿐만 아니라 그 멍은 내 가슴에 들어와 박히는 예리한 아픔의 깨진 유리 파편과도 같았다. 업고 오려 했으나 아내는 굳이 걸어가겠다고 하여 부축하여 집에 왔다. 집에 돌아오자마자 이내 푹 쓰러지려는 아내를 가까스로 뉘였다. 빈속에 약만 먹었다가는 더욱 곯지 싶어 억지로 귤이라도 먹게 했다. 약을 먹고 겨우 잠이 든 아내를 보자니 다시금 속에서 천불이 났다. 못난 내가 아내에게 병이 들게 한 원인을 제공한 거야!

건강한 사람도 견디기 힘든 백화점의 아르바이트 주부사원 일을 아내는 당시까지 벌써 10년 이상을 해 오고 있었다. IMF 도래 이후 하던 가게가 망하면서 노골적으로 도래한 빈곤의 '쓰나미'는 살림 밖에 몰랐던 아내마저 삭풍이 휘몰아치는 사회라는 광야로 나오게 떠밀었다. 백화점은 서비스 업종인지라 하루 종일 서서 접객을 해야만 한다.

그에 더하여 매양 손님에게 마음에도 없는 아양을 떨며 판촉에 임해야하는 관계로 퇴근하면 늘 파김치가 되곤 했다. 그렇게 허약한 아내를 구제하는 첩경은 오로지 내가 돈을 지금보다 최소한 두 배 이상을 버는 수밖에 없었다. 하지만 의지와는 달리 그놈의 돈이란 놈들은 다 어디로 내뺐는지 나에겐 당최 보이지 않았다.

아내가 잠든 사이 미뤘던 설거지에 이어 소리 안 나게 물걸레로 방과 거실도 훔쳤다. 그러노라니 다시금 아내의 건강이란 그 얼마나 소중한 것인가를 새삼 느끼게 되면서 가슴이 아려왔다. 아울러 내 곁에 여전히 웅크리고 있는 이 지독한 빈곤의 육중한 물귀신은 대체 언제가 돼야만 저 멀리로 달아날 것인가를, 더불어 아내가 다시 예전처럼 건강을 되찾을 수 있을까를 골똘히 생각했다.

올해로 어언 34년 째 부부의 연을 맺으며 살고 있는 아내다. 하지만 빈곤이라는 놈은 늘 그렇게 우리 부부의 목을 노리는 자객처럼 붙박이로 요지부동이다. 그래서 때론 현재도 감당하고 있는 이 지독한 가난은 아마도 내가 전생에 죄를 엄청나게 무겁게 지은 업보는 아닐까…… 하는 자괴감에 빠지기도 한다.

그러면서 그러한 '악연'을 지우고만 싶었다. 당장에 깡그리 지운다면 좋겠으되 그게 불가하다면 영화 '내 머리 속의 지우개'처럼 시나브로의 순서로라도. 정우성과 손예진 주연의 '내 머리 속의 지우개' 영화에서 김수진(손예진 분)은 유달리 건망증이 심하다. 편의점에 가면 산 물건과 지갑까지 놓고 나오기도 일쑤다. 결국 그 건망증이 원인이 되어 최철수(정우성 분)를 만나 부부가 된다. 하지만 머릿속에 지우개가 있는 불치병 알츠하이머를 앓는 지라 수진은 점차로 현재의 행복을 잃어간다. 그처럼 기억을 잃어 가는 아내를 지켜봐야 하는 남편의 애절함은 가히 단장이 찢어지는 슬픔이다.

인간은 망각의 동물이다. 망각을 하지 않는다면 그는 아마도 미쳐서 죽을 것이리라. 사랑하는 부모님과 배우자, 혹은 그 이상으로 사랑했던 사람을 잃었을 때의 그 비통함과 상실감이 '망각'이라는 여과 장치를 거치지 않는다면 뉘라서 미치지 않고 배길쏜가. 하지만 내가 지우고 싶은 건 영화의 그것처럼 낭만적인 사랑 놀음이 아니라 여전히 빈곤한 현주소라는 사실이었다. 거실을 닦으니 걸레는 금세 더러워졌다. 대신에 거실은 반짝반짝 빛이 났다. 아내도 저렇게 반짝반짝 빛나는 시절이 있었는데……

지금으로부터 30년 전이니까 아들이 세살 때였다. 처갓집은 오래 전에 대전 시내로 이사를 나오셨는데 당시엔 대전 인근의 면 소재지인 시골에 위치해 있었다. 근데 하루는 아내가 처갓집 동네에 환갑잔치가 있으니 맛있는 걸 먹으러 가자고 했다. 그래서 훈풍의 봄기운도 완연하고 논에는 방금 심은 모가 파릇파릇 싹을 돋우는 계절의 일요일 날 오전에 아내와 아들도 데리고 처갓집에 갔다. 장모님께서는 우리 식구를 반갑게 맞아주시면서 "오늘 요 윗동네서 환갑잔치가 벌어지고 있으니까 나하고 가세나."라며 나의 팔을 잡아 끄셨다. 아내와 아들도 함께 갔으면 했으나 아내는 모처럼 온 친정이니 집안 청소 좀 해 주고 낮잠이나 자겠다며 손사래를 쳤다.

하여 술이 무척이나 '고팠던' 이 둘째사위는 보무도 당당하게 장모님을 따라 처갓집에서 10분여 거리인 윗동네의 잔칫집으로 갔다. 그 동네는 장모님 친인척분들의 집성촌이었기에 그 잔칫집에 오신 손님들은 장모님을 모르시는 분들이 없었다. 장모님께선 동행한 나를 동네 분들께 연신 "내 둘째 사위~"라며 소개를 해 주셨다. 그러자 그 동네 어르신들은 "아~! 그러고 보니 이 친구가 그전에 결혼식장에서 본 바로 그 신랑이구먼~"이라고 하시며 연신 술을 가득 따라주셨다.

지금도 잘 마시지만 당시에는 평소 술병을 짊어지고는 못 가도 모두 마시고는 가는, 가히 두주불사의 술 실력을 자랑할 때였다. 따라서 술을

두 살이 된 아들을 안고 아내와 함께 처갓집 앞에서

퍽이나 좋아했던 나로서는 '이게 웬 떡이냐~♬'라는 생각에 어르신들이 건네주시는 술잔을 벌컥벌컥 겁도 없이 엄청나게 마셨다. 더군다나 그분들이 따라주신 술은 쓴 소주도 아닌, 집안의 잔치 때 쓰려고 미리 집에서 정성껏 담근 밥알이 동동 뜬 환상적인 맛을 자랑하는 '동동주'였던 터였다.

그래서 내 입에는 그야말로 '딱~' 이었기에 나는 그처럼 인사불성이 될 때까지 마셨던 것이었다. (동동주가 얼마나 기가 막힌 술인지는 술을 사랑하는 사람들은 다 안다) 그처럼 술을 얼마나 마셨을까……. 누군가가 나를 마구 흔들어 깨우는 바람에 아직도 술이 덜 깬 나는 실눈을 겨우 떴다. 그러자 아내가 도끼눈을 시퍼렇게 뜨고는 고함을 지르는 게 아닌가. "어이구~ 이 웬수야, 술을 얼마나 마셨으면 지금껏 눈을 못 뜨는 거야? 어서 집에 가야지!" 나를 마치 말썽 피운 어린아이 닦달하듯 그렇게 마구 혼을 내는 아내를 보자니 내가 취중에 실수를 해도 단단히 했지 싶었다. 밖은 이미 어둠이 찾아와서 사위가 어둑어둑해졌다. 누웠던 몸을 겨우 일으키려고 보니 아침에 집에서 올 때 입고 온 팬티가 아닌 엉뚱한 팬티가 내 아랫도리에 입혀져 있었다.

그래서 "어? 이건 내 옷이 아닌데?"라고 했더니 아내는 "얼씨구~ 술은 진탕 먹었어도 자기 옷이 아닌지는 아는구만"이라면서 자초지종을 설명해 주었다. 알고 보니 내게 입혀진 팬티는 손 위 처남의 팬티였다. 그날 낮에 잔칫집에서 내가 얼마나 술을 마셨던지 몸도 못 가누는 나를 장모님께서 겨우 끌고 처갓집으로 오시는 길이었단다. 한데 내가 만취하여 몸을 못 가누는 바람에 그만 모내기를 마쳐서 물이 흥건한 논바닥에 쑤셔 박혔다는 것이었다. 사위가 논바닥에 빠져 허우적거리자 이에 혼비백산하신 장모님께서는 서둘러 이웃의 동네 청년들을 불러서 나를 끌어내셨단다.

또한 그중 한 분의 등에 업혀 처갓집에 돌아온 나는 그대로 곯아떨어져 깊은 잠에 빠져들었다는 것이었다. 그러자 아내는 그처럼 웬수(!) 같은 나의 다 젖은 옷을 벗겨서 빨고 처남의 옷장에서 꺼낸 팬티를 입혔다는 것이었다. 자초지종을 마치자 아내는 "빨리 집에 가자구! 그리고 다시는 처갓집에 올 생각은 두 번 다시 하지도 마!"라며 마구 혼을 냈다. 옆에 쥐구멍이라도 있었다면 얼른 들어가고픈 부끄러움에 그만 얼굴까지 홍당무가 된 나는 장모님께 백배사죄를 해야 했다. 그랬음에도 마음이 비단결이요 또한 금강보다 넓으셨던 장모님께서는 이 어리석은 나를 그래도 사위랍시고 너그럽게 용서를 해 주셨다. 그러시면서도 뼈아픈 경고를 잊지 않으셨다. "젊은 사람이 벌써부터 그처럼 폭음을 해서야 되겠나, 몸 생각해서라도 술 좀 적당히 마시게나!"

그날의 실로 부끄러운 사건 이후로 나는 처갓집에 갈 때마다 창피했던 나머지 그 동네 어르신들의 눈에 안 띄려고 많은 노력을 해야만 했다. 하지만 내가 투명인간이 아닌 이상에 그게 어디 그렇게 쉬웠겠는가? 그처럼 노력을 하였음에도 어쩌다 그분들께 발각(?)이라도 되는 날이면 나를 대하는 그 동네 어르신들의 웃음에서는 '저 놈이 얼마 전에 술을 진탕 처먹고 논바닥에 굴러 떨어진 놈이라구~!' 라는 메시지가 진하게 묻어 나오는 듯하였다. 그 바람에 나는 다시금 쥐구멍을 찾느라 고군분투를 해야만 했다.

여하튼 지금으로서야 과거와 같은 그러한 못된 주벽은 버렸지만 아들에게 나의 실로 부끄러운 주사만큼은 세습되어서는 안 되겠다는 자격지심이 들었다. 그래서 아들이 대학교 신입생이 되었을 때 오래 전부터 작심한 바를 행동에 옮겼다. "아들아, 오늘은 이 아빠가 네게 술을 가르치는 날이다. 우선 무릎을 꿇는다. 실시~!" 그러한 훈육(?)덕분이었을까, 아들은 술을 마셔도 절대로 과음하지 않으며 주사(酒邪) 역시도 딴나라 얘기가 되었다. 예나 지금이나 늘 쪼들리는 서민의 살림살이다. 그럼에도 달아나지 않고 굳건히 내 곁을 지켜주고 있는 아내, 아내는 정말이지 신이 보내주신 천사다.

색쇠이애이(色衰而愛弛)라는 말이 있다. 이는 여색(女色)이 쇠잔해지면 사랑도 식는다는 뜻이다. 즉 여자의 외모에만 눈이 팔려 결혼한 남자는 여자의 미모가 시들해지면 사랑 또한 쉽게 식는다는 교훈을 담고 있다. 따라서 외모에서 오는 즐거움은 잠시뿐이고 중요한 건 그 여자가 과연 진정한 지혜를 지니고 있느냐는 게 관건이란 얘기다.
이런 측면에서 나는 결혼을 참 잘했다! 그랬기에 아이들도 모두 훌륭하게 잘 성장할 수 있었음은 물론이다. 그래서 드는 생각은 바로 이거다. 결혼을 잘 하는 건 평생 남기는 장사를 하는 것이라고. "여보, 정말 고맙소! 당신도 내 은인이오!!"

결혼식 날 숙부, 숙모님과 함께

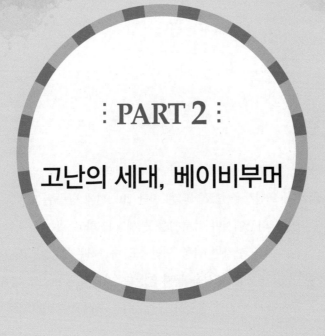

: PART 2 :

고난의 세대, 베이비부머

자녀교육도 상동구이(尙同求異)로

　평소 TV는 잘 보지 않는다. 그러나 다큐멘터리 프로와 역사드라마는 꽤나 밝힌다. 초한쟁웅(楚汉争雄)은 지난 2012년에 방송된 51부작 중국드라마다. 이를 최근에서야 유튜브를 통해 시청하고 있는데 여간 재밌는 게 아니다. 이를 보자면 각종 명언들도 속출하는데 네 가지만 소개하자면 이렇다. "영웅은 출신을 묻지 않는다.", "명성은 헛되고 목숨은 소중하다.", "구차하게 사느니 장렬하게 죽겠다.", 그리고 "대장부가 어찌 죽음을 두려워하랴."등이다.

　이 드라마는 항우(項羽)와 유방(劉邦)의 천하패권을 쥐기 위한 각축이 백미다. 항우는 키가 8척이 넘고 세발 달린 큰 솥(鼎)을 들어 올릴 수 있을 정도로 힘이 셌다고 한다. 항우가 이끈 초나라 군대의 승리로 진나라를 멸망시키자 다른 제후(諸侯)와 장수들은 모두 항우 앞에 무릎을 꿇는다. 항우는 진나라 병사들이 복종하지 않을 것을 염려하여 진나라의 병사 20만 명을 모두 생매장시켜 버린다.

이 같은 그의 잔악성에 사람들은 염증을 느끼고 '사람 좋은' 유방의 편으로 돌아선다. 항우는 자신과 패권을 다투던 유방을 모사 범증의 권고로 죽이려 계획한다. 그 유명한 '홍문의 연회'가 바로 그것이었다. 살기가 가득한 연회석상에서 유방은 그러나 여러 차례 죽음의 위기를 간신히 넘긴다. 유방을 없앨 절호의 기회를 놓치고만 항우는 결국 오강(烏江)에 이르러 스스로 목숨을 끊었다. 항우에겐 '토사구팽'이란 유명한 사자성어를 남긴 한신(韓信)이란 대장군이 있었다. 사마천이 쓴 『사기』의 회음후열전(淮陰侯列傳) 기록에 의하면 그는 어려서 매우 가난했다고 한다. 끼니조차 제대로 이을 수 있는 형편이 되지 못해 심지어는 강가에서 빨래하던 아낙네에게서까지 밥을 얻어먹었다고 한다.

따라서 사람들은 한신을 거렁뱅이와 무능력한 인물로 취급했다. 진나라 말, 나라의 국운이 기울면서 난세가 된다. 그러자 항우가 그의 숙부인 항량(項梁)과 함께 군사를 일으켰고 한신은 이에 가담하였다. 하지만 한신은 미천한 신분이라는 이유로 요직에 중용되지 못했고 한직으로 전전했다. 한신이 불우하던 젊은 시절에 시비를 걸어오는 시정(市井) 무뢰배의 가랑이 밑을 태연히 기어나갔다는 과하지욕(胯下之辱) 때문에 자신의 재능보다 크게 무시된 까닭이었다.

비단 이런 이유뿐만 아니라 항우의 성품이 거만하고 잔인까지 한 바람에 결국 그는 항우를 떠나 유방의 진영에 가담한다. 하후영은 한신의 재능을 알아보고 승상 소하(蕭何)에게 추천하였고 소하는 한신의 재능을 인정하였다. 소하는 유방과 함께 군사를 일으킨 사람으로 절대적인 신임을 받고 있는 인물이었다. 소하는 한신을 유방에게 천거하였고 이에 파격적으로 유방은 그를 삼군 총사령관인 대장군에 임명한다. 그로부터 한신은 괄목할만한 전과를 속속 이뤄낸다. 불과 2만의 군사로 배수진을 치고 그 10배인 조나라를 제압했는가 하면 조나라의 명장이자 전략가인 이좌거를 부하로 얻게 된다. 그처럼 크게 공을 세우자 한신은 유방에게 제나라 왕(齊王) 자리를 요구한다. 할 수 없이 제나라 왕으로 임명하지만 후일 이 일로 말미암아 한신과 유방은 등을 돌리게 된다. 유방이 항우와의 싸움에서 승리하고 한(漢)나라의 황제로 등극한다. 그러자 한신의 병권을 빼앗고 초(楚)나라 왕으로 임명하였다. 초나라 왕은 병권이 없고 명분만 있는 자리였다. 한신은 고향인 초나라 왕으로 금의환향하면서 예전에 자신이 불우했던 시절에 밥을 먹여준, 빨래하던 아낙네에게 천금으로 은혜를 갚았다. 이를 두고 일반천금(一飯千金)이라는 고사가 생겼다고 한다.

그리고 자신을 가랑이 밑으로 기어가게 한 무뢰배에게는 치안을 담당하는 중위(中尉)로 임명하였다고도 전해진다. 이 부분에 이르면 파락호 시절 경거망동을 일삼는 자신의 뺨을 때린 이장렴을 그러나 후일 파격적으로 금위대장에 임명한 '조선의 통 큰 남아' 흥선대원군 이하응이 문득 떠오른다. 하여간 이 일로 한신은 초나라에서 덕망이 높고 고매한 인품을 가진 왕으로 칭송되었다. 그러나 한제국(漢帝國)의 권력이 확립되자 유방과 참모들의 견제를 받았다. 유방이 황제로서 제후국을 순회하며 초나라를 방문하자 한신은 자신에게 위협이 될 것으로 짐작하였다. 이에 한신은 유방을 안심시키고자 자신에게 의탁해온 종리매(鐘離昧)의 목을 베어 유방에게 바쳤다.

종리매는 항우 휘하에서 활약했던 유명한 장수로 유방의 진영을 괴롭혔던 인물이었다. 그는 항우가 죽자 친구 한신에게 의탁하여 초나라에 머물고 있었다. 하지만 이 일은 오히려 한신에게 불리하게 작용하여 민심을 잃었고 유방은 한신을 모반죄로 체포하여 장안(長安)으로 압송하였다. 이때 한신은 유방을 원망하고 죽으며 토사구팽(兎死狗烹)이라는 말을 남겼다.

지금껏 장황하게 지나간 중국역사를 새삼 곱씹은 것은 상동구이(尙同求異)의 중요성을 말하기 위함에서이다. '상동구이'는 같음을 숭상하되 다름을 추구한다는 의미다. 즉 결과가 같아도 과정마저 같을 수는 없다는 얘기다. 진나라의 멸망이란 목표를 향해 힘을 합쳤을 때의 그들은 동지였다. 그러나 일단 승리의 과실을 따서 나눌 때는 화장실 갈 적 다르고 올 적 다르듯 마음마저 바뀐다는 특성이 있다. 이런 관점에서 과거의 역사를 보자면 제왕이 된 이는 자신의 오늘날을 만들어준 공신들을 대부분 숙청한다.

한신의 경우도 마찬가지였는데 반면 선견지명이 있는 책사로 소문났던 책사 장량(張良)은 유방이 내리는 상들마저 모두 거절하고 산속으로 들어가 숨는다. 이는 유방과 유방의 처인, 최고의 악녀로 유명한 여황후가 결탁하여 한신을 모반 사건에 연루시켜 죽이는 모습에서 자신도 그리되지 말라는 보장이 없음을 간파한 덕분이었다. 한신은 비록 대단한 전략가였을지 몰라도 자신의 안하무인이 결국엔 자신의 생을 재촉했음까지는 측량하지 못했다. 즉 절대권력의 무서움이라는 '상동구이'를 간과했다는 주장이다.

나는 지금도 어른이 다 된 사람이 자신의 부모에게 반말을 하는 걸 '용서하지' 못한다. 사람은 학교서만 교육을 받는 게 아니다. 밥상머리 교육이란 말도 있듯 나는 아이들이 어려서부터 적극적인 가정교육을 시켜왔다. 아이들이 말을 배우면서 존댓말을 사용케 한 것은 이런 주장의 방증이다. 딸이 대전가양중학교 3학년 시절 진학하게 될 고등학교의 추첨이 있었다. 그리곤 대전동신고등학교(현 대전동신과학고의 전신)로 배정이 되었다. 학교가 집에서 상당히 멀었기에 이후 고등학생이 된 딸이 등교할 때는 나도 같이 집을 나섰다. 그것도 하루 이틀이 아니라 딸이 졸업을 하던 3년 내내.

하교할 때도 마찬가지로 딸이 하차하는 버스정류장에 나가 기다렸다. 그리곤 사랑과 칭찬, 관심과 배려가 가득한 말들만 골라서 하는데 노력했다. "오늘도 우리 딸 힘내!" "오늘은 시험을 본다고 했지? 긴장하지 말고 평소처럼만 해. 그럼 또 일등 할 수 있을 테니까."(아침 등교 시) "오늘따라 우리 딸의 얼굴이 핼쑥하네? 오늘은 밤늦도록 공부하지 말고 일찍 자려무나. 공부보다 중요한 건 우리 딸의 건강이니까." "떡볶이 사줄까? 아님 먹고 싶은 과일 있으면 말해."(밤 하교 시) 그러한 나의 정성은 배신하지 않았다. 딸이 출신 고등학교에서 단독으로 서울대를 간 것은 본인의 치열한 노력 덕분이다. 그것도 있었지만 내가 3년 동안 쉼 없이 실천한 딸사랑의 행보 또한 한몫한 것이라 믿는다.

계절은 누구에게나 공평하게 다가온다. 하지만 경제적인 부분과 성공하는 자녀(교육)는 그렇지 않다. 똑같은 선생님과 교재로 공부를 하되 누구는 소위 명문대를 가고 또 누군가는 그렇지 못 하다. 이러한 결과의 도출은 학부모의 자녀에 대한 확고한 진정성과 교육관의 상동구이가 그 차이라고 본다. 예컨대 세상에 공짜는 없듯이 자녀가 이른바 명문대를 가길 원한다면 학부모 또한 그에 걸맞는 마인드로 무장해야 한다는 것이다.

언제부턴가 인식이 바뀌어 아이를 하나만 낳는다면 아들보다 딸이라는 생각이 설득력을 넓혀가고 있다. 한국사회가 아들 선호에서 딸 선호로 빠르게 변화하는 배경을 여자아이가 공부도 잘 하고 말썽도 덜 피우기 때문이란 글을 어디선가 봤다. 굳이 그런 것을 차용하지 않더라도 어쨌거나 내 딸은 우리 집안의 자랑거리다. 나는 서른이 다 된 내 딸을 여전히 "아가"라고 부른다. 이는 그만큼 여전히 눈에 넣어도 아프지 않은 때문이다. 자녀는 사랑과 칭찬이란 비료를 아낌없이 뿌려야만 비로소 잘 자라는 어떤 농작물이다.

또한 그 자녀라는 농작물이 잘 크고자 한다면 정성의 문을 활짝 열어놓아야 한다. 그 정성에 문 앞에는 당연히 사랑과 칭찬 외에도 관심과 배려라는 영양분을 잔뜩 쌓아놓아야 한다.

도서관이 답이다!

"○○○○○에서 등기 우편물이 왔어요." 회사 빌딩 1층의 안내데스크를 지키는 J양이 보낸 카톡 문자였다. 즉시로 답신을 보냈다. "감사, 땡큐! 이따 야근이니까 서랍에 넣어두세요~ ^^" 출근하자마자 서랍을 여니 아니나 다를까 내 앞으로 온 등기가 꾸벅 인사를 했다. 아이고~ 이 귀여운 녀석 같으니라구! 칼로 봉투를 여니 문화상품권 1만 원 권이 석 장이나 들어있었다. 이런 횡재(橫財)는 불과 이틀 전에도 있었다. 그때도 이를 받아서 전달해 준 이는 J양이었다.

그래서 현금에 다름 아닌 문화상품권을 아내에게 줬더니 금세 입이 귀에 가 붙었다. J양이 물었다. "아저씨는 참 재주도 좋으세요, 어쩜 그렇게 하루가 멀다고 이런저런 상품이 그렇게나 많이 와요?" J양의 부러움 반 시새움 반이 담긴 질문을 평소에도 자주 받는다. 그것도 엄청나게! 오죽했으면 아내는 심지어 나를 일컬어 '공짜인생'이라고까지 놀려댈까.

우리 집의 냉장고엔 먹지도 않는 건강음료가 무려 네 박스나 들어있다.

그래서 등기 내지 택배를 가져오는 분께 마시라고 드리는데 그 음료는 모두 방송국에서 온 것들이다. 그동안 글(사연)을 써서 방송국에서만 받은 상품을 나열하면 이렇다. TV(약 5대는 받았을 것이다), 침대, 음식물 처리기(한 번 딱 쓰고 전기료가 부담된다며 아내가 버렸다), 식도(食刀)세트 십여 개, 백화점(문화)상품권 수백만 원어치······ 아, 그만하자. 이밖에도 부지기수이나 기억을 더듬자니 머리가 아파서 그만 생략하련다.

아이들이 학교에 진학하면서부터 본격화된 도서관으로의 출입은 비단 사교육비의 절감이란 하나의 목표와 달성에만 국한되지 않았다. 도서관은 사랑하는 내 딸을 명문대에 보내주었는가 하면 나로 하여금 물심양면(物心\兩面)의 '도우미'까지 되어주었다. 그랬기에 내가 비록 쥐꼬리만 한 박봉의 비정규직 변방만을 떠돌았음에도 불구하고 두 아이를 모두 대학(원)까지 가르칠 수 있는 원동력이 되었던 것이다.

그렇다면 왜 그런가를 가감 없이 밝히고자 한다. 지금은 솔직히 가뭄의 콩 나듯 가지만 예전엔 쉬는 날이면 무조건(!) 아이들과 함께 도서관을 갔다. 그러던 중 하루는 진열돼 있는 각종의 정기간행물, 특히나 월간지에 눈길이 쏟아졌다. 그 책들을 보던 중 〈독자투고〉와 〈독자퀴즈〉가 반가운 손님으로 날 맞았다. '이거다!!' 나는 볼펜과 메모지까지 준비하여 그 도서관에 진열된 월간지, 그것도 공짜로 볼 수 있는 사(외)보의 주소까지를 죄 적었다.

그리곤 집으로 돌아오던 중에는 관제엽서를 100장 이상 샀다. 귀가해선 일일이 자필로 이렇게 적었다. "안녕하세요? 귀지를 도서관에서 처음

본 독자입니다. 한데 내용이 너무 좋아서 금세 매료(이렇게 칭찬을 하지 않으면 잘 안 보내준다)되었습니다. 그래서 부탁드리는데 가능하다면 매달 한 부씩만 정기적으로 우송받고 싶습니다. 부탁드립니다. 감사합니다." 이후 우리 집에 오는 우편물의 양은 엄청났다. "웬만한 동사무소(현 주민센터의 전신)보다 많아요!"라는 담당 집배원의 고충 아닌 고충이 이를 방증한다.

평소 TV보다는 라디오를 '사랑'한다. TV보다 라디오가 좋은 까닭은 문자(혹은 보낸 나의 사연이 방송되는 경우)에 당첨이 되면 절대로 공짜가 없다는 현실적 고찰 때문이었다. 즉 뭐가 되었든 상품을 준다는 것이다! 돈을 주고 사서 보는 월간지는 몰라도 무료로 볼 수 있는 각 그룹과 기업의 사(외)보는 발행부수가 많을수록 서로가 좋은 이른바 윈윈게임(win-win game)의 범주에 속한다. 사(외)보는 그 발행의 의도가 적극적 홍보에 있다. 따라서 독자가 구독을 원한다는 엽서(편지도 좋다)를 보낼 경우, 최소한 90% 이상은 그로부터 무료로 우송해준다. 때문에 담당 집배원 아저씨는 더 바빠지겠지만.

하여간 우리 집에 지금도 매달 우편물로 도착하는 각종의 주(월)간지는 약 300여 종이 넘는다. 물론 여기서 내가 돈을 내고 구독하는 건 불과 하나 뿐이다. 이렇게 도착하여 나의 손에 의해 개봉된 사(외)보는 절대로 허술하게 다루지 않는다. 첨부된 엽서(아니면 요즘엔 이메일로 독자의 견을 듣는 경우도 잦다)에 의견 내지 출제된 퀴즈(이건 심지어 아이도 맞출 수 있다)를 정성껏 적어 보낸다. 그리고 한 달을 여유롭게 기다리기만 하면 끝이다.

지금이야 비록 큰 액수는 아니되 어쨌든 경비원으로 일을 하므로 매달 급여가 통장으로 들어온다. 하지만 4년 전까지는 비정규직 세일즈맨으로 일했다. 따라서 급여는커녕 건강보험료의 지원조차 화중지병(畵中之餠)이었다. 때문에 두 아이를 대학까지 가르치자면 특단의 조치와 나름의 진일보(進一步)한 노하우가 반드시 절실했다. 그걸 나는 도서관에서 찾았다. 세일즈를 해 본 사람들은 잘 알겠지만 세일즈맨(우먼)은 예나 지금 역시도 여전히 초대받지 않은 이방인(異邦人) 취급을 당한다. 낯이 익어 친절히 맞아주는 고객도 없지 않으나 그건 솔직히 바닷가 모래사장에서 바늘 줍기만치로 희미하다. '잡상인'이라며 경비원 내지 소위 수위(守衛)를 불러 쫓아내는 건 기본이었다. 그렇게 개망신을 당한 날에는 당최 일할 맛이 나지 않았다. 아무리 내가 아내와 아이들의 모든 걸 책임져야 하는 가장임에도 그처럼 흡사 쓰레기질을 당하듯 쫓겨난 날의 모멸감과 비참함은 상당했다.

아울러 영화 〈달콤한 인생〉에서 강 사장으로 분한 김영철이 주연인 이병헌에게 말한 "넌 내게 모욕감을 줬어!"의 그 몇 배 이상의 치욕으로 다가왔다. 따라서 내가 당하는 그런 아픔과 슬픔을 내 아이들만큼은 기필코 경험하지 않아야만 했다. 아니 아예 근접조차도 하면 안 되었다. 세상 그 무엇보다도 소중한 것이 바로 내 아들과 딸이었다. 뿐만 아니라 부잣집으로의 시집마저 치지도외한 채 고작 처서판(막벌이 노동을 하는 험한 일판을 이르던 말)의 막노동꾼에 불과했던 나에게로 온 아내 역시 귀하긴 마찬가지였다.

험산준령과 허허벌판의 삶만 계속되던 나에게 있어 아이들과 아내는 그 어떤 것과도 결코 바꿀 수 없는 장중보옥(掌中寶玉)이었다. 아이들과 아내는 더욱이 엄마조차 없어 그 지독했던 그리움과 외로움까지를 일거에 해소시켜준 천군만마였다. 따라서 아내는 몰라도 아이들만큼은 어떡해서든 잘 가르쳐야만 했던 것이다. 하지만 그럴만한 돈, 예컨대 남들처럼 자녀에게 사교육을 시킬 경제적 깜냥이 내겐 없었다. 따라서 돈이 안 들어가는 도서관의 선택이 나로선 어쩌면 최후의 마지노선이자 또한 일종의 배수진이었던 것이다.

아무튼 그 도서관이 보여준 저력은 그 '결과'가 대단했다. 이른바 sky 대학을 나오고도 들어가기가 낙타가 바늘구멍에 들어가는 것보다 어렵다는 대기업 삼성전자에 덜컥 합격한 아들은 지금도 우리 집안의 자랑거리다. 딸 또한 마찬가지임은 물론이다. 문전박대가 일상이었던 세일즈맨 생활이 자그마치 30여 년 가까이나 지속되었다. 그건 내가 남들처럼 배우지 못한 데 따른 당연한 일종의 인과응보(因果應報)였다.

이에 대하여 혹자는 이렇게 반문할지도 모르겠다. "그럼 진즉 독학으로라도 공부를 해서 좀 더 나은 직장으로 옮기지 그랬어요?" 그러나 핑계이겠으되 막상 한 여자의 남편이 되고, 내처 두 아이의 아빠까지 되고 나면 그로부턴 가족들과 먹고 살 길만 살피는 게 나와 같은 어리보기의 전형이다. 내 비록 그처럼 각박하고 험악한 가난뱅이 세일즈맨으로 늙었으되 가족을 사랑하는 면만큼에선 누구보다 강했다.

따라서 그 어떤 두려움도 없었다. 때문에 좋아하는 술조차 아들이 고3이었을 적엔 그 해 수능이 끝나는 날까지 몇 달 동안이나 철저한 금주로 일관했다. 대학을 졸업도 하기 전에 대기업에 합격한 아들과, 마찬가지로 흡사 입도선매(立稻先賣)인양 대학원을 마치기 전 이미 취업이 결정된 딸은 나와 아내의 아이들 '취업 걱정'이란 무거운 돌덩어리를 내려놓게 한건 물론이거니와 마음까지 갓 목욕을 마친 사람처럼 정갈하게 해주었다. 지금도 나와 가난과의 싸움은 그 끝이 보이지 않는다. 그러나 나는 자신있다! 빈이무원난(貧而無怨難)이란 말처럼 가난이 견고하면 애먼 세상사까지를 원망하기 십상이다. 하지만 따지고 보면 가난도 기회가 될 수 있다. 가난했기에 아이들을 훌륭하게 길러 반드시 잘 살게끔 하고자 실로 눈물겨운 노력도 했던 것이다.

고난은 뼈를 더 여물게 한다. 이번 주엔 내가 시민(객원)기자로 활동하는 매체서 다시금 원고료가 들어온다. 엄청난 액수는 아니지만 지인과 배터지게 술을 몇 번 마실 정도의 액수는 된다. 그런 어떤 안전판이 있었기에 두 아이들을 대학(원)까지 가르칠 수 있었다. 서울서 공부하는 딸에게 싹싹 긁어서 모두 송금하고 나니 정말이지 시내버스비조차 남아나지 않은 때가 있었다.

그래서 산성동에서 집까지 염천더위 때 걸어서 와야만 했다. 자그마치 3시간 가까이나 무리하게 걷는 바람에 일사병(日射病)에 걸렸다. 그래서 사흘 동안 죽었다가 가까스로 살아났다. 하지만 그런 아픔의 비화(祕話)를 딸에겐 여태 알리지 않았다. 금지옥엽의 딸을 위해서라면 그까짓 건 일도 아니었기 때문이다.

다만 바라는 건 그러한 이 아빠의 바라지가 있었음을 인지하여 더 잘 살라는 것이다. 지인 중 하나가 우리말도 잘못하는 어린아이를 영어부터 피아노까지 다섯 종류를 가르친다고 했다. 그 말을 전해 듣고 꺼림칙하여 혼났다. 지금은 초등학생도 영어를 배우는지 모르겠다. 하지만 우리가 초등학교에 다닐 적엔 중학교에 가서나 영어를 접했다. 사실 영어는 중학교에 가서 배워도 늦지 않다. 또한 모든 국민이 영어를 배울 필요도 없다. 2015년 현재 우리나라 국민들의 연간 사교육비가 무려 33조원에 이른다고 한다. 이처럼 과도한 국민적 부담은 많은 부작용을 야기한다. 먼저 이같이 엄청난 비용으로 굴러가는 사교육 시장은 공교육 시장을 파행으로 몰아넣는 단초다.

뿐만 아니라 자녀에 대한 과도한 교육비 가계지출로 말미암아 빈곤한 노년층을 일컫는 '실버푸어'를 양산하는 요인이 되고 있다. 즉 자식을 가르치고 결혼까지 시키고 나면 그야말로 알거지로 전락한다는 얘기다. 그럼 왜 갈수록 사교육 시장이 팽창하는 걸까? 이는 여전히 교육이 출세의 지름길이며 이를 위해 부모가 목숨을 거는 대한민국 특유의 문화 탓이라고 본다. 예컨대 교육을 여전히 유일한 신분 상승의 사다리로 여긴다는 것이다. 그건 맞는 말이다. 별다른 부존자원이 없는 우리나라로선 자녀의 교육이 어쩌면 미래를 위한 최대의 '투자'일 수도 있기 때문이다. 그런데 문제는 너도나도 사교육비의 부담이 커 가정경제마저 그 앞날이 불안정하다는 사실의 고찰이다.

따라서 공교육을 정상화시키는 대신 사교육비를 줄이는 일이 시급하다. 이는 바로 중산층과 아울러 노년층까지 살릴 수 있는 어떤 대안인 까닭이다. 그럼 어찌 해야 공교육의 정상화가 이뤄질까? 찾아보면 모든 것엔 다 방법이 있다. 전국에 산재한 도서관을 적극 이용하는 것이다. 도서관에선 절대로 돈을 받지 않는다. 외려 책을 많이 보면 시상까지 한다. 딸이 사교육을 받지 않고도 서울대를 가니 어떤 지인은 "개천에서 용 났다"고 했다. 순간 많이 불쾌하고 불편했다. 그래서 단박에 지청구를 뽑았다. "그런 억설 말어. 우리 딸은 초등학교서부터 고등학교 졸업 때까지도 줄곧 전교1등을 독주한 준비된 천재였다구~!" 아들도 마찬가지지만 딸 역시 어려서부터 도서관을 열심히 다녔다. 그 덕분에 성적이 쑥쑥 비상(飛上)했다는 건 새삼 강조하는 사족이다.

산길에는 딱히 주인이 없다. 누구라도 길을 걷는 이가 바로 주인이다. 한데 사람들은 '눈이 어두워' 그 도리를 모르고 있다. 쉬는 주말부터 자녀의 손을 잡고 도서관으로 가시라. 그렇게 하여 사교육비 부담을 줄이게 된 돈으론 가족 모두 근사한 외식을 하시라. 그럼 가족 간의 사랑까지 더욱 돈독해질 것이다.

고달픈 베이비부머

퇴근길에 빈손이라면 왠지 그렇게 섭섭하다. 과일이든 뭐든 주전부리 정도는 사가지고 가는 게 가장의 도리다. 그렇게 사간 걸 잘 먹어주는 가족을 보는 것만으로도 충분히 행복하다. 지하철에서 내려 시내버스로 환승하고자 도로에 올라서니 유명 브랜드의 찐빵집이 보였다. 그보다는 만두를 즐기는 나였지만 아내가 떠올라 2인분을 샀다. 아니나 다를까 아내는 찐빵을 아주 맛있다며 잘 먹었다. 달콤한 팥이 가득 들어있는 찐빵은 달고 맛있다. 그러나 나로선 그 빵이 눈물의 찐빵이었던 시절도 있었다.

때는 내가 초등학교 5학년 즈음이었으니 지금으로부터 40년도 훨씬 더지난 시절의 일이다. 지금이야 집집마다 세탁기와 다리미가 다 있다. 세탁을 하기 싫어하는 사람은 전화만 해도 세탁소에서 부리나케 달려와 옷을 수거해 가는 좋은 시절이다. 그러나 당시엔 다들 그렇게 살기가 어렵던 시절이었다. 따라서 세탁기는 언감생심이고 다리미조차도 없는 집이 태반이었다. 같은 동네에 다리미를 월부로 팔러 다니는 아저씨가 한 분살고 계셨다. 그 아저씨는 평소 아버지께 "형님"이라고 부르며 간혹 술도나누시곤 하였기에 나도 그분을 아저씨라고 부르던 터였다.

당시 겨울방학을 맞았지만 딱히 할 일도 없고 하여 또래들과 얼음이나 지치고 있었는데 하루는 그 아저씨가 오후에 찾아오셨다. 내일은 병천 장날이어서 그리로 가는데 나도 따라나서면 용돈을 두둑이 주겠다는 것이었다. 견물생심에 혹하여 흔쾌히 그러마고 대답을 했다. 이튿날 아침 일찍 우리 집으로 찾아오신 그 아저씨의 뒤를 따라 병천장으로 갔다. 그 아저씨는 포장박스에 들어있는 다리미 열개를 줄로 묶어 등에 지셨고 내게는 다섯 개를 지라고 주셨다. 털털거리는 비포장도로를 지나 병천장에 갔는데 하지만 점심때가 되도록 다리미는 하나도 팔지 못하였다.

날씨는 춥고 배는 등가죽에 가 붙었다. 눈까지 팽이처럼 뱅글뱅글 돌 지경이었으나 아저씨의 입에서 "점심 먹고 하자"는 말씀은 없었다. 수중에 일 원 한 푼조차도 없던 나 또한 달리 뾰족한 방법이 있을 리 만무하였다. 아저씨는 다리미를 현금으로 팔건 할부로 팔건 간에 일단 한 대라도 파는 양이면 계약금을 받아 그 돈으로 점심을 해결하려는 표정이 역력해 보였다. 하지만 불행하게도 오후 땅거미가 다 지도록 그 아저씨의 등에 걸린 다리미의 숫자는 줄어들지 않았다. 겨울 삭풍은 험하게 몰아쳤고 너무나 배가 고팠던 나머지 기진맥진 탈진할 듯한 상황이었다.

그래서 어느 푸줏간 근방에서 기운이 없어 내가 지고 간 다리미 다섯 개를 포개고 앉았다. 고개를 파묻고 배고픔과 뼛속까지 파고드는 추위에 와들와들 얼마나 떨었을까…… 내 이름을 부르는 아저씨의 목소리에 아까와는 달리 힘이 불끈 붙었음은 바로 그 때였다. 그제야 겨우 한 대의 다리미를 파셨다는 아저씨는 극구 미안한 표정을 지으셨다. 그러더니만 우선 난장에서 파는 찐빵부터 사주시는 것이었다. 맛은 꿀맛이었지만 목은 왜 그리도 메이고 또한 눈물은 앞을 가리던지…… 아저씨는 연신 미안하다며 아버지가 드실 찐빵까지도 덤으로 사주셨다. 집으로 돌아와 내가 고생한 얘길 고자질했다.

그러자 아버지께선 "다시는 그런 데 따라 나서지 말고 공부나 해라!" 며 귀한 내 아들을 고생시켰다며 그 아저씨를 힐난하셨다. 순간 내편을 들어주는 아버지가 너무나 좋았다. 그리고 감사하고 든든했다! 세월은 바람처럼 흘러 아버지는 내 곁에 안 계신다. 다만 성함이 강진태 님인 그 '아저씨'는 지난 10월 나의 모교인 천안성정초등학교 총동문체육대회에서 무려 40여 년 만에 강진철 선배를 만났다. 명함을 드린 덕분에 그 선배의 친형님인 아저씨와도 며칠 뒤 통화를 나눌 수 있어 어찌나 반가웠는지 모른다! 나와 같은 베이비부머들은 6.25 한국 전쟁 후 1955년부터 산아제한 정책이 도입되기 직전인 1963년까지 태어난 세대이다. 정치적으로 5·18 민주화운동엔 심정적으로, 6·10 시민항쟁 때는 넥타이부대로 현실 속에 뛰어들었다. 생존경쟁이 치열했고 고난의 세월을 겪었는가 하면 애환 또한 적지 않았다. 유난히 굴곡이 많은 세대인 베이비부머들은 그러나 이제 하나둘 은퇴 열차에 탑승하게 되었다.

자녀를 결혼시켜 손자까지 본 할아버지와 할머니가 된 이도 있겠지만 나처럼 '아직은' 아닌 사람도 많다. 우리가 20대였을 때 결혼을 안 하면, 혹은 못하면 뭔가 하자가 있는 사람으로 보는 시선이 대부분이었다. 따라서 오늘날 만혼(晚婚)추세 내지 아예 '오포세대'에 진입하는 젊은이들이 증가하는 현상은 우리들 베이비부머들의 탓이라고 규정하는 입장이다. 언제 그렇게 잘 살았다고 '삐까번쩍' 예식에 호화혼수, 그도 모자라 해외여행이라니 참으로 어처구니없는 일이다. 지난 몇 달간 메르스 파동의 여파로 말미암아 해외여행객도 뚜렷한 감소세로 돌아섰다.

그렇지만 위기는 기회라는 말이 있다. 신혼부부와 휴가를 맞는 국민들 모두 메르스로 인한 국내경기 완전실종을 국내관광과 쇼핑으로 바꾸는 지혜가 절실한 즈음이다. 식당에 가면 서빙을 하는 아줌마를 일컬어 "이모~"라고 부르는 이들이 많다. 그래서 한국에 처음 온 외국인들은 오나가나 식당엔 죄 '이모'들만 있으니 대체 한국인들의 이모들은 얼마나 많은 건지 고개를 갸우뚱거릴 수도 있겠다. 이모(姨母)는 어머니의 여자 형제를 이르거나 부르는 말이다. 이들 이모의 지난날은 다들 '누이'였다.

가수 설운도는 자신의 히트곡 〈누이〉에서 "언제나 내겐 오랜 친구 같은 사랑스런 누이가 있어요"라며 '고백'했다. 그 누이들에게 있어 지난날은 하지만 된통 고난의 시기가 엄존했다. 돈도 학벌도 없었던 그들은 공장에 들어가 실밥과 먼지를 뒤집어쓰며 일했다. 식솔이 많아 끼니 해결조차 절박하던 형편에 이들 누이들이 없었더라면 오늘날 경제적 부흥의 대한민국도 없었다. 땀으로 범벅이 돼 눈조차 뜰 수 없는 열악한 환경에서도 오로지 가족을 위해 돈을 벌었다. '공순이'라는 사회 비하적인 표현도 애써 참았다. 고단한 일을 마친 뒤 벌집과도 같은 쪽방에서 여럿이 칼잠을 잘 때도 그들은 수다로나마 잊고자 노력했다.

가난이 죄라서 나는 비록 못 배웠지만 동생들만이라도 가르치자며 이를 악물었다. 싸구려 라면으로 주린 배를 채우면서도 누이들은 기꺼이 웃었다. 그들은 하나같이 장래의 고진감래를 믿었다. 그랬기에 버스

안내양으로 일했던 당시의 누이들은 하루에 무려 19시간이나 일했음에
도 멀쩡했다. 차비의 일부를 슬쩍했는지 확인하는 소위 '삥땅'검사를 받
을 적엔 엄연한 인권 모독이었지만 그 역시 감내했다. 베이비부머의 '누
이들'이 그랬다면 베이비부머의 '오빠들' 삶은 어땠을까? 자신보다 어린
여공들이 '시다'라며 인간 이하의 대접을 받는 게 측은하고 분노했던 '아
름다운 청년' 전태일의 그것처럼 내 주변 친구들도 다 그러했다. 양복점
과 구둣방으로 이른바 기술을 배우려 들어간 친구들은 늘 그렇게 구박
받고 맞으면서 일을 배웠다.

이는 오로지 지금은 어렵지만 나중엔 잘 살 수 있다는 믿음을 마음 속
깊이 신앙처럼 저장한 때문이었다. 하지만 결과는 한마디로 개판이었다.
양복과 구두 역시 대량화되어 기성복과 기성화 시대가 도래했기 때문이었
다. 수 년 간에 걸려 어렵사리 축적한 기술이 하루아침에 무용지물이 되
는 현실에 그들은 절망했다. 하지만 그렇다고 해서 일을 그만 둘 순 없었
다. 그들에게도 이미 사랑하는 아내와 아이들까지 딸려있기 때문이었다.
배가 고파 값싼 찐빵과 풀빵이든 가리지 않고 입에 집어넣으면서도 가족
에게만큼은 이밥과 기름 동동한 고깃국을 먹이고 싶었다. 그렇게 고생만
죽어라 한 베이비부머 세대들이 이젠 고난의 세월을 맞고 있다.

정년은 차치하고라도 억대를 상회하는 자녀의 혼수 비용은 목을 조르
는 악마에 다름 아니다. 아래(下)가 그렇다면 위(上)는 또 어떨까. 작고하신
부모님과 달리 늙고 병까지 드신 부모님은 노인요양시설과 노인전문병원에
모시는 게 대세다. 정부서 보조금을 준다곤 하지만 가족들, 특히나 아들
의 경우엔(그것도 장남이라고 한다면 더더욱이나) 물심양면의 부담이 훨씬 클

수밖에 없다. 특히나 자신이 못 배웠기에 당해야만 했던 사회적 불이익과 모멸감 따위들을 극복하려면 자녀만큼은 반드시 잘 가르쳐야 했다.

그래서 생성된 게 자식의 성공 자산이랄 수 있는 유학을 위해 국내에 남아 자식과 아내를 해외에 보낸 뒤 자신은 돈을 벌어 해외로 보내는 아버지를 일컫는 '기러기 아빠'다. 한데 이 기러기 아빠의 애환을 정작 외국에 나가있는 자녀와 아내는 얼마나 알고 있을까? 언젠가 대구의 어느 50대 의사가 방안에 번개탄 8개를 피워 자살했다는 뉴스를 봤다. 그는 10년 전 딸과 아내를 미국에 보내고 홀로 사는 '기러기 아빠'였다고 한다. 그의 사인은 외로움과 공허함을 이겨내지 못한 것에서 발단한 자살이라고 했다. 그 보도를 보면서 나도 모르게 눈물이 났다. '돈을 잘 버는' 의사마저 그럴진데 우리처럼 만날 가난에 쪼들리는 서민과 빈민들은 그럼 어쩌란 건가! 십여 년 전 사업과 장사에서 계속 실패했다. 그 바람에 큰 빚을 졌다. 얼마나 다급했으면 지인이 근무하는 병원까지 찾아갔다. 내 신장이라도 떼어 팔려는 의도였다. 결국 무위로 그치고 말았지만, 중국소설 〈허삼관 매혈기〉처럼 피라도 사는 곳이 있다면 불원천리(不遠千里) 할 작정이었다.

조선시대엔 매품팔이까지 있었다는데 지금은 애석하게 그런 것도 없다. 그래서 서민은 어쩌면 죽을 때 까지도 여전히 가난의 소용돌이를 빠져나오기 힘들다는 현실적 딜레마가 엄존한다고 보는 시각이다.

국민학교에 들어가자 국민교육헌장을 외우라고 했다. 그건 우리들 베이비부머가 성장하여 이 세상에서 해야 할 일이 바로 인류 공영에 이바지하는 일이라는 숙명을 머릿속에 주입하던 일종의 부적이었다.

빌어먹을~! 그러나 인류 공영에의 이바지는 고사하고 자녀의 결혼비용 조차 감당을 못 할 지경이 되고 말았으니 이를 어쩌면 좋단 말인가. 뿐만 아니었다. 어르신에게의 효도는 당연한 기본이었고, 형제간의 우애 역시 지키지 않으면 '후레자식'이 된 게 바로 베이비부머였다. 이러한 우리들 베이비부머들이 지금 위기에 처해 있다. 1990년대 아날로그에서 2000년대 디지털로 넘어가는 과정에서 뒤쳐진 자신을 가까스로 발견했다. 서둘러 인터넷과 스마트폰 문화에까지 어찌어찌 동화(同化)할 수 있었다.

그렇지만 자식으로부터 언제부턴가는 눈치를 봐야 하는 처지로 바뀌었다. 아내로부터도 남자와 남편의 구실조차 못 하고 다만 식충(食蟲)이라는 소리나 안 들으면 다행인 처지로 몰락했다. 그뿐이던가, 직장에서도 치이다 이제는 후배에게 밀려나야 하는 세대교체의 압박까지 받고 있다. 베이비부머 대부분이 이처럼 직장과 가족 등 현실에만 매달리다 보니 그만 노후를 제대로 준비하지 못했다. 따라서 정부가 뒷받침하지 못할 경우 빈곤층이나 다름없는 취약계층으로 전락할 수 있다는 우려가 벌써부터 나오고 있다. 여자는 처녀와 아내, 어머니에 이어 할머니의 길을 간다.

남자는 청년과 남편, 아버지와 할아버지의 길을 걷는다. '백세시대'라는 광고가 봇물을 이루고 있다. 그렇지만 없이 살면서 늙고 병까지 든 늙은이에게 있어 백세시대는 오히려 불행이자 재앙이다. 사람은 말끔하게 살다 깔끔하게 죽는 게 복이다. 그래야 자식들도 편하다. 그렇게 살고자 나는 오늘도 노력하고 있다. 고달픈 베이비부머이긴 하지만 이 또한 나의 운명이니 하는 수 없는 노릇이다.

가난뱅이의 직업

참 오랫동안 밥벌이였던 세일즈맨 생활을 청산한 건 4년 전 가을이었다. '아이폰'을 만든 고 스티브잡스는 자신이 만든 그 혁신적 제품으로 세상을 바꿨다고 큰소리쳤다. 맞는 말이다. 그는 분명 세상을 바꾸었다. 시내버스를 타든 지하철에 올라도 요즘 사람들의 거개는 소위 스마트폰에 미쳐(?) 그걸 가지고 '혼자 놀기'에 바쁘다. 그 안에는 무궁무진한 정보 외에도 하루 종일 혼자 놀아도 절대로 물리거나 지칠 수 없는 각종 요지경 재미가 숨어있는 까닭이다. 그렇지만 그 스마트폰은 비단 세상뿐만 아니라 내 직업까지를 바꾸게 하는 괴력 또한 덩달아 발휘했다.

내가 그동안 몸담았던 언론사와 출판업계에 불황과 그로 말미암은 경제적 고통의 암운이 자욱하게 드리워지기 시작한 건 기실 10년 전부터였다. 이때부터 인터넷 문화는 이미 확고한 정착의 조짐을 보이기 시작했기 때문이다. 그로부터 과거처럼 돈을 내고 책을 사 보는 독자들이 감소의 대열에 선 건 자명하였다. 왜냐면 "인터넷 뉴스가 더 빠른데 뭣 하러 돈을 내고 시사 주간지와 월간지를 사 보느냐?"는 것이 그들의 이유 있는 주장이었다. 그렇긴 하더라도 그동안엔 어찌어찌 책을 팔아 밥은 먹을 수 있었다.

하지만 스마트폰은 그마저도 일거에 깔아뭉개는 괴력의 소유자였다.

　어쨌거나 2011년 가을에 그동안 다녔던 직장의 사장님께 사직 의사를 밝혔다. "그동안 진 빚은 취직을 해서 급여를 받으면 매달 얼마씩 갚아드리겠습니다." 3년 여 다닌 그 직장에서 빚을 지게 된 건 부실한 치아 치료가 단초였다. 예전부터 잇몸이 부실하여 치아가 비실비실했다. 그러다가 생업이 더욱 안 되자 횟술을 푸는 날이 잦아졌다. 술이라고 해 봤자 전문주점이나 식당에서 근사한 안주라도 시켜놓고 먹는 비싼 술은 언감생심이었다. 그저 쉬는 날이나, 내일이 휴일이라도 되면 동네의 슈퍼에서 한 병에 1천 원 정도 하는 소주나 세 병 사다가 냉장고에 있는 안주로 대충 때우곤 했다.

　근데 날이 갈수록 영업은 더욱, 그리고 너무 안 되는 날이 지속되었다. 그렇다 보니 고민은 가중되었고 설상가상 가뜩이나 부실한 치아는 지독한 치통과 함께 찾아와 더욱 괴롭혔다. 하는 수 없어 가불을 하여 싼 값에 치아 치료를 해 준다는 치과를 찾았다. 그러한 치료비에 더하여 매달 부족한 생활비를 가불해서 갖다 쓴 빚이 그동안에 야금야금 쌓여 결국엔 기백만 원이나 된 것이었다. 한 때는 '영업의 달인'이라는 극찬까지 들었던 나였다. 하지만 이제 와서는 그야말로 짜발량이의 몰골로서, 또한 설상가상 빚까지 남기며 그만둔다고 하니 사장님은 어이가 없는 표정을 지었다. 그러나 하는 수 없는 노릇이었다. 더 이상 붙어있어 봤자 매출의 향상은 무망의 연목구어였다.

　또한 만날 점심을 사 주는 사장님의 입장에서도 내가 그만두면 최소한 점심 값은 아끼는 셈이란 판단이 벌써 뚜렷이 선 때문이었다. "어디 취업은 확정되셨나요?" 사장님이 근심스레 물었다. "경비원을 하려고 여기저기 이력서를 내 놨으니 어디가 돼도 되겠지요. 하여간 취업이 되면 매달 얼마씩 변제하겠노라는 각서를 지금 써 드리겠습니다!" 정산을 해 보니 내가 사장님께 갚아야 할 돈은 정확히 2백 5십 8만 6천 원이었다. "경비원으로 취업을 할 생각인데 그럼 최소한 한 달에 100만 원은 주지 않을까요? 아무튼 매달 50만 원씩 갚을 테니 제가 여길 그만두는 걸 해량해 주시기 바랍니다." "하는 수 없지요, 뭐." 그렇게 짧지 않은 인연의 끈을 놓고 나왔으나 간절한 내 마음과 달리 도깨비 방망이처럼 뚝딱 취업이 결정되는 직장은 없었다. 크게 답답했다.

때는 바야흐로 천고마비의 좋은 계절인 가을이었으되 내 주머니는 벌써부터 엄동설한의 한풍(寒風)이 재빠르게 잠식했다. 내 또래의 남들 같았다면, 더욱이 그 대상이 정규직이었더라면 30년 직장생활을 '마치고' 나왔으니 최소한 퇴직금과 기타의 연금 따위 역시도 부수적으로 두둑하게 받고 나왔을 터였다. 그랬더라면 내 또래 다른 베이비부머들처럼 제2의 인생 수순으로 창업을 합네 장사를 합네 하면서 주판알을 튕기고도 남았을 것이었다. 그렇지 않으면 실로 중차대한 아이들의 교육 마무리와 결혼비용으로 비축이라도 하든가 역시 분명 도모할 수 있었을 것이었다. 그러나 그러한 것들 모두가 나와는 아무런 상관도 또한 인연도 없었다. 나는 당장에 횟술을 마실 그것도 고작 강술의 술값조차도 조달이 안되었으니 더 말 해 무엇했겠는가! 그 같은 자책의 항구에 맘이 정박하자 새삼스레 나의 지난날과 오늘날이 동시에 오버랩 되면서 '인생 참 어이없이 살았구나!!' 라는 쓰디쓴 자학이 고추바람과 쓰나미로 다가왔다.

지난 시절엔 판매의 귀재라는 극찬까지 들었다. 지금으로선 전설이랄 수밖에 없는, 그야말로 어마어마한 매출을 올렸으며 또한 그 누구도 나를 결코 추월하지 못 했다. '홍키호테'는 그만큼 용맹했으며 타의 추종을 용인치 아니했다. 여세를 몰아 전무후무하게 2천만 원이나 되는 거액의 선(先)가불금을 받아가면서까지 직장을 옮긴 적도 있었다. 그러나 직장을 그만두고 나왔을 당시의 내 처지는 그야말로 흘러간 전설의 쓸쓸한 퇴역일 따름이었다. 누구 하나 위로의 쓴 소주라도 사주는 이는 없었다. 나는 직원들이 그만둘 때 스스로 내 돈 들여 술과 밥까지 사주었거늘…… 참으로 의리도 더럽게 없는 세상이로다……. 일장춘몽(一場春夢)의 마른 낙엽들이 와락 떨어지며 경제적 고립무원과 사면초가의 나를 조소라도 하듯 광대등걸의 얼굴을 할퀴었다. "실패해 본 적 없는 사람은 이제 곧 실패할 사람이다."라는 글을 본 적이 있다. 그렇긴 하더라도 정작 실패한 사람에 대한 사회적 냉소와 냉대는 가혹하고 차갑기 그지없었다. 불현듯 실패에 따른 허무감을 못 이겨 스스로 목숨을 버린 지인이 떠올랐다. 그렇게 처연한 심정으로 얼추 만날 산을 오르며 무너져 내리는 나를 가까스로 지탱했다.

　내가 처음으로 세일즈맨 세계에 입문한 건 지금으로부터 34년 전인 지난 1981년 봄이다. 당시 나는 스물 세 살의 군복무 전역자로서 전봇대에 붙은 구인광고를 살피고 있었다. 군복무를 마쳤다는 얘길 하고 보니 조금은 쑥스럽기에 서둘러 이부터 해명하고 볼 일이지 싶다. 나는 전방 등지에 배치되어 칼바람을 맞으며 북한군과 대치한 현역병이 아니라 방위병으로 만기 전역했다. 내가 방위병으로 입대한 가장 큰 연유는 속칭 '가방끈이 짧아서'였다. 그도 그럴 것이 고작 초등학교만 달랑 나왔으니 어찌 안 그러했겠는가. 지금은 군생활도 퍽이나 좋아졌다고 듣는다. 하지만 내가 복무했던 당시의 방위병은 현역병보다도 군기가 더 세서 고참들에게 툭하면 얻어터졌다.

또한 한 달에 한 번 집체교육을 군부대로 들어가면 "똥방위들 왔다"며 놀림감이 되는 건 기본이고 정문이 십 리는 되는 곳에서부터 "좌로 굴러, 우로 굴러, 앞으로 취침, 뒤로 취침" 따위의 얼차려가 난무했다. 그러한 설움의 방위병 생활을 어찌어찌 힘겹게 마칠 즈음이 되자 지금의 아내가 이젠 같이 살자고 채근하기 시작했다. "그래야지……." 그러자면 직장부터 구하고 볼 일이었다.

나는 나름 구체적으로 더 튼실하게 살아 나갈 계획을 세웠다. '우선 직장을 잡자! 방위병 입대 전처럼의 막노동이 아닌, 보다 안정적인 직업으로.' 근데 그렇다면 어떤 직업이 가난뱅이인 내게 가장 잘 맞을까? 그것이 지난 1981년 봄이었다. 며칠을 샅샅이 토끼 눈을 하며 찾아본 결과 내게 제일 합당한 직장이 눈에 띄었다. 우선 사원모집의 문안이 맘에 쏙 들었다. 〈창립사원모집— 학력 제한 없음, 이력서 1통 지참 본인 직접 래사 요망〉 급히 문방구에 가서 이력서를 사 인적사항을 기록하곤 이튿날 그 회사를 찾아갔다. 학력을 적는 칸에는 달랑 국졸이라고만 쓰면 필시 떨어질 듯싶어 고졸이라고 허위로 썼다.

소장님이라는 사람은 나처럼 젊은 분이었다. 말도 청산유수로 잘 하던 그 소장님은 앞으로 88서울 올림픽이 개최되면 우리나라의 영어시장은 그야말로 폭탄처럼 꽝~ 하고 폭발할 것이라며 당장에 신입사원

교육을 받으라고 꼬드겼다. 그곳은 영어회화 테이프와 교재를 전문으로 파는 회사의 출장소였다. 소장님의 설득에 '한 번 해보자!'는 의지가 활화산처럼 콸콸 솟구쳤다. 그러나 심각한 문제가 대두되었다. 그건 바로 영어라곤 알파벳도 모르는 무식쟁이인 내가 어찌 감히 영어교재를 팔 수 있는가 하는 것이었다. 한참을 고민한 끝에 고등학교까지 나온 같은 동네의 초등학교 동창생 이진하를 찾아갔다. 그리곤 매일 밤마다 찾아가 영어를 배웠다. 모두 여섯 권의 교재를 깡그리 외우는 무식한 방법을 병행했다.

한데 그때는 지금과는 사뭇 달리 머리가 제법 총명하였기에 암기만큼은 자신이 있었다. 방위병으로 복무키 위해 입대했던 32사 신병교육대에서는 입소한 지 얼마 안 돼 군인수첩을 나눠주었다. 그러나 불과 이틀여 만에 그 내용을 토씨 하나 안 틀리고 좔좔 다 외운 덕분에 나는 한 번도 암기를 못 한다는 '죄목'으론 기합과 구타를 당하지 않았다. 하지만 그런다고 해서 유능한 사원이 되는 건 아니었다. 관건은 어쨌든 그 제품을 많이 팔아야만 하는 것이었다. 그렇지만 카세트 테이프 레코더와 테이프, 그리고 교재까지를 배부른 맹꽁이처럼 불룩하게 가방에 넣어가지고 다니며 많은 사람들을 만났으나 첫 오더(order)는 좀처럼 발생되지 않았다. 그때 나와 입사를 같이 한 동기들은 모두 여덟 명이었다.

그중엔 이미 오더를 3~4개나 발생시켜 벽면에 붙은 칠판의 합산 실적표에 표시된 영광의 붉은 별표가 선명하고 또한 위풍당당했다. 며칠간의 교육을 철저히 받은 뒤 필드(세일즈맨 사회에선 시장을 이렇게 호칭한다)에 나가기 시작했다. 그러나 일주일이나 연일 공(空)을 치자 더 이상은 기력조차 남아있지 않았다. '세일즈라는 게 나하곤 체질적으로도 안 맞는가보다…….' 그래서 퇴근하는 즉시로 소장님에게 사직하겠노라고 다짐했다. 그런데 이변이 일어났다. 내가 의기소침하여 마치 도살장에 끌려가는 소처럼 엉거주춤 사무실로 들어서는 모습을 본 소장님의 언성이 반가움으로 넘쳐났다. "홍경석 씨, 어서 오세요! 그렇지 않아도 이제나저제나 귀사하기만을 손꼽아 기다렸습니다."

이어 소장님이 건네 준 메모지에는 내가 며칠 동안 돌아다니며 홍보를 하면서 뿌린 명함을 보고 전화를 해 왔다는 모 직장인의 전화번호와 직장명칭이 적혀있었다. "가셔서 제품 설명을 잘 하시면 틀림없이 오더와 연결될 겁니다!" 소장님의 호언장담에 나도 모르게 기운이 용솟음쳤다. 전화부터 한 뒤 바람처럼 빨리 그 직장으로 달려가자 기다리고 있던 직장인은 선뜻 주문서에 사인을 하고 제품의 대금까지 일시불로 주었다. 그러자 곁에서 반신반의 바라만 보던 두 명의 동료들도 "나도 이번 기회에 영어나 배워볼까?"라며 부화뇌동의 주문사인을 하는 것이 아닌가!

그래서 나는 그날 하루에만 자그마치 세 건의 첫 오더를 발생시키며 비로소 뭐든 열심히 하면 된다는 용기까지 덤으로 수확할 수 있었다. 그것은 또한 무려 30년 가까이나 세일즈맨으로 밥을 먹게끔 견인한 도화선이되었다. 한비자(韓非子)가 말한 "죽음을 각오한 사람의 전사는 열 명의 적에 대항할 수 있다."는 뜻의 일인분사 가이대십(一人奮死 可以對十)의 결심과 실천은 세일즈맨이라면 반드시 지녀야 하는 무기였다. 나는 그 같은 형그리 정신으로 달려왔다. 일과 병행하며 글을 쓰기 시작한 건 더욱 가슴뛰는 삶을 살기 위함이었다. 후일 각종 공모전에서 수상을 하고 큼직한 시상금까지 받노라면 내 가슴은 가파르게 더 뛰었다.

군경(軍警)에 경배를

　나는 초등학교를 박정희 정권 때인 1970년대에 다녔다. 당시 문교부 (현 교육부의 전신)에서는 전국의 학교에 '국기에 대한 맹세'를 내려 보내 학생들이 암기하게 했다. 그 내용을 암기하지 못하면 손바닥에 내리꽂히 는 무지막지한 회초리를 맞았다. 유신시절 때 한국인들은 누구나 오후 5시가 되어 확성기에서 애국가가 흘러나오면 가던 걸음도 멈춰야 했다. "나는 자랑스런 태극기 앞에 조국과 민족의 무궁한 영광을 위하여 몸과 마음을 바쳐 충성을 다할 것을 굳게 다짐합니다."라는 소리엔 가슴에 손 을 얹어야 했다. 어디 그뿐이었던가…… 극장에서 영화 한 편을 보려 해 도 애국가와 태극기에 대한 맹세문을 관람객들은 먼저 접해야 했다.

　그래서 당시에 태극기가 우리 국민들에게 주는 이미지는 '경직됨'과 일종의 '공포감'으로 다가오기까지 했던 것도 사실이다. 나는 지난 1980 년대 초반에 방위병으로 입대했다. 신병교육대를 나와선 동대(洞隊)에서 근무했다. 졸병 시절에 매일 하던 일 중엔 태극기를 게양해야 하는 것 도 있었다. 태극기는 지역의 사통팔달 관문이기도 한 온양온천 역(驛)앞에 위치한 국기 게양대에 달아야 했다. 비가 오는 날이면 몰라도 그렇지 않은 날에는 반드시(!) 아침 해가 뜨기 전에 태극기를 게양했다. 또한 해가 지기 전에 시간을 맞추어 게양된 태극기를 정성껏 수거, 보존하여야 했다.

근데 하루는 몸이 너무 안 좋아서 그 일을 제때 못한 적이 있었다. 꿍꿍 앓다가 아홉시가 다 되어 간신히 비몽사몽으로 출근했다. 그리곤 역 앞을 지나노라니 그만 태극기가 안 걸려 있는 것이었다. 순간 심장박동이 멎는 줄만 알았다. '어이구, 오늘 나는 죽었다!' 아니나 다를까, 상급 동대에 들어선 나는 군기가 빠졌다며 고참병으로부터 비 오는 날 먼지 나도록 얼차려를 당해야 했다. "이 새끼가 쏙 빠져 가지고선. 감히 태극기를 허투루 봐? 다시 한 번 그따위로 했다간 영창감이야! 알았어?" "넵~ 시정하겠습니다!" 뒤늦게 달려가서 겨우 게양한 태극기를 보자니 잠시 전 얼차려는 까맣게 잊혀졌다. 그때의 어떤 트라우마라고나 할까. 나는 지금도 태극기를 보면 존경의 차원을 넘어 공포감까지 느낄 때도 있다. 내가 방위병으로 군복무를 마쳤다고 하면 대부분의 사람들은 출퇴근하면서 아주 쉽게 병역의무를 마친 줄 안다. 그러나 그렇지 않다.

당시 방위병의 군기는 현역보다 셌으니까. 다 아는 상식이겠지만 군대는 전시 상황이라는 비상시를 전제하여 작동하는 시스템이다. 따라서 현역병과 마찬가지로 방위병 역시 늘 긴장모드에서 복무했음은 물론이다. 당시에 우린 누가 뭐라 하든 '귀신도 잡는 방위'라는 자부심으로 복무했다. 북한의 김정일이 우리나라의 방위병과 막강한 향토예비군들이 무서워 남침을 못한다는 유머가 한동안 회자됐었다. 방위병이든 예비군들은 다 같은 대한민국 국민들이었다. 따라서 이들은 모두 애국자 '반열'에 든 셈이다.

지금 이 시간에도 우리의 아들딸들은 전국 방방곡곡에서 국방의 의무를 다 하고 있다. 전방에서 복무하는 군인들의 수고는 더욱 많은 국민들의 격려와 박수를 요구한다. 대한민국 군인들은 비단 나라만을 지키지 않는다. 국민들을 크게 혼란에 빠뜨렸던 메르스 사태가 안정 국면으로 바뀐 것도 군인들의 활발한 대민지원 덕분이다. 군인들은 또한 농번기 지원활동 외에도 헌혈 지원 등 국민을 위해 하는 일이 참 많은 '착한 집단'이다. 『징비록』에도 나오지만 조선은 국방의 철저와 국방비 증액과 대비 등 경계를 소홀히 했기 때문에 임진왜란을 맞았다. 국방과 군인의 중차대함은 아무리 세월이 흘러도 불변한 보국(保國)의 보루(堡壘)이다.

여기서 관건은 국방에 임하는 국민의 마인드다. 지금도 잊을 만하면 불거지는 게 소위 고위공직자의 병역의무 미필이다. 병역 문제가 얼마나 첨예한 것이냐 하면 대통령이란 자리에 거의 근접했던 어떤 출마자가 아들의 병역미필 문제로 인해 낙마했음을 보면 알 수 있다. 대한민국 젊은이라면 반드시 군대에 가야 한다. 그들이 나라를 지켜주지 않으면 나와 같은 중늙은이들라도 나설 수밖에 없다. 한데 정부에서 노인네들은 군역(軍役)이 안 된다고 해서 과거처럼 대립군(代立軍)을 만들 수도 없는 일 아닌가? 참고로 '군역'은 조선시대 당시 16~60살의 모든 장정에게 부과된 국역(國役)의 하나이다.

조선시대에는 징발 대상자는 물론이거니와 시취(試取)에 의해 편입되든 신분의 특전으로 편입되든 신분에 상관없이 누구나 군역의 의무를 지는 국민개병(皆兵)제였다. 즉 국방(國防)의 중요함이 최우선이었음을 드러내는 것이다. 그리고 그 개병의 주류(主流)는 양인과 농민이었다. 여하간 소위 힘 있는 자들의 자제들은 다 빠져나가고 우리처럼 힘없는 서민들만 병역 의무에 임한다면 가뜩이나 열강들에 둘러싸여 있는 우리나라의 안보지형은 과연 어찌 되겠는가? 천만다행으로 스티브 유처럼 파렴치한 자가 있는가 하면 외국의 국적을 버리면서까지 국방의 의무를 마치려는 젊은이들이 많이 늘었다.

그래서 여간 다행이 아닐 수 없다. 국방의 의무는 더 이상 논할 가치조차 없는 '불조심'과도 같다. 불이 났는데 그 불을 아무도 끄지 않는다면 결국엔 다 죽는다. 국방이 바로 그런 것이다. 이 책을 통해 새삼 국방의 의무에 최선을 다하고 있는 이 땅의 군인들과 군무원 그리고 군과 연관된 계통에 계시는 분들께 심심한 감사와 성원을 드린다. 대한민국 군인들에 대한 경배(敬拜)는 당연하다. 그건 국민으로서 기본이자 예의이며 상식이다. 과거 〈수사반장〉이라는 드라마가 있었다. 가히 국민 드라마로까지 회자되었던 그 드라마로 인해 그 드라마의 수사반장이었던 최불암 씨는 지금도 국민배우로 칭송받고 있다.

안성기 씨와 최중훈 씨가 열연한 〈투캅스〉는 픽션 코믹물이었기에 그저 단세포적인 웃음만을 안겨 주었다. 그래서 진실한 경찰상을 보여주지는 못 하였다. 그러나 그 뒤의 영화로 제작되었던 〈살인의 추억〉을 보노라면 경찰의 어려움이 십분 이해가 된다. 특히나 외근을 밥 먹듯 해야하는 형사의 경우는 그 고생이 막심함은 불문가지이다. 절친한 친구이자 '의리 빼면 시체'인 조병설과 예의까지 바른 '보미 아빠' 처조카사위인 박호일이 경찰이다. 각각 대전경찰청과 동두천경찰서에 재직 중이다. 마음이 부처님 같은 친구와 사위는 지금 이 시간에도 국민의 생명과 재산을 지키고자 노심초사하고 있다. 무척이나 똑똑하고 노래도 잘하며 재롱까지 잘 떠는 다섯 살 보미는 장모님의 가장 즐거운 그리고 유일한 웃음보따리 인자(因子)이다.

다만 아쉬운 건 보미 아빠의 직장이 먼 까닭에 보미 엄마인 나의 '또 다른 딸' 황정현과는 주말부부라는 사실이다. 개인적인 바람인데 하루라도 빨리 보미 아빠가 이곳 대전으로 근무지 발령을 받았으면 좋겠다. 오래 전 집에 도둑이 들었다. 그래서 신고를 하려고 우리 동네를 관장하는 가양파출소에 갔다. 시간은 자정이 넘었거늘 하지만 취객들이 어찌나 경거망동을 하는지 그야말로 목불인견(目不忍見)이 따로 없었다. 마구잡이로 욕지거리를 퍼붓는 취객에서부터 심지어는 마신 술과 음식까지를 토하는 이를 보면서는 다들 눈살을 찌푸리지 않을 수 없었다.

아울러 그들을 말리는 경찰관들을 보면서 우리가 편히 잠을 잘 수 있음 역시도 군인과 마찬가지로 이 땅의 경찰관분들의 노고 덕분이었음을 새삼 절감할 수 있었다.

나의 친구와 사위는 지금 이 시간에도 강력 범죄의 범인과 도둑들까지를 검거하고자 풍찬노숙조차 마다 않고 있다. 그러니 어찌 박수를 보내지 않을 수 있겠는가! 군인과 마찬가지로 우리나라의 경찰관분들께도 정중한 경배를 표한다.

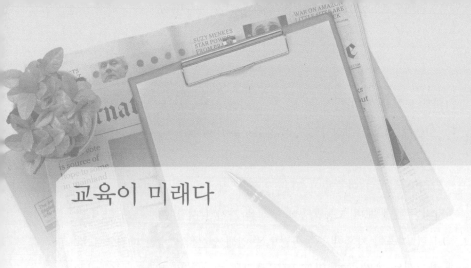

교육이 미래다

내가 지천명의 나이 때 만학의 문을 두드린 곳은 전태일을 따르는 사이버 노동대학(http://www.junnodae.org)이었다. 비단 공부의 측면이 아닐지라도 『전태일 평전』을 읽으면 큰 도움이 된다. 전태일(全泰壹, 1948. 8. 26~1970. 11. 13)은 1960년대 서울 평화시장 봉재공장의 재봉사로 일했다. 노동자의 권리를 지키기 위해 노력하다 분신자살했다. 헌신적으로 노동자 인권운동을 펼쳤기에 "전태일이 없었다면 한국 노동자들의 인권은 수십 년 뒤에나 존중받았을 것"이라는 말을 들을 정도였다.

한국의 노동운동과 민주주의 발달에 큰 영향을 끼쳤기에 진보진영에서는 전태일을 일컬어 흔히 '열사'나 '동지' 호칭을 붙인다. 그는 대구에서 가난한 노동자의 맏아들로 태어났다. 재봉사였던 아버지 전상수가 사기를 당하는 바람에 1954년 서울로 올라와서 생활전선에 뛰어들었다. 정규교육을 거의 받지 못하고(초등학교와 고등공민학교 자퇴) 거리에서 각종 행상을 하며 생계를 이어가는 불우한 유년기를 보냈다. 1965년 아버지에게 배운 재봉기술로 서울 청계천 평화시장의 피복점 보조로 취업한다.

14시간 노동을 하며 당시 차 한 잔 값이던 고작 50원을 일당으로 받았다. 이듬해 직장을 미싱사로 옮겨 재봉사로 일한다.

그러면서 어린 여공들이 적은 월급과 열악한 환경, 과중한 노동에 시달리는 것을 보며 노동운동에 관심을 가지기 시작했다. 특히 함께 일하던 한 여공이 가혹한 노동환경으로 인해 얻은 직업병인 폐렴으로 강제 해고되는 옳지 못한 일을 보고 충격을 받는다. 그러나 자신도 여공을 도왔다는 이유로 자본가들에게 밉보여서 해고된다. 이후 재단보조로 취직하여 재단사가 사장과의 갈등으로 해고당한 뒤 새로 재단사 자리에 올랐다. 그러다가 1968년에 우연히 노동자의 인권을 보호하는 법인 '근로기준법'의 존재를 알게 되었다. 그 뒤 해설서를 구입해 그 내용을 공부하면서 법에 규정되어 있는 최소한의 근로조건조차 지켜지지 않는 현실에 분노를 느낀다.

이에 1969년 6월엔 평화시장 최초의 노동운동 조직인 바보회를 창립한다. 그리곤 평화시장 노동자들에게 근로기준법의 내용과 현재 근로조건의 부당성을 알리기 시작한다. 하지만 이 일은 자본가들의 탄압으로 실패로 끝난다. 더 이상 평화시장에서 일할 수 없게 된 전태일은 한동안 공사장에서 막노동을 하며 지낸다. 1970년 9월 평화시장으로 돌아온 전태일은 재봉사보다 지위가 높은 재단사로 일하며 이전의 바보회를 발전시킨 삼동친목회를 조직한다. 그 뒤 다시 노동실태 조사 설문지를 돌려 126장의 설문지와 90명의 서명을 받아 노동청에 진정서를 제출한다.

이 내용이 경향신문에 실려 주목받자, 전태일 등 삼동회 회원들은 본격적으로 임금, 노동시간, 노동환경의 개선과 노동조합 결성 등을 위해 사업주 대표들과 협의를 벌였다. 그렇지만 일을 무마하려는 정부의 약속위반으로 인해 번번이 무위로 돌아갔다. 자본가들도 삼동회는 사회주의 조직이라고 헐뜯음으로써 노동자들이 노동운동에 참여하지 못하도록 방해하였다. 이에 따라 전태일과 삼동회 회원들은 11월 13일 근로기준법은 노동자들의 인권을 보호하지 못하는 무능한 법이라고 고발하는 뜻에서 근로기준법 화형식을 하기로 결의한다. 플래카드 등을 준비해 평화시장 앞에서 노동환경 개선을 요구하는 시위를 벌였다.

그러나 경제적 착취의 자본가들과 경찰의 방해로 플래카드를 빼앗기는 등 시위가 무위로 돌아갈 위기에 처했을 때, 전태일은 갑자기 온몸에 석유를 끼얹고 불을 붙인다. 그리곤 "근로기준법을 지켜라! 우리는 기계가 아니다!" 등의 구호를 외치며 평화시장 앞을 달린다. "배가 고프다!"라는 마지막 말을 남기고 쓰러져 병원으로 옮겨졌으며 이 소식을 듣고 병원에 온 어머니 이소선 씨에게 전태일은 "어머니, 내가 못다 이룬 일 어머니가 이뤄주세요"라는 유언을 남기고 숨을 거두었다.

이러한 전태일의 죽음은 사회적으로 큰 반향을 일으켰다. 정치권이라고 해서 예외가 아니었다. 당시 신민당 대통령 후보였던 김대중은 1971년 1월 23일 연두 기자회견에서 '전태일 정신의 구현'을 공약으로 발표하기도 했다. 노동계 역시 마찬가지였다. 1971년의 노동자의 투쟁은 1,600여 건에 이르렀는데 이는 전년도 165건에 비해 10배가 넘는 규모였다고 한다. 전태일의 분신 저항은 그동안 금기시돼왔던 노동자의 인간 존엄성 소외를 새삼 고찰하는 전환의 계기로도 크게 작용했다. 저임금과 장

시간 노동을 감내할 수 없는 비인간적 노동조건에서 신음하던 노동자의 가슴에 분노의 불을 지핀 것은 물론이다. 전태일의 항거는 또한 민주노동운동의 고양과 아울러 훗날 사회민주화의 시금석이 되었다.

지금까지 '전태일의 시대'를 알아보았다. 그럼 문제의 본질을 약간 삐딱하게 보는 시선을 첨언코자 한다. 예컨대 만약에 전태일이 오늘날의 젊은이들처럼 '대학물'까지를 먹고 정규직의 안락한 직장에서 높은 연봉까지를 누릴 수 있었더라도 그는 과연 그런 투사와도 같은 용기와 저항까지 가능했을까? 이런 얘길 왜 하느냐 하면 전태일이 살았던 시대나 지금도 불변한 건 바로 교육이 미래라는 걸 강조하기 위함에서이다. 굿네이버스 발간의 『좋은 이웃』 2015년 5·6월호를 보면 '숫자로 보는 아동노동의 실태'가 나온다. 먼저 전 세계적으로 노동을 강요받는 아동은 무려 1억 6천 8백만 명에 이른다. 위험하고 가혹한 형태의 노동을 하는 아동은 8천 5백만 명이다. 매년 2만 2천 명의 아동이 노동착취로 인해 사망한다.

아동노동이 발생하고 있는 국가는 76개국이며, 일하는 이들 아동이 받는 일주일의 평균임금은 고작 3,600원에 불과하다. 하루 5백 원을 벌어서 대체 무얼 입에 넣을 수 있단 말인가! 아동노동도 심각하지만 이처럼 너무도 이른 노동을 시작하여 교육의 기회마저 잃은 사람은 성인이 되어서도 저임금, 일용직, 실업에 직면할 가능성이 높다는 사실이다. 이는 또한 자녀 세대로까지 빈곤이 대물림되는 심각성을 내재하고 있다. 내가 진즉 아이들의 교육에 남다른 관심과 열정을 보인 건 바로 이 때문이었다.

나는 비를 쫄딱 맞아가며 우산을 팔 적에도 후일 내 아이들만큼은 비 한 방울 맞지 않게끔 하겠노라 이를 악물었다. 싸구려 국수와 우동을 사먹을 때도, 내 자식들에겐 소위 칼질하는 경양식(輕洋食) 집에만 데리고 가리라 마음을 다잡았다. 전태일이나 나 역시 지독한 가난으로 인해 공부를 많이 할 수 없었다. 그는 봉재공장에서 미싱을 돌렸다지만 나는 남의 구두를 닦았다. 세상은 나처럼 못 배운 아이들을 결코 포용하지 않았다. 따뜻한 밥 한 끼조차 사 주는 이도 없었다. 기술을 배운답시고 구둣방의 시다로 들어갔으나 허구한 날 두들겨 맞는다는 친구가 있었다. 그럼에도 이튿날이면 또 출근하는 그 친구를 보면서 '가난은 부끄러운 것이 아니라 다만 불편한 것이다'가 아니라 '가난은 차라리 죄악'이라고 보았다. 그까짓 기술이 뭐라고 사람을 마치 복날에 개 패듯 한단 말인가……. 그 친구도 집이 살만해서 일터 대신 학교에 갈 수 있었더라면 얼마나 좋았을까!

작년에 이사를 하고 나서 아들은 우리 부부에게 많은 걸 사줬다. TV와 PC에 이어 제습기까지. 지난 7월 이사를 한 딸에게도 아들은 가전제품 일체를 사주었다. 그처럼 '통 큰' 아들의 뒤에는 배움이 있었다. 많이 배웠기에 좋은 직장에도 들어갈 수 있었다. 교육이 미래라는 말은 그래서 나왔다는 게 나의 굳은 신앙이다. 내가 뒤늦게나마 대학공부를 한 건 정말 잘한 일 중 하나다. 대학은 역시나 지혜와 지식습득의 보물창고였다. 공부는 아무리 해도 끝이 없었다. 그 끝은 잘 보이지 않았지만 배운다는 건 정말 행복했다. 지금이야 하는 수 없지만 경비원을 그만둔 후에는 대전시민대학에 들어갈 생각이다. 거기서 또 다른 지식과 사람들을 배우고 사귀리라.

전국 최연소 영업소장

십 대 말에 만난 아내는 나의 첫사랑이었다. 우린 가난했지만 서로를 끔찍이 사랑했다. 돈이 없었기에 결혼식은 다음으로 미루고 방위병 복무를 마친 뒤 취직을 하자마자 반지하 월세를 얻어 동거를 시작했다. 아내와 살림을 차린 이듬해 삼복더위에 아들을 낳았다. 그리곤 아이가 생후 백 일도 안 되었는데 소장님이 인천으로 발령이 나면서 내게 부탁을 해왔다. "주임으로 승진발령을 내줄 테니 나 좀 도와 달라." 초등학교 2년 선배의 부탁이기도 한 탓에 거절하기가 어려워 따라갔다. "아버지. 저, 인천으로 발령 나서 가니 제발 술 좀 끊으세요!"라는 결코 이뤄지지 않을 읍소를 또 거듭하면서. 생면부지의 사람들과 도시에 다름 아닌 인천에 도착해 허름한 집을 세 얻어 살면서 다시금 세일즈를 했다.

그러나 그 기간은 길지 않았다. 겨우 정착이 되어가나 보다 하는 즈음에 그만 사달이 났기 때문이었다. 어느 날, 본사의 감사팀이 들이닥쳐선 소장님이 공금을 횡령하고 달아났다며 노발대발한 것이다. 근데 소장님은 공금에만 손댄 게 아니었다. 벼룩의 간을 빼먹는다고 가뜩이나 없이 사는

132

나에게까지 돈을 빌려선 그야말로 '야반도주'를 했으니 말이다. 그것도 아들내미 백일잔치를 할 요량으로 꼬깃꼬깃 모아둔 그 천금 같은 돈을! 사람에 대한 신뢰, 더욱이 그것도 다른 사람도 아닌 동향(同鄕)의 선배인 소장님이 그리 했다는 현실은 정말로 하늘이 무너지는 것과도 같은 극심한 배신감을 안겨 주었기에 용서하기 어려웠다.

며칠을 고심하다가 평소 나를 아껴주시던 대전지사의 L지사장님께 전화를 드렸다. 내가 처음에 입사한 천안출장소는 같은 충남권이었던 대전지사의 관할구역이었고 따라서 L지사장님께선 이따금 방문하기도 했기에 구면(舊面)인 터였다. 길게 얘기를 하기도 전에 저간의 현실을 나보다 더 잘 알고 있던 L지사장님께선 선뜻 제안을 해 오셨다. "대전으로 오세요! 홍 주임처럼 유능한 사람은 내가 키워 주리다." 나는 다시 짐을 쌌다. 지금이야 '대전광역시'지만 그때는 '충남 대전시'였다. 따라서 선배로부터 배신까지 당하여 '정이 뚝 떨어진' 인천에서 대전으로 내려오니 내 고향인 충남의 품에 다시 들었다는 느낌에 푸근한 기분이 절로 들었다. 직원들은 대전의 명물음식이라며 두부두루치기에 소주를 듬뿍 사주었다.

가진 돈이 변변치 않았기에 보증금 얼마에 매달 또 얼마씩의 월세를 내는 허름한 단칸방을 얻어야 했다. 하지만 직장에선 인천에서 가져온 '주임'이란 직책이 여전히 유효했다. 물론 여전히 기본급조차 한 푼 없는, 다만 허울뿐이긴 했지만. 아버지께도 들러 인천에 갔다가 여차여차하여 대전으로 내려왔다고 말씀드리니 반가워하셨다. 하지만 여전히 넉넉한 생활비를 드릴 수 없는 처지의 내 신세와 형편이 심히 야속할 따름이었다. 그렇지만 포기하지 않고 나름 최선을 다하여 매출 향상에 매진했다.

세월은 더 지나서 아들은 한창 더 귀여운 두 살이 되었다.

 그리고 이듬해 1월이 되자 3월이면 새로 신설되는 영업소의 소장(所長)으로 기존의 영업사원 중에서 한 명이 신규로 승진할 거라는 소문이 사내에 회자되었다. 그 범위에 나도 들었다. 소장이 된다면 지금처럼 주임이라고 해봤자 쥐뿔도 혜택이 없는 것과는 사뭇 달리 기본급에 더하여 영업사원들의 매출에 준하는 별도의 수당 지급 등 그 수혜가 짭짤하다고 경리과의 한 아가씨가 귀띔해 주었다. '근데 기껏 국졸 학력의 내가 과연 소장이 될 수 있을까⋯⋯?' 그러나 부푼 기대감만큼은 버리지 않기로 했다.

 이후 마침내 뚜껑이 열렸다. 기존 대전지사에서 영업도 잘하고 경력도 있는 소장 후보군 세 사람을 제치고 내가 소장으로 발탁되었다! 감격하지 않을 수 없었다. "할 수 있다는 믿음을 가지면 그런 능력이 없을지라도 결국엔 할 수 있는 능력을 확실히 갖게 된다"는 마하트마 간디의 명언이 떠올랐다. 그때 내 나이 겨우 스물여섯 살이었다. 소장 임명장을 받고 얼마 안 되어 본사 주관의 관리자 교육을 받으니 비로소 '나도 소장이란 감투를 썼구나!'라는 느낌이 현실로 다가왔다. 또한 나 자신이 어쩌면 과거 고구려의 주력 부대였던 개마무사(鎧馬武士)와도 같다는 우쭐함까지 숨기기 힘들었다. 소장이 되어 십여 명의 직원(영업사원)을 관리하게 되니 이전처럼 내 개인의 실력보다는 영업소 전체의 실적을 끌어올리는 데 더 공을 들여야 했다. 아울러 유능한 신규 영업사원의 확충에도 게을리 하면 안 되었다. 회사에선 정기적으로 전국지에 사원모집 광고를 내주었다. 그런데 곧이곧대로 "영업사원 모집~" 이렇게 광고를 하면 단

한 명도 찾아오지 않았다.

　그래서 미끼로써 '관리직'이나 '총무직'으로 과장광고를 낸 뒤 면접과
정에서 영업사원으로 바꿔치기하는 수법이 동원되었다. 그렇게 별의별
교육지책까지 동원하여 영업사원을 모집하는 데 성공한다손 쳐도 난관
은 또 있었다. 그건 바로 '영업은 결코 어려운 게 아니다!'는 확신을 심어
주어야만 했기 때문이었다. 그렇지 아니하면 힘들게 뽑아놓은 직원들은
영락없이 내일이면 하나도 출근을 안 하였으니까 말이다. 그걸 일컬어
세일즈 롤플레잉(sales role-playing)이라고 했는데 대개 신입 영업사원의
교육 말미에 써먹었다. 기존의 유능한 직원과 내가 나서서 직원은 고객
으로 분장(扮裝)하고 나는 세일즈맨의 역할로서 비록 생면부지의 고객일

최연소 영업소장 시절 직원들과 계룡산에서의 즐거운 한때

망정 결국엔 설득에 성공하여 고객으로 하여금 주문서에 서명을 하게끔 하는 즉흥연기였다.

그러나 그건 누가 봐도 뻔한 스토리였기에 보다 실질적이고 효과적인 '명장면'이 요구되었다. 그건 바로 실제 필드에 나가 고객을 감동까지 시켜 실제로 주문을 받는 장면을 적나라하게 보여주는 것이었다. 한데 이게 보통 스트레스가 아니었다. 내가 무슨 족집게 도사도 아닌데 어찌 그처럼 나에게서 상품을 순순히 구입할 수 있는 고객을 '만들어낼 수' 있단 말이던가? 그러나 당시 회사의 사원교육 매뉴얼엔 그런 과정이 엄존했기에 나 역시 이를 답습하지 않으면 안 되었던 것이다. 하는 수 없었다. 두어 번 이상을 찾아가 이미 가망고객이 되었기에 이번에 한 번만 더 방문하면 반드시 카드(오더)로 연결될 고객을 미리 점찍었다. 그리곤 방문 약속 전화를 하든가, 아니면 아무런 예고도 없이 방문을 하여 반드시 계약으로 성사되게끔 최선을 다했다. 물론 뒤에는 어리둥절한 표정의 신입사원을 대동하고서.

한데 그 자리에서 내가 카드를 '끊는 걸' 본 신입사원은 십중팔구 감탄을 금치 못했다. 아울러 자신감을 내비치며 자신도 나에 버금하는 우수 영업사원이 되겠노라는 포부를 비치기도 일쑤였다. 그렇게 실로 위태위태한 모험과도 같은 갈지자 행보의 참 어려운 사원모집을 하는 것 외에도 그렇게 하여 일단 내가 속한 영업소에 소속이 된 사원들에겐 자주 술을 사주며 '못 달아나게끔' 단속하는 것도 빠뜨릴 수 없는 일과였다. 아무리 의리가 없는 사람이라 할지라도 술을 두어 번 얻어먹으면 그 '죗값'으로 인해 이튿날 출근만큼은 해주는 게 당시의 사람들 인정이었다.

그렇게 고생을 하면서 영업소를 더욱 키워가던 중에도 아버지의 병은 더욱 깊어만 갔다. 그런데 고작 초졸 학력의 무식쟁이가 어쩌다 소장이란 중책을 맡았다지만 그 기간은 너무도 짧았다.

회사는 내가 소장이 된 지 얼마 되지도 않아 결국 최종부도라는 직격탄을 맞고 공중 분해되었다. 전국 최연소 소장이란 영광의 자리는 그처럼 일장춘몽으로 끝났고 따라서 나는 다시금 당장 내일 끼니 걱정을 해야만 하는 실업자의 암울한 처지로 추락했다. 잠시 '정규직 소장'이라는 난생 처음의 안락한 자리에 오르긴 했으나 회사가 그리 되는 바람에 퇴직금의 수령 역시도 물거품일 수밖에 없었으니 왜 안 그러했겠는가? 내 팔자는 참으로 기구한 외에도 정규직하고는 아예 담을 쌓았구나 싶은 자괴감이 커다란 먹구름으로 다가왔다. 여하간 속수무책으로 두문불출만 하기엔 급박한 현실이 이를 용인치 않았다. 나는 취직자리를 다시 알아봐야 했다.

영원한 호황은 없다

어차피 월급쟁이인 정규직으로의 취업은 글렀기에 손쉬운 영업사원 자리를 알아보는 게 되레 편했다. 어딜 가든 기본급도 없고 건강보험료 역시도 자비 부담인, 다만 회사에서 지원해주는 거라곤 달랑 전화 한 대와 명함 한 갑. 그리고 판매액수에 따른 일정액의 수당만 줘도 '합법적'이 되는 회사는 지천으로 흔했다. 배운 게 도둑질이랬다고 영어로 영업을 시작했기에 동종업계인 S영어사 대전지사를 찾아갔다. 지사장은 경험이 있다고 했더니 크게 환영했다. 그 회사의 아이템은 영어회화 교재와 테이프 외에도 매월 발행되는 영어잡지와 기타 클래식 음악 CD까지를 만들어내는 등 규모가 상당히 컸다. 그러나 내 입맛에 맞은 건 단연 영어잡지였다. 왜냐면 잡지는 우선 구독연령층이 무한대라는 장점이 있었다.

또한 1년 단위의 구독기간 계약자인 까닭으로 처음에 1년만 고생하면 다음해부터는 간단하게 전화로 재계약을 체결해도 되었다. 그야말로 손 짚고 헤엄치기인 것이다. 커다란 봉투에 영어잡지 10권과 주문서 그리고 볼펜을 넣고 제일 먼저 달려간 곳은 지역에서 가장 크다는 모 대학 캠퍼스였다. 대학은 언제가도 수업이 없어 쉬는 학생들이 눈에 띄어 좋았다. 그 학생들을 만나 설득을 시켜 주문서에 직접 성명과 주소 따위를 기록하게 하고 마지막으로 본인의 사인을 받아내는 순간의 희열은 세일즈맨만이 누릴 수 있는 특권과 기쁨이었다.

그렇게 창출된 오더는 곧바로 나의 수입과 직결되었다. 그러나 그 또한 오래 해먹을 바는 못 되었다. 우선 나 말고도 그러한 대학에 들어와 '장사를 하는' 세일즈맨들은 어떤 때는 학생들보다도 더 많았기 때문이다. 그야말로 주객이 전도된 시장(市場)이었던 것이다. 또한 여름과 겨울 방학이 되면 대학은 개점휴업의 스산함뿐이었기에 가봤자 미친 짓이었다. 하여 머리를 굴렸다. '어찌하면 좀 더 효율적이고 더 많은 매출을 올릴 수 있을까?' 그러한 심사숙고 끝에 밑져야 본전이란 생각에 가까운 중학교를 찾아갔다.

그리곤 교무실로 가 교감선생님께 인사를 드리고 영어선생님들께 홍보를 나왔으니 이따 쉬는 시간에 잠깐 뵙고 갈 수 있도록 선처를 바란다고 부탁드렸다. "그러슈, 근데 잡상인이 하도 많이 오니 장사가 되겠수?" 그랬다. 교감선생님의 눈에도 나는 고작 더더리 잡상인일 따름이었다. 그러거나 말거나 기왕지사 뽑아든 칼이었으니 뭐든 베고 볼일이었다. 이윽고 학교종이 울리자 잠시 후 수업을 마친 선생님들이 우르르 교무실로 들어섰다. 미리 영어책이 꽂혀있던 곳이 영어담당 선생님의 자리임을 대충 파악해놓고 있던 나는 급히 다가가 머리를 조아렸다. "S영어사에서 캠페인이 있어 나왔는데 잠시만 시간 좀 내 주실 수 있겠습니까?" 다행히 S영어사는 영어선생님으로부터도 평판이 좋았다.

　나는 첫날 찾은 중학교에서만 무려 다섯 건의 오더를 끊어낼 수 있었다. 하면 된다는 감격의 물결이 해일처럼 다가와 날 흥분시켰다. 거기서 새로운 자신감을 얻은 나는 내처 다른 중고교에도 가서 별도의 카드 여덟 건을 추가, 도합 13건이란 엄청난 카드를 생산했다. 그리곤 오후에 귀사하여 그 카드를 보란 듯이 당당히 접수하니 지사장의 눈길이 일순 존경으로 바뀌는 듯 보였다. "이걸 오늘 직접 끊은 거요?" "네~!" 당시 오더(order)는 '카드'로, 오더를 발생시키는 행위를 일컬어선 "카드를 끊었다"는 말이 통용되었다.

　여하튼 그 회사에서도 좋은 실적을 연일 거듭하자 지사장은 얼마 안 됐음에도 나에게 과장(課長) 자리를 주었다. 다른 권한과 혜택은 없었고 다만 내가 관장하는 과(課)의 과원들 실적에 준하는 일정액의 격려금 차원의 수당이 추가되었다. 하지만 그렇게 만들어진 돈은 과원들에게 밥과 술을 사주는 용도로 모두 썼다. 다른 장르의 것은 모르겠지만 내가 경험한 모든 영업엔 반드시 어떤 법칙이 존재했다. 그건 거개 인생사의 그것처럼 흥망성쇠(興亡盛衰)가 점철되고 또한 반복되는 것처럼 영원한 호황은 없더라는 사실이었다. 이런 맥락에서 영어교재로 재미를 보던 시절도 그 호경기가 한풀 꺾여 시나브로 쇠퇴하던 즈음, 예전 같은 회사에서 일했던 적극적 후배 민경복을 우연히 만나게 되었다. 후일 주경야독으로 대학을 마치고 보험회사 소장이 된 이 후배는 나를 삼고초려(三顧草廬)하고자 무진 애를 쓰기도 했다.

예나 지금이나 술을 좋아하는 나였기에 그와 술잔을 기울였다. 한데 그가 귀에 쏙 다가오는 알찬 돈벌이를 알려주었다. "형님, 제가 지금 삼성카메라 회사의 대리점에 근무하는데 카메라 영업을 한번 해 보세요. 형님 실력이면 금세 돈을 왕창 벌 겁니다!" 그렇지 않아도 다른 직업을 물색할까 했는데 잘 되었다 싶었다. 그 후배의 주선으로 대리점 사장을 만나니 초면임에도 술을 사주며 크게 환대했다. 당시는 카메라를 가지고 있는 집이 별로 없어 시장은 무궁무진해 보였다. 처음엔 기존의 다른 직원들처럼 가방에 샘플용 카메라와 필름 따위를 넣고 다녔다. 주로 직장인들을 대상으로 카메라의 사용법과 함께 시중에 나와 있는 다른 업체(브랜드)의 카메라와의 가격비교 등을 설명하며 구입하라고 설득작전을 펼쳤다. 그러나 그렇게 해서는 큰 매출이 이뤄지지 않았다.

효과적인 세일즈는 역시나 머리를 써야 했다. 일정공간에서 일시에 많은 매출을 올릴 수 있는 방법인 단체판매라는 데 관심의 눈길이 갔다. 공문과 전화를 이용해 각 기업체의 공장과 골프장(캐디와 직원을 대상으로 한)에 이어 고속도로 휴게소까지 타깃에 넣었다. 예상은 적중했다. 타의 추종을 불허할 정도의 매출이 이뤄졌고 돈도 다른 직원들보다 몇 배는 더 벌었다. 그렇게 탄탄대로를 달리게 되자 불현듯 욕심이 발동했다. 집에서 살림만 하고 있던 아내를 꼬드겨 시장 초입에 순대전문 식당을 차렸다. 하지만 그러한 무리한 욕심은 결국 실패로 나타났다. 장사를 시작한 지 1년도 안 되어 큰 빚만 졌다.

그래서 배운 게 도둑질이랬다고 다시 또 카메라 세일즈에 열중했다. 그러나 과거처럼 신명은 도통 나지 않았다. 카메라도 급속하게 보급이

진행된 때문으로 몇 년을 더 견뎌봤지만 갈수록 매출은 형편없었다.

그래서 마치 동가식서가숙인 양 또 다른 직장으로 눈길을 돌리지 않으면 안 되었다. 이번엔 출판물이었다. 그것도 이름만 대면 다들 아는 유수와 굴지의 정기간행물 언론사로 정평이 난 조선일보 출판지사였다. 그렇게 들어간 조선일보 대전지사는 매월 발행되는 시사월간지 월간조선과 주간조선이 꽤 많은 독자층을 형성하고 있어 영업이 수월했다.

그밖에 주간지와 여성지도 있었지만 나는 주로 월간지를 취급했다. 여성지는 우선 서점에서 팔리는 가격보다 우송료 때문으로 정기구독료가 되레 비쌌고 수당 또한 변변치 않아서 매력이 없었다. 주간지 역시 보관의 용이성 부족으로 독자들이 자주 불만을 피력한 때문이었다. 아무튼 월간지를 팔면서 나는 잃었던 자신감을 점차로 회복했다. 또한 아무리 내가 세일즈맨이라곤 하지만 언론사 명의로 된 명함을 지니고 있다 보니 어딜 가서도 그리 크게 구박은 받지 않아 좋았다. 조선일보사에서는 얼추 7년을 근무했는데 그래서 할 말도 많고 곡절도 무궁무진하다. 지면상 다 밝힐 순 없어서 간략하게 피력하자면 한때는 내 실적이 가장 뛰어나서 본사로부터 우수사원 상까지를 받았다는 사실이다.

아울러 부상으론 해외여행의 기회까지 주어졌는데 나는 그 절호의 기회를 스스로 버렸다. 왜냐하면 그 시기가 하필이면 인사이동의 러시와 맞물렸기 때문이었다. 대저 인사이동이 이뤄지면 덩달아 내가 취급하는 간행물의 판매 실적도 고공행진을 하는 특성이 있었다. 따라서 그걸 스스로 포기한 나 대신에 다른 직원이 어부지리로 외국여행을 다녀왔다. 풍상의 계절이 한참이나 지났으니 하는 말인데 그렇게 '잘 나가던 시절'을 눈 딱 감고 붙들고 있었어야 했다. 한데 나는 또 중간에 외도의 욕심을 내 화를 자초했다. 그런 걸 보면 역시나 사람은 불과 한 치 앞조차 가늠치 못하는 청맹과니가 맞지 싶다.

어쨌거나 늘 무에서 유를 창출해야 하는 고달픈 영업사원 일을 그만두자면 나 외에 아내도 서둘러 돈을 벌어야만 비로소 그 끝이 보일 거라 오판한 것이다. 여기저기서 돈을 더 긁어모아 슈퍼마켓을 차렸다. 더욱 성큼 자란 아이들도 멀지 않아 대학을 갈 터인데 불투명한 세일즈맨의 직업만으론 성에 차지 않았고 또한 월수입 역시 들쭉날쭉하긴 여전했기 때문이었다. 돼지머리를 놓고 고사를 지내며 부처님과 하느님, 그리고 천지신명께도 제발 장사 좀 잘 되게 해 주십사고 빌었다.

가게는 보통 아침 6시쯤에 열고 자정이 넘어서야 문을 닫았다. 낮에는 영업에 치중하느라 아내가 전적으로 가게를 봤지만 퇴근해선 주로 내가 그 역할을 도맡았다. 꼬마가 껌 하나를 사러 와도 손님이었고, 취객이 자정이 넘도록 소주 한 병 놓고 주사를 부려도 웃으며 응대하지 않으면 안 되는 피곤이 누적되는 나날이었다. '이렇게 고생하다 보면 반드시 좋은 날은 올 것이다!' 그러나 그것 역시 착각이었다. 착각도 보통 착각이 아닌, 엄청난 고통과 비탄의 씨앗까지를 잉태한. 그 불행의 진원지는 전대미문의 IMF 경제위기라는 핵폭풍이었다. 거기서 나는 투항의 두 손을 들며 또 다시 빈곤의 변방으로 내쫓겨야 했다.

홍키호테의 좌충우돌 도전기

빈곤의 변방엔 지독한 가난이 강력본드처럼 눌러 붙어 있었다. 그게 도무지 떨어지지 않자 급기야 나는 내 별명인 '홍키호테'답게 엉뚱한 작전까지 도모하기에 이르렀다. 그러한 작심으로 나갔던 게 2009년 1월의 KBS-TV 〈우리말 겨루기〉라는 퀴즈 프로그램이었다. 거기서 달인이 되면 자그마치 기천만 원이나 되는 거액을 일거에 획득할 수 있기 때문이었다. 그래서 받게 되는 그 엄청난 상금으론 당면한 화급의 빚부터 갚은 뒤 집도 널찍한 곳으로 이사를 하자는 따위의 '음모'까지를 꿈꾸었다. 하지만 성적이 저조하여 그 꿈은 그만 무위에 그치고 말았다.

그 같은 이유는 일전 개그콘서트의 한 코너였던 일식집 여사장 유행어처럼 나의 "실력이 약해서~"였다. 그럼에도 전혀 소득이 없었던 건 아니다. 우선 방송으로만 볼 수 있었던 한석준 아나운서(당시 '우리말 겨루기' 진행자)와 방송녹화 뒤 같이 사진을 찍은 것 외에도 나를 응원하고자 방청석까지 따라와 준 아들과의 부자유친(父子有親)의 감도가 더욱 공고화되었다. 다른 퀴즈 방송도 그렇겠지만 〈우리말 겨루기〉 역시 치열한 예심(豫審)을 거쳐야 했다. 어쩌면 본선(本選)보다도 치열한 것이 바로 예심이었다. 패자는 말이 필요 없는 법이라지만 아무튼 나도 그 방송에서 반드시(!) 달인이 되고자 방송 출연 전까지 두 달간 참으로 치열하게 공부한 바 있다.

비록 부끄러운 4등(5명이 출전하였다)에 머물긴 했지만 별도의 소득 또한 적지 않았다. 우선 다량의 우리말과 국어 관련 책을 공부하면서 손수 베끼고 적으며 만든 노트가 무려 열권 이상이나 되었다. 이후 또 다른 좋은 책들을 계속하여 보면서 제작한 습작(習作)용도의 노트 역시 대여섯 권이나 된다. 아울러 지인들이 "TV서 자네를 봤어!"라며 아는 체를 했다는 것도 '소득'이라면 소득이다. 나는 맨땅에도 헤딩하는 홍키호테처럼 또 다른 퀴즈 프로그램에 출전하여 일확천금의 기회를 다시 노렸다. 더욱 열심히 공부를 하면서 칼을 갈았다. 이후 2012년 6월 초의 어느 날 KBS 대전방송총국에서 필기시험과 면접의 과정을 거쳐 〈퀴즈 대한민국〉의 최종 예심 합격자가 되었다.

그러면서 나는 자연스럽게 '최강 딸바보'라는 닉네임이 붙게 되었다. 그 까닭은 예나 지금이나 나로선 딸내미가 이 세상에서 가장 예쁘다고 믿기 때문인 까닭이었다. 그러니까 면접과정에서 진즉에 이를 인지한 그 프로그램의 작가와 PD는 나와는 일언반구 상의조차도 없이 그처럼 내게 '딸바보'라는 별명을 붙여준 것이었다. 하지만 결과는 〈우리말 겨루기〉때의 상황과 별반 다름이 없었다. 그건 6명이 출전한 서울 여의도 KBS 본사 무대에서 그만 또 다른 2명과 함께 전반전에서 탈락하였으니 말이다.

그래서 나는 다시금 절감하지 않을 수 없었다. 그건 바로 '안 되는 건 안 되는 거다'라는 사실의 발견이란 것이었다. '그럼 그렇지, 나 같은 게 무슨 퀴즈 영웅이더냐?!' 다만 주변에서 그 나이에 도전하는 자세 하나만큼은 쓸 만하다는 덕담이 그나마 위안이 되었다. 뿐만 아니라 당시 나를 응원하러 방청석에 앉아있던 딸도 전국적으로 방송을 탔다는 사실이다. 이후로도 나의 퀴즈에 대한 도전 정신은 변함이 없었다. 물론 짭짤한 소득은 별로 없었기에 구태여 이를 밝힌다는 건 무의미하다고 생각한다.

그렇긴 하되 중요한 건 무언가에 도전하는 기백만큼은 예나 지금 역시도 불변하다는 것이다. 도전(挑戰) 얘기에 중국여행기를 빼면 안 되겠다. 회사 건물 1층엔 그동안 안경원과 여행사, 커피숍과 매점까지 입주해 있었다. 그러다가 경기에 가장 민감한 업종이라는 여행사가 올해 철수하여 그 빈 공간이 휑뎅그렁하다. 하기야 당장 먹고 살기에도 급급한데 무슨 팔자가 좋다고 외국으로까지 여행을 가겠는가. 아무튼 그 여행사가 입점해 있을 즈음 팸플릿 중에서 '꽃보다 상해'라는 광고물을 보게 됐다.

그러자 내 기억은 금세 지난 10년 전으로 훌쩍 이동했다. 처음으로 외국에 나가본 건 지난 10년 전이다. 근로복지공단 주최 문학 공모전에서 수필 부문 금상을 받고 보너스로 중국 문화 기행을 5박 6일간 다녀왔던 것이다. 당시의 스케줄은 항저우와 쑤저우에 이어 상하이와 중국의 수도인 베이징까지 두루 답사하는 것이었다. 천안문 광장에서 우리 일행이 단체사진을 찍으려할 때 중국 공안이 달려와 잠시 당혹스럽기도 했다. 아무튼 지금도 기억에 가장 많이 남는 곳은 역시나 상하이다. 한국인이라면 한 번쯤 들러야 하는 독립운동의 성지 〈대한민국 임시정부 유적지〉를 경건한 마음으로 참관했다. 이어 들른 곳은 지금도 많이 부러운 '위위안(豫園)'이란 정원이었다. 위위안은 400년의 역사를 가지고 있다고 했다. 부모님을 즐겁게 해드리기 위해 지은 정원이란 가이드의 설명이 이어졌다.

명나라 때 만들어진 정원인데, 1559년에 건설을 시작했단다. 반윤단이라는 이가 아버지를 기쁘게 해드리기 위해 지은 것이라 했다. 무려 18년 동안이나 정원을 꾸며 1577년에야 완성했다고 하니 반윤단의 효도와 정성은 정말이지 하늘도 놀랄 지극정성의 극치가 아닐 수 없다고 보였다. 예부터 효도와 효심이라고 하면 어느 민족에도 뒤지지 않았던 민족이 바로 우리나라였다. 그러나 오늘날에 와선 그마저도 빛이 크게 바랬다는 느낌이다. 세월처럼 빠른 건 없다더니 중국 여행을 다녀온 지도 어느새 10년이란 세월이 흘렀다.

독일의 문학가 괴테는 "사람이 여행을 하는 것은 도착하기 위해서가 아니라 여행하기 위해서이다" 라고 했다. 상하이는 다음에 또 가고 싶은 곳이다. 더욱이 대한민국 임시정부 유적지와 위위안은 더더욱 그립다. 언젠가 아들은 우리 부부에게 외국여행을 시켜주겠다고 했다. 그렇지만 작년의 허리수술 뒤 거동조차 시원찮은 아내인지라 외국여행은커녕 가까운 보문산으로 보리밥 먹으러 가는 것조차 큰맘을 먹어야 가능하다. 하여간 내가 난생 처음 언감생심 중국여행까지 할 수 있었던 건 문학 공모전에 도전하였기 때문에 가능했다. 외국에 나가면 누구나 애국자가 된다는 말도 사실이었다. "열정 없이 사느니 차라리 죽는 게 낫다."고 한 커트 코베인의 말처럼 도전이 없는 삶은 팥이 빠진 붕어빵처럼 고작 맹탕일 따름이다.

퀴즈 프로그램에 나갔을 때 나에게 '딸바보'라는 별명 붙여준 방송관계자의 식견은 탁월했다. 다들 알다시피 '딸바보'란 자신의 딸을 각별히 아끼는 아버지를 가리키는 신조어다. 혹자는 이러한 표현에 대하여 부끄럽다고 하는 이도 없지 않을 것이다. 그러나 내 생각은 다르다. 세상의 어떤 아빠가 자기 딸을 미워할까? 진부한 얘기겠지만 자녀는 부모의 사랑을 먹고 자라는 꿈나무이다. 선친께선 내 딸이 태어나기도 전에 다시는 못 오실 곳으로 영원히 떠나셨다. 따라서 아들도 마찬가지지만 딸을 기를 적엔 선친의 사랑까지 덤으로 쏟아 부으며 키웠다고 해도 과언이 아니다. 아들과 딸은 매 한번 청하지 않고도 착했으며 공부도 썩 잘했다. 따라서 딸은 아들과 더불어 여전히 내 사랑의 모두이자 또한 무가지보(無價之寶)이다.

자식농사는 맘대로 할 수 없다

지금 직업으로 하고 있는 경비원으로의 취업 때도 이력서를 써낸 바 있다. 이력서는 입사자의 거의 모든 걸 보여주는 집약(集約)이다. 예전 영업소장을 하던 때의 기억이다. 영업직(세일즈맨)의 특성은 조직원의 이탈이 잦고 충성심이 낮다는 치명적인 결함이 있었다. 왜냐하면 그 구성원의 거개가 비정규직인 탓이다. 그로 말미암은 잦은 이직으로 인해 영업사원의 확충은 보험회사의 증원(增員)과 같이 늘 회사 간부진의 고민이자 화두였다.

그래서 신문광고 등으로 자주 사원모집을 하였는데 신입사원을 뽑자면 반드시 면접을 치러야 했다. 그런데 면접의 기본인 깔끔한 양복으로 정장을 하고 머리도 단정한 이가 있는가 하면 어디서 놀다왔는지 입성부터 허투루 하고 오는 이도 보였다. 어쨌거나 기왕이면 하나라도 더 뽑을 욕심에서 면접 점수를 일부러 많이 주기도 했다. 그건 내가 면접관이란 간부의 우월적 지위였기에 가능했다. 그러한 과정을 거쳐 입사한 사원들은 며칠간 집중교육을 받았다. 커리큘럼의 얼개는 어찌하면 많이 판매할 수 있는가에 대한 마케팅 노하우 교육이 80% 이상을 점유했다.

아울러 정신교육과 인성교육, 그리고 가족애(家族愛)를 돈독히 하라는 다소 황당한 교육도 이뤄졌다. 한데 '가족애' 교육은 다 이유가 있었다. 가화만사성(家和萬事成)이라고 가족이 서로를 사랑하고 우애가 돈독해야만 밖에 나와서 하는 일도 잘 된다는 원론적 고찰의 일환이었다. 나이가 다르고 성품과 살아온 과정 또한 모두 다른 다양한 사람들이 모여 있다는 것이 바로 영업세계의 특징이다. 그래서 속을 썩히는 이들도 적지 않았다. 일례로 소장인 내가 호주머니를 털어 술을 사주면서 더 잘해보자고 다짐을 했던 사원이 그 다음날엔 아예 출근조차 않는 경우가 바로 그것이었다. 전화를 하면 본인이 아닌 가족이 받았는데 하는 말이 참으로 황당했다. 그때까지도 술에 떡이 되어 '뻗어있다'는 것이니 왜 아니 그렇겠는가!

언젠가 라디오를 듣자니 웃자고 작위적으로 만든 얘긴지는 모르겠지만 여하튼 힘들게 취업이 된 젊은이가 하나 있었단다. 근데 너무 좋아서 친구들과 술을 진탕 마셨다나. 허나 그게 그만 과하여 출근 첫날부터 결근을 하는 바람에 자동으로 '잘렸다'는. 세일즈맨으로 왕성한 활동과 실적을 올리던 당시, 하루는 자동차 영업에 회가 동했다. 책을 파느니 차를 팔면 매출액도 상당한 차이가 날 것이고 나 자신도 더욱 폼이 날 듯 싶어서였다. 그래서 입사 조건을 물어보니 학력이 최소한 고졸은 되어야 가능하다고 했다. '우라질~ 차만 많이 팔면 되지 그깟 학력이 뭔 대수여?'

한국 사회에서의 학력은 인도의 차별적 계급인 카스트(caste) 제도와 같이 사람을 빈(貧)과 부(富)로 나누는 척도라는 사실을 새삼 절감하며 자동차 판매회사를 나와야 했다. 그래서 대학졸업반이던 아들이 취업을 하고자 이력서와 더불어 자기소개서의 작성에도 심혈을 기울이던 당시를 잊을 수 없다. 그렇게 치열한 열정의 아들을 보면서 부디 내 사랑하는 아들이 원하는 직장에 엿 붙듯이 합격하였으면 하는 바람을 피력하며 사찰에 가 108배를 정성으로 올렸다. 나의 이력서에도 드러나지만 나는 지천명의 나이가 되어서야 비로소 '대학물'을 먹을 수 있었다. 학비가 매우 저렴한 사이버대학의 3년 과정 공부였다. 어쨌거나 주경야독의 그 공부는 무지하기 짝이 없던 나로 하여금 새로운 세상과 만나게 하는 혜안의 눈을 뜨게 해 주기에 부족함이 없었다.

또한 월2회의 오프라인 수업은 동기생들과의 유대를 더욱 돈독하게 해주는 모티프였다. 그런데 어찌하여 고작 초졸 학력의 필부가 중학교와 고등학교 과정을 생략하고 뛰어넘기까지 하여 대학이란 곳에 가 멀쩡하게 공부를 할 수 있었을까? 아니 땐 굴뚝에선 연기가 날 리 만무이다. 나는 지난 수십 년 간 틈만 나면 도서관에 다니며 그야말로 엄청난 양의 책을 읽어댔다. 그건 남들처럼 배우지 못한 설움이 켜켜이 쌓여있기 때문이기도 했지만 보다 본질적인 '의도'는 따로 있었다. 주지하듯 요즘 학생들은 거개가 학교수업 외에도 학원 수강 등의 사교육을 따로 받는다. 그렇지만 기본급도 없고 건강보험료조차 자비 부담인 비정규직 세일즈맨이란 직업은 그 앞길이 가팔랐다.

그래서 매달 급여, 아니 들쭉날쭉한 판매수당은 일상이 되어왔다.

따라서 나는 두 아이에게 사교육을 시켜줄 수 없는 극빈의 나날을 점철해 오지 않으면 안 되었던 것이다. 그렇다고 해서 실로 중차대한 자녀교육을 간과하든가 방기한다는 건 아비로서 할 짓이 아니었다. 그건 이미 나의 아버지로부터 충분히 경험한 터였다. 그래서 나는 아이들이 어렸을 적부터 주말과 휴일이면 일부러 도서관에 함께 다닌 것이었다. 더불어 나 또한 장르를 가리지 않고 책을 읽어댔는데 그것이 참으로 큰 힘이 되어주었다. 아들과 딸 모두 자신이 원한 대학에 엿 붙듯이 합격한 것도 독서가 불러온 귀결이었음은 물론이다.

그건 또한 두 아이 모두의 습여성성(習與性成), 즉 습관이 오래되면 마침내 천성이 됨과 마찬가지로 평소 치열하게 공부에 매진한 결과의 도출이었다. 몇 해 전 사이버대학의 수료증을 받던 날의 감격은 그래서 지금도 결코 잊을 수 없다. 만학이 가져다 준 수확은 비단 여기서 그치지 않는다. 나는 지금도 서너 군데의 언론매체에 객원기자의 자격으로서 글과 기사를 쓰고 있다. 이는 원고료를 겨냥한 '투잡'의 일환인데 경비원의 작은 급여 가지고서는 여전히 풀리지 않고 있는 가정경제의 암운(暗雲)을 해소하기 위한 나의 간절한 몸부림이다. 경비원으로 근무하노라면 나보다 나이가 어린 사람이 외제차를 타고 다니는 모습을 쉬 목도하게 된다.

그러노라면 솔직히 속어림으로 배알이 틀리는 경우도 없지 않다. 그러나 곰곰이 따지고 보면 그들은 나름대로 지금의 그 비싼 차를 탈만치의 노력을 했을 것이었다는 데 생각이 닿게 된다. 그렇다면 지난 시절의 나의 삶은 그 얼마나 부실하기 짝이 없는 젬병이었던가에 다시금

통한의 설움이 교차하곤 한다. 어쨌거나 현실은 현실이다. 나의 지난
날은 분명 남들보다는 현격하게 차이가 나는 간난신고의 험산준령만
을 점철해왔으므로 어쩌면 지금 사는 꼬락서니가 응당 맞을 수도 있음
이다. 어쨌거나 마음먹기 달렸다는 일체유심조(一切唯心造)처럼 모든 것
은 내 마음이 지향하는 바가 어디냐는 것이 더 중요하지 싶다. 내 비
록 지금도 빈곤하게 살망정 주변에선 오히려 나를 부러워하는 이들도
적지 않으니 거기서 위안을 삼으면 된다는 것이다. 제아무리 부자일망
정 자식농사만큼은 제 맘대로 할 수 없는 게 세상사의 이치일 터니.

대학원 학위를 수여받은 딸의 기념사진을 찍는 아들의 모습

술 심부름을 안 시키는 까닭

"꿈으로 가득찬 설레이는 이 가슴에~ 사랑을 쓰려거든 연필로 쓰세요~ 사랑을 쓰다가 쓰다가 틀리면 지우개로 깨끗이 지워야 하니까~" 전영록이 부른 〈사랑은 연필로 쓰세요〉라는 노래의 가사 중 일부이다. 사람은 누구라도 지우고만 싶은 과거가 실재한다. 그러나 그 어두운 과거는 연필로 쓴 게 아닌 까닭에 지우개로 지울 수 없다. 인간은 과거의 포로이기 때문이다. 지금이야 보기 드문 현상이지만 내가 어렸을 적엔 고학생이란 게 있었다. 모두들 아는 바와 같이 고학생(苦學生)이란 학비를 스스로 벌어서 고생하며 공부하는 학생이란 뜻이다. 어머니 없이 편부 슬하에서 어렵게 자란 나는 중학교에 진학할 수 없었다.

설상가상 소년가장 신세로까지 전락하여 고향 역 앞에서 구두를 닦았다. 어느 날 고등학교 교복을 입은 이가 와서 앉더니 내 코앞으로 구두를 내밀었다. 그러곤 하는 말이, 자신은 가짜 고학생인데 잘만 하면 벌이가 짭짤하다는 것이었다. 자신도 그 짓거리를 하는데 부끄럽긴 하지만 돈벌이로는 딱이라며 꼬드겼다. 여러 차례의 회유에 결국 귀가

솔깃해진 나는 얼추 한 달간 벌어 모은 돈으로 중학생 교복과 교모를 사 가짜 고학생 행세에 나섰다. 빳빳한 도화지를 네모 반듯하게 잘라 '저는 불우한 고학생입니다. 도와주시면 더 열심히 공부하겠습니다……' 라는 사기성 호소문을 적었다.

껌과 볼펜을 도매상에서 다량으로 산 다음엔 충남 북부 지역으로 가는 시외버스에 올라 승객들에게 호소문을 나눠주었다. 효과는 단박에 나타났다. 어떤 승객은 껌과 볼펜은 받지도 않고 당시로선 거금인 1,000원을 손에 쥐어주기도 했다. 구두를 닦을 때보다 서너 배는 많은 '수입'에 감탄한 나는 그 짓을 몇 달이나 더 했다. 하지만 꼬리가 길면 밟힌다 했던가. 시외버스에서 나를 유심히 살피던 어른 한 분이 예산터미널에서 내 뒤를 바짝 따라붙더니 어느 골목으로 밀어붙였다. "난 ○○학교 선생인데, 너 가짜 고학생이지? 피치 못할 곡절이 있어 이 짓거리를 하는 거겠지만 사람은 양심을 속이면 못쓴다. 다시는 이런 짓 하지 마라!" 그러고는 "한 번만 더 내 눈에 띄면 그때는 널 분명 경찰서로 끌고 가겠다!"는 협박까지 첨언했다.

나는 사시나무 떨 듯하며 고개를 끄덕였다. 집으로 돌아오며 생각하니 본분과 양심까지 판 나 자신이 참으로 한심하고 부끄러웠다. 자괴감에 그만 혀를 물고 죽고만 싶었다. 집에 온 즉시 교복을 불살라 버리고 구두닦이 일을 다시 시작했다. 예전에 고교의 졸업식장에 가면 자신이 입었던 교복을 발기발기 찢는 학생들이 꼭 있었다. 하지만 그들에게 난 강력하게 말하고 싶었다. "제발 교복을 찢지 말라! 니들은 모르겠으나 내게 있어 교복은 정말이지 너무도 입고 싶었던 눈물과 한 그 자체였단다.

마치 성의(聖衣)에 가까운." 초등학교조차 겨우 졸업한 무지렁이 나에게 취업과 직장은 역시도 그에 준하는 엉터리와 비정규직의 연속이었다.

도랑창처럼 지저분하고 더러운 비정규직의 처우는 따라서 내 아이들 만큼은 반드시 잘 가르쳐 내가 받은 불이익과 설움 따위는 아예 근접 조차도 못 하게끔 하리라 다짐하게 하는 동인(動因)이 되었다. 지금이야 서른이 넘어도 결혼을 안 하는(아님 못 하는) 남자들이 부지기수다. 그러나 내가 젊었던 시절엔 그 나이가 되었어도 결혼을 하지 않으면 이상한 눈으로 보았다. 그에 맞추어(?) 나는 불과 스물 셋의 나이에 결혼했다. 이어 이듬해 아들을 보았으며 3년 후엔 또 딸을 낳았다. 두 아이가 점차 성장함에 따라 아이들의 교육이 현실로 대두되었다. 당시에 나의 직업은 척박한 조건에서의 비정규직 세일즈맨이었기에 돈이 들어가는 학원 수강 따위의 사교육은 시키기 힘들었다.

때문에 돈이 안 들어가는 도서관으로 가서 맘껏 책을 보게끔 유도 (誘導)하는 아이디어를 동원했던 것이다. 그런데 그러한 '전략'은 나의 예상을 한껏 뛰어넘는 고무적인 결과로 돌아왔다. 덕분에 학원 한 번 안 간 딸이 후일 출신고에서 유일무이 명문대를 간 건 이런 '팔불출 아빠'의 자랑의 결과 도출이다. 얼마 전 대전역을 지나는데 남루한 입성의 노파가 껌을 팔고 계셨다. 측은한 마음에 천 원짜리 지폐를 한 장 드렸다. 물론 껌은 받지 않았다. 노파는 고맙다며 연신 고개를 숙였다. 그 모습을 보자니 내 어두웠던 십 대 시절의 참 부끄러웠던 가짜 고학생의 그림자가 다시금 물안개처럼 모락모락 피어올랐다.

내가 그 소중한 양심까지 저당 잡히고 고학생을 잠시 하던 즈음에도 홀아버지께선 허구한 날 술만 찾으셨다. 돈을 주시면서 술을 사 오라고 하면 그나마 낫겠는데 문제는 돈도 안 주시며 술을 사오라고 하니 미칠 지경이었다. 당시 동네서 하나뿐이었던 구멍가게 주인은 외상값도 갚지 않으면서 늘 그렇게 외상으로 소주를 달라는 나와 아버지를 아예 사람 취급조차도 안 했다. 그런 아픔이 내상(內傷)으로 잔존(殘存)하는 까닭에 나는 한 번도 아이들에게 술심부름을 시키지 않았다. 편부(偏父)께선 과도한 술이 원인이 되어 30년 전에 타계하셨다.

선친께선 아들인 나에게 커다란 '실수'를 남기고 이 세상을 떠나셨다. 우선 초등학교 시절 그렇게나 공부를 잘 하던 나를 하지만 중학교조차 보내주지 않은 것이다. 다음으로 당신 자신은 술에 탐닉하면서도 정작 아들은 소년가장으로까지 전락케 하였고, 그도 모자라 힘들게 벌어온 돈을 술을 마시는 데 탕진하셨기 때문이다. 실수(失手)는 조심하지 아니하여 잘못함, 또는 그런 행위를 의미한다.

또한 실수는 그릇된 인식과 오해, 결함, 그리고 과실 따위에서 비롯된 일종의 경거망동까지를 아우른다. 따라서 실수를 하지 않으려면 반드시 철저한 자기성찰과 아울러 절제된 행동과 주도면밀한 계획이 전제되고 도모돼야 마땅하다. 부전자전이랬다고 나도 아버지를 닮아 술을 즐긴다. 주량도 적지 않아 지금도 2홉들이 소주를 세 병까지는 그야말로 누워서 떡먹기다. 그렇지만 먹지 말아야 하는 경우엔 '목에 칼이 들어와도' 안 마신다! 예컨대 야근을 들어가야 하는 경우에 있어 술은 그야말로 독약일 따름이기에 단 한 방울조차 '죽어도' 안 마신다!

아들이 고3일 적에 수능 전날까지 몇 달간이나 술을 단 한 모금도 마시지 않은 건 그런 의지의 실천이었다. 즉 실수를 하지 말자는 결심이 행동으로 연결된 것이었다. 실수와 달리 실패(失敗)는 일을 잘못하여 뜻한 대로 되지 아니하거나 그르침을 뜻한다. '한번 실수는 병가상사'이며 원숭이도 나무에서 떨어질 때가 있다는 건 실수의 당위성을 에둘러 강조한 미사여구일 뿐이다. 전쟁에서 지면 나라가 망하고 국민들도 죽는다. 마찬가지로 원숭이도 나무서 떨어지면 허리까지 부러져 오래 살지 못 한다. 여전히 학력과 학벌이 득세하며 이를 바탕으로 부(富)와 원활한 인적 네트워크까지를 도모하는 세상이다.

이런 측면에서 반에서 늘 1~2등 하던 이 아들을 중학교마저 안 보내 줘 결국엔 사회적 잔챙이로 살게 한 아버지는 분명 실수와 더불어 실패까지 자행(恣行)하셨다고 본다. 이렇게 말하니 오래 전에 고인이 된 아버지를 욕보이자고 하는 듯 보인다. 무첨이소생(毋忝爾所生)이라는 말은 '부모님을 욕되게 하지 말라'는 뜻이다. 부모님을 욕되게 하는 건 누워침 뱉기인 까닭이다. 그렇긴 하지만 솔직한 글의 피력과 전개를 위해선 선친의 과오(過誤)를 거론하지 않을 수 없다. 하지만 그 과오엔 필연적 이유가 존재했다. 젊었던 시절에 아내를 잃은 심청의 아버지 심학규처럼 선친께서도 너무나 일찍 홀아비가 되셨다.

그러니 술 말고는 딱히 그 무엇이 과연 위로가 될 대상이 있었으랴! 만만한 게 뭐라고 마시면 취하여 고달픈 이 세상을 잠시나마라도 잊을 수 있는 물질이 술 말고는 뭐가 또 있다고. 하여튼 아버지의 실수와 실패는 나로 하여금 반면교사의 교훈으로까지 작용하였다. 즉 내가 경험치 못한 부모의 자녀에 대한 무한사랑의 베풂과 교육의 중요성, 그리고 화목한 가정의 정립을 숙제로 부과했다는 것이다. 그렇더라도 나는 생전에 아버지의 술심부름을 하면서 정말로 험한 꼴을 다 당했다. 돈도 주지 않으면서 술을 사오라던 아버지와, 문을 닫고 아예 대꾸조차 않던 구멍가게 주인의 그 차가웠던 냉대……. 하는 수 없어 집에도 돌아가지 못하고 남의 집 마루 밑에 기어들어가 잤던 날들이 청양고추보다 족히 백 배는 더 매운 파노라마의 아픔으로 펼쳐진다.

그럼 엄동설한에 너무 추워서 새우처럼 웅크리며 얼마나 간절히 빌었는지 모른다. "엄마, 제발 이제라도 와서 이 불쌍한 아들 좀 여기서 끄집어 내줘요! 그리고 포근한 당신의 이부자리 안에 재워주세요!!" 아직 밤이 무서운 아이에게 있어 포근하고 따뜻한 엄마의 품이 그리운 건 본능이었다. 그러나 단 한 번도 엄마는 오지 않았다. 아니 아예 희미한 대답조차 없었다. 여자가 한을 품으면 오뉴월에도 서리가 내린다는 속담이 있긴 하지만 내 엄마는 정말이지 너무 했다. '자식 떼고 돌아서는 어미는 발자국마다 피가 괸다'고 한 속담도 있거늘. 엄마가 떠나지 않았던들 어찌 아버지가 그처럼 처참하게 망가지셨을까! 그 지독한 아픔이 싫어서라도 아이들에게로의 술심부름은 앞으로도 안 시킬 것이다.

천사가 보낸 할머니

"할머니~ 언능 와유! 그렇잖아두 젖이 불어서 죽을 지경이었는디 마침맞게 잘 오셨네유!" 20대 중반의 충청도 사투리를 쓰는 새댁은 할머니를 보자마자 마치 불원천리 딸을 찾아온 친정어머니 대하듯 그리 반가워했다. 그도 그럴 것이 어차피 일부러라도 젖을 짜내야만 퉁퉁 불어터진, 그래서 다시 도진 젖몸살을 그나마 해결할 수 있었기 때문이었다. 이에 할머니 또한 그 맘씨 고운 아낙이 눈물나게 고마웠음은 당연지사였다. 심청의 동냥젖만큼이나 젖이 간절했던 대상이 바로 할머니였기 때문이다.

할머니는 자신의 등 뒤에 포대기로 업은 아기를 앞으로 뱅글 돌렸다. 그리곤 끈을 푼 뒤 추워서 홍시처럼 얼굴이 붉어진 아기의 뺨부터 어루만졌다. "어이구~ 불쌍한 내 새끼. 배가 많이 고팠지? 저 고마운 아줌마가 젖을 또 준다니께 어서 먹어! 배가 터지도록 말여." 할머니의 차가운 손이 닿는 촉감에 금세 눈을 뜬 아기는 목이 터져라 울어댔다. 그러한 아기였으되 눈동자 하나만큼은 흡사 샛별처럼 그렇게 반짝거렸다.

한 시가 급했던 아낙은 할머니에게서 아기를 빼앗듯 낚아챘다.

그리곤 냉큼 아기의 입을 자신의 젖꼭지에 갖다 댔다. 아기는 숨 쉴 틈도 없이 그 아낙의 넘치는 젖을 탐닉하기 시작했다. 아기의 젖을 빠는 힘은 어찌나 셌던지 아낙은 마치 자신의 젖이 구멍 난 하수도 아래로 터진 수돗물처럼 콸콸 일거에 빠져나가는 느낌이었다. 아기엄마의 충분한 젖은 역시나 그에 걸맞은 대상인 아기가 빨아야 제격이었다. 자신의 퉁퉁 불었던 젖을 아기가 걸신들린 거지인 양 마구 쪽쪽 빨아대자 아낙은 전율과도 같은 희열마저 속일 수 없었을 것이다. 그럼 그 젊은 아낙은 왜 자신의 젖을 피 한 방울조차 섞이지 않은 이웃집 할머니의 아기에게 선뜻 먹였던 것일까? 먼저 그들의 정체를 밝히자면, 당시에 동냥젖이 절실했던 그 아기는 바로 나의 지난날이었다.

또한 그 아낙은 실로 애석하게도 자신이 낳은 아기가 생후 얼마 되지도 않아 그만 저 세상으로 떠나고 말았단다. 이는 물론 할머니로부터 후일에 전해들은 얘기임을 밝힌다. 현재와 달리 과거엔 그처럼 갓난아기가 죽는 일도 잦았다고 한다. 어쨌든 그 같이 참으로 고마웠던 그야말로 천우신조의 천사표 마음씨를 지닌 젊은 아낙 덕분에 엄마가 없었던 나였지만 거뜬히 살아날 수 있었다. "아주머니~ 세월은 여류하여 제 나이도 이제 이순(耳順)의 항구에 정박할 날이 멀지 않았습니다. 아주머니께서 어느 하늘 아래서 살고 계신지는 모르겠습니다. 그렇지만 아주머니의 그 엄청난 젖동냥의 위대한 은공이 있었기에 저는 비로소 살아날 수 있었던 것이라 믿습니다. 거듭 감사드립니다! 고맙습니다!!"

같은 동네서 사는 아낙에게서 동냥젖까지를 구해 엄마도 버린 핏덩이였던 나를 친손자 이상으로 길러주신 할머니는 약 40여 년 전에 타계하셨다. 그렇지만 지금도 그 할머니를 결코 잊을 수 없는 건 하늘보다 높고 바다보다도 깊은 은혜 때문이다. 더욱이 따지고 보면 그 할머니는 내게 있어 친할머니도, 또한 외할머니도 아니었다. 내 어머니가 나까지 버리고 가출해버리자 아버지는 적이 당황하셨으리라. 뿐만 아니라 '저 핏덩어리를 과연 내가 어찌 키우나?!'싶은 난감의 늪에까지 덩달아 함몰되었을 것이라는 것은 자명한 이치겠다.

그러나 죽으라는 법은 없었는지 천만다행으로 내가 태어난 고향의 동네엔 그 유모할머니도 함께 살고 계셨다. 비록 다 쓰러져가는 초가집의 누옥이었을망정 마음씨만큼은 그 어떤 천사조차도 감히 명함을 내밀 수 없을 정도로 '착함표 할머니'셨다. "할머니 계셔유?" "야~ 누군디 이 오밤중에 날 찾는규?" 아버지는 나를 안고 그 할머니를 찾았다고 하셨다. "얘길 듣자니 혼자 사신다매유? 실은 얘 엄마가 이 어린 것을 내팽개치고 집을 나갔지 뭐유. 그 승질에 다시 돌아올 여자는 아니라서 부탁 좀 드리겠는디 제발 얘 좀 맡아서 길러줘유! 대신 지가 매달 양육비는 섭섭지 않게 드릴 게유." 그러자 할머니께선 단박 혀를 차시며 나를 당신의 품안으로 가져가셨단다. "쯧쯧, 그 어떤 짐승도 지 새끼는 안 버리는 법인디 어쩌다가 이 어린 것을 떼놓고 집을 나갔다는 건지 당최 알다가도 모를 일이네유……"

그러면서도 아기의 양육부탁을 거절하기는커녕 오히려 반기기까지 하는 표정이었다는 게 후일 내가 아버지의 입을 통해 전해들은 당시 상황의 전모이다. 혼자서 외로이 사는 사람은 도둑도 반갑다는 말은 아마도 그래서 나온 건 아니었을까도 싶다. 하여간 나를 그 유모할머니께 맡긴 아버지는 얼마 후 돈을 번다고 고향을 떠났고 한 달에 한두 번 오시어 얼마간의 돈을 할머니께 드리곤 했다고 한다. 그러나 할머니 덕분에 내가 잘 자라서 걸어 다닐 무렵에 접어들면서부터 아버지는 가뭄에 콩 나듯 오셨다고 한다. 또한 시간이 갈수록 할머니께 드리는 돈은 가뭄에 말라가는 하천의 바닥처럼 강팍해졌단다.

그럼에도 불구하고 할머니는 단 한 번도 내 앞에서 돈으로 말미암은 그 어떤 불만과 불평도 내색을 하지 않으셨다. 천사가 바쁘다며 자신을 대신하여 보낸 유모할머니께선 내가 소년가장이던 10대 후반일 적에 영면의 길로 떠나셨다. 할머니를 공원묘지에 묻던 날은 삭풍이 뼛속까지 파고들며 기승을 부렸다. 나는 할머니와 같이 묻어달라며 말도 안 되는 떼를 쓰며 지독스럽게 울었다. 이후 공원묘지가 재개발구역으로 확정되어 이장을 하기 전까지 30여 년 동안 나는 해마다 설날과 한식, 그리고 추석에도 반드시 성묘를 했다. 그러면서 너무도 크고 넓었던 할머니의 은공에 진정 머리 숙여 고마워했음은 당연한, 그리고 최소한의 예의였다. 물론 할머니 산소의 이장은 내가 '가족'이 아닌 까닭에 원천적으로 손을 댈 수 없었다.

따라서 할머니의 '진짜' 손자들에게 연락하는 수밖에 없었는데 할머니 산소의 파묘 뒤론 할머니를 '뵐 수 없어' 여간 가슴 시리는 게 아니다. 하지만 나는 알고 있다. 할머니께서는 지금 이 시간에도 두둥실 떠 있는 저 높은 하늘의 둥근 달 안에서 나를 보고 계신다는 걸. 나처럼 박복하셨던 할머니는 청상과부도 모자라 자식들을 먼저 저승으로 떠나보내는 참척을 당하셨다. 그러했기에 얼굴엔 늘 그렇게 수심이 더께로 쌓여 있곤 했다. 당초 매달 얼마씩의 내 양육비를 드리기로 약조했던 아버지의 벌이는 갈수록 시원찮아졌다. 그래서 할머니와 나의 먹거리 역시도 늘 허름한 것들뿐이었다.

그중 가장 대표적인 것이 바로 수제비였다. 멸치 몇 개를 넣어 팔팔 끓은 국물에 금방 물에 갠 밀가루를 뚝뚝 떼어 넣고 조선간장을 넣어 만든 수제비는 금세 배가 꺼지기 일쑤였다. 하지만 당시엔 찬밥 더운밥을 가릴 처지가 아니었기에 그러한 수제비도 배가 터져라 많이만 먹을 수 있으면 좋았다. 어느 해이던가는 멀리로 돈을 벌러 가신 아버지가 한 해가 가고 새해를 맞았음에도 함흥차사였다. 설날(구정)이 되었지만 여전히 연락이 두절된 아버지로 인해 자신의 부모가 때때옷과 새 신발을 사 줬다며 자랑하는 또래들이 부러웠고 또한 슬픔은 배가됐다. 설날 아침엔 어찌어찌 떡국을 한 그릇 먹을 수 있었지만 점심 땐 다시금 수제비가 상에 올랐다.

"할머니, 나 이젠 이 수제비 싫어! 밥 줘, 하얀 쌀밥으로." 하지만 쌀밥을 줄래야 줄 수 없었던 가난한 할머니는 그예 눈물을 소매 끝으로 찍어 내셨다. "어이구, 불쌍한 놈 같으니라구…… 근디 쌀이 있어야 밥을 해 주지." 이제 나는 이순의 언덕을 바라보고 있다. 하지만 항상 나를 보듬어 주시던 할머니의 그 푸근했던 손자 사랑의 정리(情理)는 내가 죽을 때까지도 영원히 잊지 못할 감사와 존경의 태산으로 남아 있다. 가끔 입맛이 없을 때면 수제비를 만들어 먹든가 사 먹기도 한다.

그렇지만 그 옛날 할머니가 끓여주셨던 그 수제비의 맛은 영 느낄 방도가 없다. 헌데 그건 현재의 수제비엔 할머니의 손맛과 함께 흔흔한 손자 사랑의 양념마저 빠진 때문이지 싶다. 너무도 없이 살았기에 설날과 추석이 되어도 떡국과 송편을 마음대로 먹을 수 없었다. 고작 조반석죽(朝飯夕粥)의 참으로 고단했던 시절이었다. 그같이 가난의 극점에서 살았으되 할머니께서는 언제나 이처럼 당부하셨다. "너는 부모 복은 못 받고 태어난 놈이다만 그러나 하늘은 공평한 법이여. 그러니께 앞으로도 착하게만 살어. 그럼 이담엔 반드시 다른 복이 네게도 찾아올 거니께." 할머니의 그러한 예언은 맞아 떨어졌다.

　　지금 내 곁엔 여전히 사랑하는 아내와 미루나무처럼 올려다봐야 할 듬직한 아들, 그리고 눈에 넣어도 안 아픈 딸이 있으니 말이다. 또한 이들 가족은 오늘도 내가 이 세상을 더욱 열심히 살아야 한다는 당위성의 모체이다. 어느새 또 머리가 반백이 되었기에 염색을 시작했다. 거울을 보며 염색약을 바른다. 그러나 잠시 까맣게 만든 머리카락도 불과 보름만 지나면 다시 또 백발로 바뀌리라. 그러나 할머니에 대한 그리움은 변화가 없을 것이다. 그리움에는 마침표가 없기 때문이다.

어머니를 그려낼 수 없는 이유

　나는 애초 불행과 불운에 더하여 복도 지지리 못 받은 어떤 저주의 출생으로부터 이 세상과 만났다는 느낌이다. 나를 낳았던 당시의 아버지는 한창 피가 끓던 20대 초반이었으며 엄마 나이는 불과 열아홉 살이었다고 한다. 나는 생일이 음력으로 섣달 초이틀인데, 날 낳던 날은 어찌나 추웠는지 천지가 모두 꽁꽁 얼어붙었다고 후일 전해 들었다. 그 바람에 산모와 신생아가 얼어 죽을까봐 염려가 컸던 아버지는 마당에 쌓였던 주인집의 장작을 빌려 구들장을 향해 마구 불을 지피셨다.

　그런데 불을 어찌나 무지막지하게 땠던지 그만 이불에까지 불이 붙을 지경이었단다. 그 바람에 태어나자마자 나는 그만 등짝이 숯처럼 까맣게 데고 말았다. 다행히 그때 엄마가 간호사 출신이어서 병원을 다니며 가까스로 살려냈다고 한다. 그러나 내 등엔 여전히 그때 화상의 흔적이 어떤 주홍글씨처럼 선명하게 각인돼 있다. 마치 앞날의 내 인생길이 그처럼 뜨겁고 험악하며 뭣을 해도 아픈 상처가 고스란히 남듯 그렇게. 당시 아버지는 지방인 모 도시에서 주먹계를 평정한 이른바 '오야붕'이었다.

그리고 때는 법보다 주먹이 우선이었던 자유당 시절이었다. 주먹계의 보스답게 아버지의 곁엔 항상 돈과 여자, 그리고 술과 심지어는 마약까지도 쉬 손에 넣을 수 있던 위치였단다. 그러한 어떤 비정상의 높은 자리에 계셨던 분이었으되 가장으로선 그야말로 빵점이었지 싶다. 어머니는 그런 아버지의 곁을 결코 오래 지키지 않았다. 그 이유는 솔직히 지금도 명확히 알 수 없다. 그건 실로 이상하게도 오래 전 타계하신 아버지조차도 생전에 어머니와의 이별 사유를 딱 부러지게 말씀을 안 해 주신 까닭이다.

나 역시 구태여 그걸 알고 싶지 않았다. 가뜩이나 지독한 가난과 알코올 중독이란 이중의 악재에 신음하고 있던 홀아버지의 속을 더욱 새까맣게 긁어댈 이유를 발견하기 어려웠기 때문이다. 다만 주변 사람들의 중구난방(衆口難防)을 종합하여 팩션(faction)의 '스토리'로 엮어볼 때 비로소 희미하게나마 드러나는 건 우선은 아버지의 불찰이 상당했다는 사실이다. 조선시대 선비인 양 완고하기 짝이 없었던 엄마의 아버지, 즉 내게는 외할아버지가 되시는 양반이 자신의 귀한 딸을 임신시킨 아버지에게 하는 수 없어 딸은 주기로 하셨단다.

그러나 단서가 붙었는데 그건 바로 "지금의 소드락질 깡패 짓거리에서 당장에 손을 떼라!"는 엄명이었다. 이에 그러마고 동의했던 아버지는 하지만 그 약속을 이행치 못 하였다. 그 이유 또한 나의 막연한 추측인데 그것은 그야말로 약관의 나이에 주먹계의 정상에 오른 아버지로선 그 탐나는 자리를 쉬 버릴 수 없었을 것이란 얘기다. 참혹한 6·25 한국전쟁을 마치고 난 그 지지리도 못 살던 시기에 오로지 맨주먹 하나로 가까스로 오른 오야붕이란 자리는 분명 당시 모든 '주먹잡이'들이 탐내는 시샘의 자리이기도 했을 터. 그로 말미암아 부하들이 벌어다 주는 돈은 그야말로 지천(至賤)이었기에 물 쓰듯 했을 것이었다.

그리고 달콤하기 짝이 없는 보스만이 누릴 수 있는 특권은 또 얼마나 많았으랴. 그렇지만 엄마로선 당시의 그런 아버지가 분명 못마땅의 차원을 훌쩍 넘어 원수와도 같은 경원시의 대상이었을 것이리라. 세상에 어떤 아내가 자신의 남편이 못된 깡패 짓거리를 하는데다 밤에도 집으로 잘 들어오지 않는 못된 습관에 견딜 재간이 있었겠는가. 엄마는 결국 얼마 되지 않아 내가 생후 첫돌을 즈음한 때에 집을 나갔다. 그것도 영원한 이별의 원한과 박절함만을 남긴 채. 그렇게 떠나간 엄마는 내 나이 올해 쉰일곱이 되었으되 여태껏 뵐 수 없으니 이 같은 불행은 분명 남북이 분단되어 인위적으로 막힌 이산가족의 상봉에 버금가는 또 다른 불행의 암운(暗雲)이라 아니할 수 없는 노릇이다. 그렇게 핏덩이 자식까지 버리고 떠난 '무서운' 엄마를 딱 한 번이나마 볼 수 있는 기회가 없었던 건 아니었다.

5·16 군사쿠데타 세력은 자유당 정권을 몰락시키며 정권을 잡았다. 그리곤 전두환 군사정권이 삼청교육대를 만들어 이른바 사회악을 징치했듯 아버지를 소위 조폭의 수괴라고 잡아들여 구속시켰다. 아버지는 그래서 몇 년간 영어(囹圄)의 몸이 되었다가 풀려났다. 그러나 이미 조직은 붕괴된 지 오래였고, 남아있는 거라곤 마약의 상습 투약에서 기인하고 발동한 '알코올 중독'이란 제2의 중독 증상과 더불어 지독한 더께의 가난뿐이었다. 그나마 아버지에게 '천만다행'이었던 건, 구속 전에 같은 동네서 사셨던 유모 할머니께 나의 양육을 맡겼다는 것이다. 당시 할머

니는 영감님(남편)을 여의고 뇌전증(간질병)을 지니고 있는 아드님과 단칸방의 초가집에서 사셨다. 그 아드님을 나는 어려서부터 "아저씨~"라고 부르며 따랐다.

그러나 간헐적으로 벌어지는 그 아저씨의 그 지병은 정말 참혹했다. 아울러 할머니의 심정은 과연 어떠실까 싶어 내 마음까지 덩달아 무너지곤 했다. 아저씨는 내가 초등학교에 진학하기도 전에 마을의 공동우물에서 물을 길어 물지게에 지던 중 또 발작하셨다. 그 바람에 결국 딱딱한 시멘트 바닥에 머리를 부딪치고 현장에서 돌아가셨다. 하나 있던 아드님마저 자신의 곁에서 떠나고 나자 그때부터 유모 할머니는 더 이상 '유모'가 아니라 친할머니와 외할머니 그 이상을 뛰어넘는 명실상부한 제2의 내 친모(親母)가 되어주셨다. 당초 아버지와 약속한 매달 얼마씩의 내 양육비를 받겠노라는 약조 역시 시나브로 없었던 것으로 치부되고 말았다.

사실 아버지의 당시 형편은 당신의 '지병'으로까지 그 위치를 확고히 다진 알코올 중독자의 전형처럼 싸구려 소주 값조차도 없어 만날 전전긍긍하였다. 그로 인해 할머니가 아버지에게 되레 도움을 주지 않으면 안 되는 절박한 상황이기도 했다. 할머니는 그래도 우리 부자(父子)보다는 사정이 나았다. 왜냐면 시집간 따님이 한 분 계셨고, 또한 그리 멀지 않은 곳에 간헐적이나마 경제적 우군까지 되는 친정붙이들도 있었기 때문이다. 하여간 이러구러 나도 국민학교에 갈 나이가 되었다. 그러나 그때까지만 해도 나는 호적(戶籍)이 없었다. 오죽했으면 그 때 "너는 호적도 없는 놈이라서 누가 죽인데도 죄가 안 될 것"이란 얘기가 지금도 귓전에서 맴을 돈다.

그러니까 엄마와 아버지는 비록 살다가 '이혼'을 한 상황이긴 했지만 서류상으론 그런 족적마저 전무(全無)했다는 것이다. 아무튼 따라서 내가 학교에 진학하자면 호적의 필요성은 당연지사였다. 할머니는 수소문을 하여 나의 손을 잡으시곤 엄마의 친정이 있다는 곳을 찾았다. "네 엄마를 만나서 지금이라도 네 호적을 만들어달라고 할 참이여." 그때 내 나이는 예닐곱 살쯤 되었을 것이다. 그렇지만 지금도 선명하게 떠오르는 엄마의 친정집, 그러니까 나의 외갓집의 풍경은 50년도 더 훌쩍 지나온 세월의 강 끝에서 보는데도 여전히 선명하다. 마치 조선시대 대감마님집의 고래 등과도 같이 널찍한 어떤 대문 앞에 서니 할머니는 "여기서 잠깐 기다리고 서있으라"고 하셨다. "안에 들어가서 데리고 나올 테니 널 낳아준 네 엄마 얼굴을 똑똑히 보거라!"

　잠시 후 할머니가 나의 엄마와 함께 나오는 발걸음 소리가 귀에 쟁쟁했다. 그런데 대체 왜 그랬을까! 나는 그때 내 엄마의 얼굴을 도무지 올려다 볼 수 없었다!! 보이지 않는 어떤 완강한 힘이 내 머리를 마구 찍어 눌렀다. '넌 네 엄마를 올려다보면 결코 안 돼! 그럼 자칫 용서할 수도 있으니까.' 지금 생각해봐도 도무지 이해가 되지 않고, 아울러 당시 철부지이자 '대못박이'였던 경거망동이 나 자신을 자학하게끔 여전히 괴롭힌다. 퍽이나 내성적이었던 내가 할머니의 거듭되는 채근에도 불구하고 끝끝내 고개를 들어 엄마의 얼굴을 보지 못 했던 게 지금도 내 마음을 후벼 파는 비수로 작용하고 있다.

　그러나 지금도 기억한다. 그때 고개를 떨구곤 애꿎은 땅바닥만 응시하고 있던 내 손을 넌지시 잡으며 눈물을 뚝뚝 흘리며 말하던 엄마의 그 음성을. "너는 하늘에서 뚝 떨어지고 땅에서 솟구친 팔자란다. 그러니 앞으로도 엄마는 애초부터 없었던 것이라 여기고 부디 잘 살거라." 엄마와의 상봉은 그렇게 참으로 허무하고도 짧게 끝이 났다. 집으로 돌아오는 내내 할머니의 지청구는 끊일 줄 몰랐다. "이 바보 같은 놈아~ 도대체 널 낳아준 엄마의 얼굴을 어쩌자고 안 본 겨? 이담에 얼마나 후회하고 통곡까지 하려고! 더구나 니 엄마는 여태 혼자 산다더라. 그래서 니가 이제라도 같이 살자고 붙들고 늘어지면 전혀 수가 없는 것도 아닐 것이었는디."

프랑스의 작가이자 사상가였던 장 폴 사르트르는 "고독에는 불안이 따른다"고 했다. 그렇게나 오매불망 그렸던 엄마를 바라볼 수 없이 내성적인 아이로 변한 건 그 명언처럼 나 또한 변질되었기 때문이 아닐까 싶다. 이 풍진 세상에서 온갖 풍상과 시련이란 폭풍한설만 맞아가며 가련하게 사시다 간 할머니셨다. 그 할머니가 너무나도 고맙고 그리워서 할머니의 타계 이후 모신 공원묘지엔 설날과 한식, 그리고 장마 뒤와 추석 외에도 무시로 찾곤 했다. 그러면서 가지고 간 소주라도 한 병 마실라치면 보고픈 맘이 바다보다 깊어 그만 펑펑 울기도 다반사였다. 천사보다 더 고왔던 그 유모 할머니는 너무도 일찍 하늘나라로 떠나셨다. 그리곤 하늘의 별이 되셨다. 영원히 빛나는.

나를 낳은 어머니를 '어머니'라 부를 수 없었던 그 아픔을 나는 지금도 가슴 속 깊이에 상처로 동여매고 있다. 할머니의 말씀을 좇아 깨금발을 해서라도 나는 그때 어머니의 얼굴을 반드시 보았어야만 했다. 그랬더라면 최소한 어머니의 모습을 그림으로 남기든, 아님 꿈속에서라도 만날 수 있었을 것이었다. 하지만 그리 안 했기에 이 미련한 놈은 지금도 어머니를 그 어떤 방법으로도 그려낼 수 없는 것이다.

: PART 3 :

간난신고와 험산준령

잡초도 교훈이다

　지난 여름의 어느 날 오랜만에 단비가 내렸다. 오랜 가뭄 끝의 단비인지라 다들 좋아했다. 특히나 농사를 짓는 사람들의 비를 향한 흡족은 이몽룡을 흠모했던 성춘향 그 이상이었다. 오래 전 아내와 전북 남원을 찾았다. 춘향제가 열리는 광한루로 가니 전국에서도 많은 사람들이 몰려와 있었다. 양반인 이몽룡과 기생의 딸이었던 성춘향의 신분을 초월한 사랑 이야기는 지금 생각해도 파격적이다. 남원에 새로 부임해온 사또의 아들이었던 몽룡은 춘향이 그네를 타고 놀고 있던 모습을 보자 한 눈에 매료된다.

　마치 내가 아내를 보는 순간 반했듯 그렇게. 그러다가 둘이 반해서 몰래 만나기 시작한다. 이 사실을 알게 된 몽룡의 집안에선 서울로 과거를 보러가도록 강권한다. 그리고 몽룡이 아버지는 임기가 다해서 다른 지방으로 떠난다. 새로 부임한 사또는 여색을 몹시 밝히는 성격이라서 임관을 하자마자 기생들을 모은다. 거기서 춘향을 보곤 수청을 들라고 한다. 그러나 춘향은 몽룡과의 약조를 지키고자 일언지하 거절한다.

그 바람에 옥에 갇히게 되는데 그 사이 몽룡은 과거에 장원급제하고 암행어사가 되어 남원으로 내려온다.

지조를 지킨 춘향은 결국 몽룡과 해피엔딩을 이룬다는 것이 춘향전의 골자다. 뜬금없이 춘향이 얘길 꺼낸 건 팔불출스럽게 아내 자랑을 더 하고자 하는 의도에서다. 나와 연애하던 시절 아내가 우리 동네에 '떴다 하면' 다들 눈이 휘둥그레졌다. 찰랑찰랑 빛나는 맑진 미모에 몸에 꽉 끼는 미니스커트 또한 현대판 춘향이 이상으로 뭇 남성들의 시선을 빼앗았다. 나는 그때도 바늘 하나 꽂을 땅조차 없었다. 나와 달리 아내를 찾아 예비 처갓집에 가면 논도 밭도 있었다. 밭은 바로 처갓집의 곁에 붙어있었다.

장마철에 가면 비가 한바탕 몰려간 뒤 노느니 뭐하나 싶어 밭의 잡초를 뽑았다. 땅이 없었기에 농사는 지어보지도 못 했다. 그러나 밭에서 잡초를 뽑아야 심은 농작물이 잘 자란다는 건 상식으로 알고 있었다. 잡초는 작물(作物)에 비하여 생육이 빠르고 번식력도 강하다. 종자의 수명도 긴 잡초는 작물이 차지할 땅과 공간을 점령하고 양분과 수분까지 빼앗는다. 우후죽순(雨後竹筍)이란 말도 있듯 비가 내린 후의 잡초는 그 기세가 대단하다. 작년 이사를 오기 전에 살았던 성남동의 집은 구옥이었다. 마당이 넓었는데 해마다 어디선가 날아와 땅에 박히는 단골손님이 민들레였다. 손으로 그 녀석들을 뽑았지만 소용없었다. 더 이상 손에 흙 묻히기 싫어서 다음부턴 내버려두었다.

누군가는 민들레를 잡초로 보지만 실은 약초라고 한다. 민들레차가 건강에도 좋다고 하는데 아직 마셔본 적은 없어 모르겠다. 가꾸지 않아도 저절로 나서 자라는 잡풀인 잡초(雜草)와 약으로 쓰는 풀인 약초(藥草)는 다르다. 가수 나훈아는 〈잡초〉라는 노래에서 "아무도 찾지 않는 바람 부는 언덕에 이름 모를 잡초야 한 송이 꽃이라면 향기라도 있을 텐데 이것저것 아무것도 없는 잡초라네……"라며 아쉬워했다. 노래는 이어진다. 잡초에게 발(足)이라도 있었으면 님을 찾아갔을 거라고. 또한 손(手)이라도 있었다면 님을 불렀을 것이라고. 참 오랫동안 나는 '잡초'로 살았다.

아무도 찾지 않는 바람 부는 언덕에서. 그 언덕에 휘몰아치는 바람은 언제나 삭풍이었다. 그 어디에든 도움을 청할 손과 발도 없었다. 그럼에도 굴하지 않았다. 잡초도 견디노라면 언젠가는 약초로 환골탈태하는 날도 오리라 믿었기 때문이다. 민들레와 쇠무릎을 아는 사람은 차로 만들거나 효소(酵素)로 만들어 식용한다. 그러나 비타민B1와 엽산, 베타카로틴 성분 등이 풍부한 민들레와 '무릎의 보약'이라는 쇠무릎을 모르는 사람은 이를 고작 잡초로 치부한다. 그래서 나는 잡초에서도 배운다는 입장을 고수하고 있다. 자연에서 배우는 건 비단 이뿐만 아니다. 잡초 이상으로 나에게 또 교훈을 주는 동물은 바로 꿀벌이다.

꿀벌은 벌 중에서도 사회성이 강하고 근면하며 성실한 특징을 지녔다. 벌꿀의 효능은 다양하다. 갓 나온 가래떡을 꿀에 찍어먹으면 임금님의 수라상도 안 부럽다. 피부미용에도 좋아서 벌꿀 팩이나 꿀 스킨 등으로 얼굴과 몸까지 가다듬은 여성은 남성들로부터도 환영받는다. 꿀에는 다양한 비타민 성분이 들어있어 감기에도 좋다. 나처럼 술을 잘 먹는 이는 이튿날 숙취해소 음료로도 손색이 없다. 대추차를 팔팔 끓여 꿀을 적당량 넣어주면 피로회복에도 그만이다. 꿀은 이처럼 오래 전부터 인간과는 언제나 친근한 관계였다. 꿀벌은 여왕벌과 일벌, 수벌이 가족처럼 집단생활을 한다고 한다. 여왕벌은 평생 알만 낳고 일벌은 애벌레 키우기와 집짓기, 꿀 만들기 같은 일을 한다. 수벌은 처녀여왕벌과 짝짓기를 한다고 알려져 있다.

이러한 꿀벌 집안에는 '가훈'이 있다. 성실과 근면, 민주적 소통, 그리고 청결과 협동, 희생정신이 그것이다. 성실과 근면은 두말 할 나위 없이 우리도 배워야 한다. 꿀벌의 두 번째 가훈은 민주적 소통이다. 꿀벌은 의사소통을 위해 독특한 체계를 갖췄다. 꼬리 춤 등의 다양한 몸짓과 페로몬으로 꽃가루나 다른 꿀벌의 위치, 경계경보 등 신호와 의사를 전달한다는 것이다. 일벌들은 여왕벌이 알 낳는 자리, 분가 시기, 이주지 등을 합의하여 결정하고 여왕벌은 그 결정을 존중한다. 우리의 정치와 사회도 이런다면 오죽이나 좋을까! 꿀벌의 청결과 협동정신은 쉽게 볼 수 있다.

일벌들이 하루에도 수만 번씩 드나드는 벌집은 외부 오염원에 완전히 노출된 상태다. 그래서 일벌은 이물질을 벌통 밖에 버리거나 날개바람으로 방출한다고 알려져 있다. 질병에 걸리거나 노쇠하면 스스로 밖에 나가 죽는 희생의 습성까지 있다. 장수말벌이 벌통을 공격하면 수십 마리가 둘러싸 고온에 약한 말벌을 퇴치하는 협동력으로도 유명하다. 꿀벌은 무엇보다 생태계 보전이라는 공익적 가치까지 지니고 있다. 그런데 꿀 1킬로그램을 모으기 위해 꿀벌은 자그마치 약 4만 킬로미터,

지구 한 바퀴 거리를 비행해야만 비로소 가능하다고 한다. 그러니 꿀벌의 이런 부지런함은 게으른 사람도 본받아야 마땅하다.

또 다른 배움의 대상은 참새다. '참새가 작아도 알만 잘 깐다'는 것은 몸은 작아도 큰일을 잘 감당한다라는 뜻이다. 어느 날 공자가 참새 잡는 광경을 보고 있었다. 한데 그물에 걸린 건 모두 부리가 노란 새끼 참새들뿐이었다. 이상하게 생각한 공자는 참새를 잡던 사람에게 물었다. "왜 어미 참새는 그물에 걸리지 않는가?" 공자의 질문에 사내가 대답했다. "어미 참새는 잘 놀라기 때문에 그물에 쉽게 걸리지 않습니다. 그에 비해 새끼 참새는 모이에 눈이 어두워 그물에 잘 걸립니다. 그러나 어린 참새라도 어미와 같이 있을 때면 잘 안 잡힙니다." 그러니까 이는 소탐대실을 비유하는 것이리라. 이에 공자는 제자들을 돌아보며 이렇게 말했다고 한다. "잘 놀라기 때문에 위험을 피할 수 있지만 음식에 눈이 어두워지면 재난을 당한다.

행복이건 불행이건 모두 그 마음에서 비롯하는 것이다. 또한 어떤 상대와 행동을 같이 하느냐에 따라 복을 누릴 수도 있고 불행을 당할 수도 있으니 군자는 모름지기 행동을 같이 할 상대를 신중히 가려야 한다." '고작' 참새 얘기를 하면서 공자님까지 동원시켜서 민망하다. 하지만 왜 참새 얘기를 하는가를 알고 나면 그러려니 할 것이다. 회사 근처엔 공원이 있다.

출근 전에 나는 여기서 꼭 운동을 한다. 그러고도 시간이 남으면 벤치에 앉아 주변을 눈에 담는다. 그러자면 근처의 비둘기들이 눈치도 안 살피며 내 주변까지 어슬렁거린다. 비둘기는 본능적으로 사람들이 자신을 해치지 않는다는 걸 잘 알고 있다. 니들도 먹고 살기 힘들지? 야근할 때 먹으려고 산 단팥빵이 가방 안에 있었다. 그걸 꺼내 잘게 잘라 비둘기 앞에 던졌다.

이게 웬 떡이냐며 다른 데서 나를 예의주시하던 비둘기들도 삽시간에 달려들었다. 바로 그때였다. 어디선가 참새 세 마리가 합세했다. 그러더니 내가 던져준 빵 쪼가리를 비둘기의 입에서 낚아채는 것이 아닌가! 나는 정말 놀랐다. 저 조그만 녀석이 자신의 몸집보다 몇 배는 커다란 비둘기조차 경멸하듯 당당하게 맞서다니. 그 치열한 삶의 기개(氣槪)가 나에겐 또한 교훈이었다. 아무리 나이를 먹어도 사람은 평생을 배워야 한다는 말이 있다. 나는 오늘도 배운다. 잡초에서, 꿀벌에게서, 또한 참새에게서까지.

꽃은 반드시 핀다

작년까지 살았던 집에선 화분(花盆)이 열 개도 넘었다. 그러다가 현재의 집으로 이사를 하면서 버리고 겨우 하나만 남았다. 집안 벽에 커다란 그림 내지 사진이 하나라도 걸려있으면 누가 봐도 폼이 난다. 화분도마찬가지다. 화분을 거의 다 버리고 고작 하나만 가지고 이사를 한 연유는 집이 좁아서다. 화분에 들이는 지극정성은 아내의 취미이기도 했다.따라서 후일 돈 좀 벌어서 널찍한 집으로 이사를 한다면 화분의 수부터늘릴 생각이다. 화분을 가꾸는 궁극적 목적은 고운 꽃을 보기 위함이다. 꽃을 싫어하는 사람은 없으니까.

사실 우리 집엔 계절을 불문하고 사시사철 피는 꽃이 셋이나 있다.아내와 아들, 그리고 딸이 그 주인공들이다. 한데 이 꽃들은 물이나 비료 대신에 사랑과 칭찬 그리고 배려와 관심을 주지 않으면 더 이상의 성장을 멈춘다. 따라서 나는 지금도 '사칭배관(사랑 칭찬 배려 관심)'의 배관(配管)공사에 게으름을 피우지 않고 있는 것이다.

언젠가 TV에서 〈내 일을 부탁해〉라는 방송을 우연히 보게 되었다.

두 명의 취업준비생 여자가 나와서 24시간동안 기업에서 하는 일을 직접 체험하고, 최종 면접을 통해 1인이 정직원으로 채용되는 과정을 그렸다. '청년들을 위한 실업 극복, 희망 취업 프로젝트!'라는 부제가 딸린 이 프로그램에서 두 명의 여자는 그야말로 사력을 다해 취업의 관문을 뚫기 위해 질주한다. 그러나 한 사람이 합격한 대신 다른 한 사람은 다시금 취업실패라는 고배를 마신다. 그 장면에서 나는 또 눈물이 찔끔 분출됐다. 내년부터 열리는 정년 60세 시대는 가뜩이나 자욱한 청년실업이란 암운(暗雲)에 더 짙은 그늘을 드리우고 있다.

이미 우리나라가 초고령사회로 접어들었고 따라서 일할 능력이 있는 건강한 노인도 그만큼 늘어났다는 건 고무적 현상이다. 하지만 문제는 풍선효과처럼 이에 따른 젊은 층의 취업 기회와 직장이 감소하고 있다는 것이다. 우리나라는 현재 취업준비생이 100만 명도 넘는 시대를 맞고 있다. 일자리를 얻지 못해 졸업을 유예한 재학 5년 이상의 대학생은 12만 명이나 된다. 자신의 의지와는 반대로 잘 안 되는 취업준비로 인해 우울증을 경험한 사람은 무려 72.9%나 된다고 한다.

따라서 '청년 고용 절벽'이란 현실은 오갈 데 없는 신세의 젊은이들을 자칫 우울증으로까지 몰아가는 단초가 될 수도 있다. 혹자는 우울증을 현대인의 감기쯤으로 치부하기도 한다. 그러나 경험해 봤는데 그런 주장은 말도 안 된다. 한마디로 정신 빠진 소리다. 심지어는 자살까지를 염두에 두는 게 우울증이거늘 어찌 그런 터무니없는 망발을 일삼는 건지 모를 일이다. 우울증의 심각성은 병원을 찾아 암 진단을 받는 것처럼 죽음이라는 허상을 실제로 느낀다는 사실이다.

여하간 대학을 마칠 즈음에 닥치는 게 바로 취업이란 관문이다. 지금 껏 자신을 기르고 가르쳐준 부모님에게 근사한 직장에 취업하여 보답을 하려는 건 대한민국 자녀 모두의 인지상정이다. 하지만 현실은 결코 녹록 하지 않다. 그래서 요즘 괜찮은 직장으로의 취업 성공은 심지어 '가문의 영광'이라고까지 회자되는 것이다. 나는 사실 아들과 딸이 별다른 어려움 없이 취업에 척척 성공했다. 이는 둘 모두 준비된 취업준비생이었다는 방 증이다. 따라서 아이들의 취업 성공 프로젝트에 대한 글을 쓸 소스(source) 는 없다. 다만 내가 경험했던 바를 중심으로 요즘 젊은이들의 취업에 다 소나마 도움이 되었음 하는 바람이다. 30년도 넘게 직장생활을 해오고 있 는 나는 그동안 직장을 이사한 횟수만큼이나 자주 옮겼다.

이는 현재와 같은 정규직(경비원은 정규직처럼 매달 '급여'가 나오니까)이 아니라 비정규직이었기에 어쩔 수 없는 노릇이었다. 비정규직 세일즈맨 은 정해진 급여가 없이 오로지 판매수당만 받았다. 물론 그만큼 정규 직에 비해 취업하기 쉬웠다는 측면이 없지는 않겠지만. 예컨대 지금 당 장 보험회사의 설계사(life planner)로 취업한다는 방향을 정해본다손 치 자. 그럼 십중팔구 해당회사에선 쌍수를 들어 환영할 게 틀림없다! 왜? 보험회사는 직원이 다다익선인 까닭이다. 나는 최초로 영어회화 교재를 판매한 회사 입사를 시작으로 카메라 회사, 이어 출판사와 언론사의 판 매담당으로 20년 이상을 몸담았다.

학력이 남들보다 훨씬 모자랐기에 능력으로 이를 상쇄하지 않으면 안 되었다. 비가 내리는 때면 '공(空)치는 날'이라며 다른 직원들은 아침부터 당 구장에서 농땡이를 피웠다. 하지만 나는 그날이 내심 기다리던 날이었다.

평소 날이 좋은 날이면 근접조차 어렵던 공사현장을 찾아갔다. 그러면 내리는 비만 하염없이 바라보던 직원들이 반겨주었다. "앞으론 영어를 더 잘하셔야 승진도 쉽습니다." "이 카메라는 연속촬영까지 가능해서 빨리 나는 새들까지 잡을 수 있습니다."라는 나의 상품 설명을 들으면 그들은 흔쾌히 오더(order)에 서명했다. 삼성카메라 영업을 할 때 최고의 히트를 기록했던 당시를 잠시 기억의 틈새에서 꺼내본다.

1980년대 후반, 경기도의 모 골프장을 찾아 양해를 구한 뒤 점심시간에 전시판매를 했다. 직원과 캐디들이 줄을 서서 구입하는데 정말이지 정신이 빠질 정도로 많이 팔았다. 뿐만 아니라 다른 날에도 다른 직원들이 빈손으로 귀사할 때 나는 보통 열 장 이상의 오더를 들고 개선장군처럼 회사에 들어섰다. 그처럼 일을 잘 했기에 예전에 몸담았던 직장의 사장님은 나를 일컬어 심지어 "홍 부장은 나의 장자방이요!"라는 극찬까지를 아끼지 않았다. 장자방이 누구던가? 중국 한나라 고조 유방(劉邦)의 공신이며 자는 자방(子房)인 장량(張良)을 가리키는 말이다. 그는 한낱 주정뱅이와 오입질에만 우등생이던 유방(劉邦)의 책사와 공신으로 활약하며 실로 눈부신 성과를 거두었다. 후일담이지만 나에게 '장자방'이라고 했던 분은 사업에서 성공해 돈을 많이 벌었다.

반면 나는 모든 걸 던지고 잠적했던 장자방처럼 겨우 풍찬노숙이나 면할 정도의 박봉 경비원으로 늙어가고 있다. 그렇지만 사람이 느끼는 행복의 척도를 어찌 물질적으로만 재단할 수 있을까? 그보다는 정신적 여유가 더 값진 재산이거늘. 작년에 벌어진 세월호 침몰은 엄청난 충격을 던졌다. 승객들, 더군다나 자신의 자녀와 손자뻘 되는 학생들마저 저버리고 지들만 살자고 달아난 선장과 선원들은 국민적 공분의 정점에 섰다. 다시 있어선 안 될 세월호 침몰의 희생자와 유가족님들께 이 책을 빌려 거듭 명복을 빌며 위로를 드린다. 세월호의 참극은 선장과 조타수 등 선원들의 투철한 사명감과 희생정신, 철저한 안전교육만 밑받침되었 더라도 결코 일어나지 않았을 일이었다.

하여간 공부를 할 적에도, 취업에 있어서도 알아서 척척 해 준 아이들 은 진정 풍랑까지를 제어할 줄 알았던 유능한 '선장'이었다. 그리고 아이 들의 오늘날이 있게 해 준 '조타수'는 역시나 아내다. 나는 해마다 두 차 례 아내에게 꽃 선물을 한다. 우리의 결혼기념일 날과 아내의 생일이 바 로 아내가 나에게서 꽃을 받는 날이다. 사람은 약속을 잘 지키는 사람과 그렇지 않은 사람으로 양분된다. 나는 전자에 속하는데 꽃들 역시 약속 을 참 잘 지킨다. 즉 필 때가 되면 반드시 핀다는 것이다. 꽃은 피는 시기 가 다르다. 그렇지만 꽃들은 때가 되면 반드시 활짝 만발한다. 인생도 마 찬가지다. 지금은 비록 봉오리조차 맺지 못 했을지 몰라도 조금만 더 노 력하면 화려한 꽃으로 거듭 날 수 있다. 취업준비생들이여~ 까짓 거 대 기업이 아니면 어떠랴.

중소기업에도 알토란 강소기업 회사가 부지기수다. 정규직이 아니면 비 정규직으로도 가라. 거기서 자신의 역량을 맘껏 뽐내면 당신도 꽃이 될 수 있다. 인일능지, 기백지, 인십능지, 기천지(人一能之, 己百之, 人十能之, 己 千之)라는 건 '남이 한 번 하면 나는 백 번을 하며, 남이 열 번 하면 나는 천 번 한다'는 의미다. 이러한 각오로 매사를 대한다면 어떤 사장이라서 그 능력을 인정치 않을까! 나라도 그런 인재를 결코 방관치 않을지니.

눈물의 아이스케키

1970년대 초반은 내가 천안성정국민학교를 졸업하던 때였다. 그러나 정작 졸업식 날에도 학교에 갈 수 없었다. 따라서 졸업장은 물론이요 앨범도 없다. 다만 그로부터 30년도 훨씬 더 지나서 동창회 총무가 당시의 앨범을 복사하여 주었다. 지금도 총무를 맡고 있는 윤현숙이 새삼 고맙기 그지없다! 졸업식 날조차도 학교에 가지 못한 건 소년가장으로 한창 돈을 벌어야 했기 때문이다. 고향역 앞에서 구두닦이를 시작하면서 비가 오면 우산 장사도 병행했다. 구두닦이 하기 전, 한여름엔 아이스케키를 들고 다니며 팔았다.

'아이스케키'는 꼬챙이를 끼워 만든 얼음과자이며 정확한 표현은 아이스케이크(ice cake)가 맞다. 그러나 짜장면을 '자장면'으로 써야 옳다는 주장을 좇다가 불과 몇 년 전부터 비로소 도로 돌아온 게 바로 '짜장면'이다.

이러하듯 아이스케키를 굳이 아이스케이크라고 표현한다면 그 당시의 반추마저 괜스레 빛이 바랜다는 느낌이다. 왜? 지금도 여전히 식당 등지에선 문어과의 연체동물인 주꾸미를 쭈꾸미로 표기하듯 그렇게.

지금이야 초등학생들도 첨단의 스마트폰 등을 지니고 있다. 하지만 당시의 국민학생들은 지금처럼 '좋은 시절'이 오리라곤 언감생심 꿈조차 꿀 수 없었다. 다만 쉬는 시간에 운동장으로 나와 남자 아이들은 공을 차거나 말뚝박기 놀이 따위가 고작이었다. 여자 아이들은 비석치기나 고무줄 놀이를 즐겼는데 그러자면 반드시 악동이 출현하여 고무줄을 칼이나 이로 끊기 예사였다.

심지어는 하교하면서 여자 학생의 뒤를 도둑처럼 쫓다가 결정적 순간에 치마를 냉큼 들추곤 "아이스케키~"라며 달아나는 녀석도 있었다. 그럼 해당 여학생은 얼굴색이 홍당무가 되면서 분을 못 참곤 했다.

나와 같은 베이비부머 세대들은 잘 알겠지만 그 즈음, 그러니까 초등학교를 마치고 중학교에 진학하는 급우는 반에서 3분의 2도 채 되지 않았다. 그건 가난이 불러들인 필연적 결과의 아픔이었다. 나머지 3분의 1은 따라서 돈을 벌어야 했는데 말이 좋아 돈벌이지 현실은 냉혹했다. 그리고 그 처우가 심히 냉갈령했다.

남자애들은 주로 이발소나 철공소, 양복점과 구둣방 등지로 흘러들어갔다. 여자애들은 방직공장과 양장점, 성냥공장과 버스 차장(후일의 안내양)으로 가는 게 대세였다.

다른 애들은 초등학교나마 마치고 돈벌이에 뛰어들었다. 그러나 사정이 유독 급했던 나는 그들보다 1년도 넘게 먼저 돈을 벌기 시작했다.

처음엔 남들처럼 이발소 아니면 양복점 같은 데 들어가서 기술을 배우고 싶었다. 하지만 듣자니 그런 데서 온전하게 기술을 다 배우자면 최소한 몇 년이 걸린다고 했다. 따라서 당장 하루가 급했던 나로선 그런 직장과는 소위 '코드(code)' 자체부터 맞지 않았다. 아울러 후일 들은 '실화' 지만 기술을 배운답시고 들어간 그러한 직장들의 대부분에선 급료의 지급은커녕 툭하면 '시다(보조원)'를 때리고 쓸데없는 잔심부름이나 시킨다고 했다. 동병상련에 치솟는 분노를 참기 힘들었다.

구두닦이를 하기 전부터 내가 아이스케키 장사로 나섰던 것은 가난이 원인이었다. 아울러 그로 말미암은 배고픔과 주전부리까지 하고픈 욕망이 똬리를 튼 때문이었다. 당시엔 빈 병과 아이스케키를 바꿔 주기도 했다. 허나 지금처럼 음료문화가 다양하지 않았기에 빈 병 또한 귀했다. 그런 까닭으로 빈 병을 매개로 하여 아이스케키를 많이 판다는 것도 쉬운 일이 아니었다. 지금이야 골라먹는 재미까지 있는 게 아이스크림이다. 그렇지만 과거엔 선택의 여지없이 '얼음과자'론 오직 하나 아이스케키뿐이었다. 나는 초등학교 5학년 여름방학 때부터 아이스케키 장사를 했다. 하지만 가득 담긴 아이스케키 한 통을 모두 팔아 본 기억은 없다.

'아이스케키'라고 해봤자 지금의 시각으로 보자면 그 맛과 품질, 그리고 모양새가 참으로 유치찬란하기 그지없었다. 그럼에도 당시엔 다들 그렇게 못 살았던 시절이었기에 고작 아이스케키 하나조차 사먹지 못하는 아이들이 시글시글했다. 아이스케키를 넣은 통에는 주둥이를 끈으로 묶은 노란색의 얼음주머니를 함께 넣어 아이스케키가 빨리 녹는 걸 방지했다. 그러나 후일에 그 모습을 드러낸 드라이아이스처럼 결빙시키는 작용이 없었다. 따라서 아이스케키를 빨리 팔지 못하면 결국엔 흐물흐물 엿처럼 녹아서 남는 건 고작 나무막대기뿐이었다.

시내서 팔다가 잘 안 되면 가끔은 이 동네 저 동네까지 가서 팔았다.

"아이스케키유~ 아이스케키. 빈 병도 받아유~" 그러면 단내라도 맡은 건지 동네의 개새끼들이란 개새끼들은 작당을 하여 일제히 목청이 터져라 짖어대기 바빴다.

심지어는 목줄이 풀려(아님 아예 풀어놓고 길렀는지) 못 보던 수상한 인간이라며 나를 향해 쫓아온 개도 있었다. 그 개가 물까 두려워 아이스케키 통을 앞으로 쭉 빼면서 개의 습격을 막았다. 그래도 좀처럼 기세가 누그러지지 않고 당당한 개였기에 하는 수 없어 나도 못 먹는 아이스케키를 하나 던져줬다. 그제야 비로소 그걸 먹느라 정신이 빠진 틈을 타겨우 탈출에 성공할 수 있었다.

아이스케키 장사가 그처럼 동네 개들에게까지 문전박대를 당하기만 한 건 아니었다. 아이스케키를 팔다가 이른바 대박이 나는 날도 없지 않았다. 그건 엄마가 자신의 아이들은 물론이요 심지어는 가족들까지도 먹일 요량으로 열 개 이상이나 사는 날이었다. 당시는 지금처럼 아이를 고작 하나 둘만 낳는 시절이 아니었기에 자녀들도 꽤 많았다. 따라서 아이들 중 하나가 자신의 엄마에게 "나도 저 아이크케키 사줘!"라며 울면서까지 보채기 시작하면 그 엄마는 당최 대책이 없었다. 그렇다고 달랑 하나 사서 아이들에게 한 입씩만 깨물어먹고 다음 아이에게 물려주라고도 할 수 없었으니까. 하여간 그렇게 대박이 나는 날도 없진 않았지만 그건 정말이지 가뭄에 콩 나듯 일어날 수 있는 '행운의 날'이었다.

아이스케키 통은 어떤 큰 제과점에서 일정의 보증금을 받고 제공해주었다. 저녁엔 거기까지 다시 가서 통을 반납해야 했다. 그리고 그날 판매한 아이스케키의 값을 정리하곤 했다. 그런데 문제는 그렇게 가져와

다 팔아도 시원찮을 아이스케키가 남는 때였다.

저녁이 임박하여 해가 서산으로 이동하면 습관처럼 아이스케키 통을 열었다. 그건 물론 얼마나 남았는가의 개수를 파악하고자 하는 의도였다. 그 빈도가 오죽했으면 심지어 팔 적보다 안 팔 때 열어본 때도 많았다. 그래서 도리어 아이스케키가 더 빨리 녹게끔 경거망동까지 했던 것이다. 여전히 뜨거운 더위를 피해 그늘진 육교 밑으로 들어갔다. 아이스케키 통을 여니 다 녹아내려 죽처럼 진득한 통 안은 나무막대기들만 가득했다. 아이스케키를 둘러싸고 있다가 남겨진 마치 시체와도 같은 나무막대기들을 꺼냈다. 거기에 남아있는 당분이라도 아까워서 빨아먹을 요량이었기에 소리가 나도록 쪽쪽 빨았다.

그러자니 다시금 내 처지가 너무도 서럽다는 생각이 들었다. 나에게도 엄마가 있었더라면 나는 과연 지금처럼 이 힘든 아이스케키 장사를 하고 있었을까…… 우리 엄마만 있었더라도 나는 지금 다른 아이들처럼 아이스케키를 먹으며 숙제를 하고 있었으련만…… 그럼 엄마는 내 곁에서 부채로 시원한 바람을 만들어주시며 "우리 아들 이번에도 상장 받아오겠네?"라며 칭찬을 아끼지 않았을 터인데 울 엄마는 대체 왜 나를 버린 것일까…… 급기야 아이스케키 나무막대기를 집어던지며 한참을 울었다. 그러면서도 집에는 쉽사리 돌아가기 싫었다. 가난이 기다리고 있는 집에는 고통과 슬픔, 그리고 외로움도 함께 기다리고 있었기 때문이다.

언젠가 지인들과 숯불갈비를 먹으러 갔다. 잘 먹고 나오자니 종업원 아줌마가 그 시절 아이스케키 모양의 아이스바를 후식으로 주었다.

다른 사람들은 반색하였지만 나는 고개를 흔들었다. 치아가 부실하여 차가운 걸 못 먹는 탓도 있었다. 그러나 더 무서웠던 것은 괜스레 그걸 먹다가 자칫 지난날 아이스케키 장사를 하던 시절이 떠오를까봐서였다. 누군가에겐 달콤하기 짝이 없는 아이스케키. 하지만 나에겐 심장에까지 와 닿아 차갑고도 예리하며 넓은 스탠스(stance)의 아픔까지를 부여하는 것일 따름이다.

또 다른 어머니

주간 근무일 경우 평소 아침 일찍 일어난다. 여름엔 안 그렇지만 겨울철엔 깜깜한 새벽이다. 대충 아침밥을 한 술 뜨고 목욕을 한 뒤 시내 버스 정류장에 간다. 어슴푸레 구름들이 여명(黎明)을 피하며 머리를 조아린다. 그렇게 출근하는 시간은 보통 오전 6시 30분에서 아무리 늦어봤자 7시도 안 된다. 그처럼 남들보다 두 시간이나 일찍 출근하는 것은 경비원의 직업상 당연한 것이다. 또한 나로선 진즉 습관이 되어서 차라리 그런 부지런함이 몸에 맞는 옷처럼 편하다.

지난 1999년도에 아들은 대전송촌고등학교 1학년으로 진학했다. 그 학교는 집에서 꽤 멀었다. 따라서 아들이 지각하지 않도록 매일 아침마다 내가 제일 먼저 일어났다. 그리곤 아들을 깨워 조반을 먹인 후에 차에 태워 학교까지 데려다 주었다. 아들이 하교하는 시간엔 또다시 아들을 데리고 와야 했다. 그처럼 아빠로서 아들에게 당연한 책무를 다하다 보니 어느새 아침 일찍 일어나는 것이 습관화되었던 것이다. 3년 뒤 딸아이가 고교생이었을 적에도 마찬가지로 부지런을 떨었다.

여하튼 그처럼 일찍 일어나 출근하는, 이른바 '아침형 인간'이 되다 보니 굳이 '일찍 일어나는 새가 벌레를 더 잡는다'는 속담을 인용치 않더라도 장점은 무척이나 많았다. 우선 내 책상 위에 있는 라디오를 켜서 주파수를 맞추었다. 이어 아무도 출근하지 않은 회사의 고즈넉한 사무실에서 향기 짙은 커피를 마셨다. 거기에 잉크냄새가 폴폴 풍기는 조간신문을 보는 재미는 매우 쏠쏠했다.

그 다음으로는 인터넷에 접속하여 평소 시민기자로 활동 중인 인터넷 언론에 잡문을 써서 올렸다. 잘 쓰는 글은 아니지만 과거부터의 내 바람이었던 작가가 되기 위한 일종의 수습 과정이라는 나름대로의 의미를 부여하며 정성을 기울였다. 일상에 스쳐 지나가는 잔잔한 편린을 잡아 주로 수필을 썼다. 비록 원고료는 적지만 온갖 정성을 기울였다. 그럼에도 내가 잘 쓰지도 못 한 글을 많은 분들이 봐 주시고 아울러 '댓글'과 비평 내지는 조언까지 해 주심에 감지덕지했다.

그렇게 거의 하루도 빼먹지 않고 열심히 문학도로서의 꿈을 다졌던 때가 엊그제 같거늘 20년이나 흘렀다. 언젠가의 일이다. 당시는 직업이 지금처럼 경비원이 아니라 세일즈맨이었다. 그래서 출근은 일찍 하되 퇴근은 내 맘대로 해도 되는 특권(?)이 있었다. 지금도 나는 라디오를 TV보다 더 사랑한다.

그날도 라디오를 듣고 있었는데 마침 모 프로그램의 진행자가 하는 말이 "다음 달 초에 천안 유관순 체육관에서 '추억의 가요무대'라는 효도 콘서트가 열립니다. 입장권이 필요하신 분은 인터넷 게시판에 사연을 올리시면 그 티켓 두 장을 무료로 보내 드리겠습니다"라는 것이었다. 순간 죽마고우 중의 한 친구인 고대영의 어머님이 생각나서 얼른 그 프로그램으로 접속했다. 그리곤 그 공연의 티켓을 부탁하는 요지의 글을 써서 올렸다. 친구의 어머니는 내게 있어 또 다른 어머니였기 때문이다. 우리네 인생을 가리켜 혹자는 눈물을 국으로 고통을 반찬으로 먹으며 고해(苦海)를 건너는 여정이라고 했다.

그에 걸맞게 나의 지난날 삶의 여정은 참으로 박복했다. 어머니의 얼굴조차도 모르고 자란 건 논외로 치더라도 아버지께서는 허구한 날 술병을 '유일한 친구'로 여기며 허리춤에 달고 사셨다. (초등)학교에 갔다가 집에 돌아오면 늘 아버지의 지독한 술 냄새와 함께 술안주로 드시다 남긴 신김치 냄새가 썩을 듯 지독하게 풍겨 코를 막게 했다. 남들은 다 있는 엄마가 없음에 나는 점차 말을 잃어 가는 내성적인 아이가 되었다.

꽃피는 봄이 오면 철새들도 날아들어 왁자지껄했지만 나는 늘 말이 없었다. 또한 엄마 아빠의 손을 잡고 나들이를 가는 또래 아이들을 볼 때마다 너무 부러워서 눈물이 났다. 아기 새들도 밤이 되면 제 둥지를 찾아 엄마 아빠 새의 보살핌을 받으며 단잠에 빠져들거늘 나라는 놈은 왜 그러한 둥지조차도 없는 것일까……! 가정은 평온의 장소이며 모든 위험으로부터의 피난처여야 한다. 또한 가족의 웃음소리는 그 가정의 심장이 뛰는 소리이자 가족 모두를 환하게 밝혀주는 등불의 스위치였다. 오죽했으면 스위스의 교육자였던 페스탈로찌는 "가정의 단란함이 지상에서 가장 빛나는 기쁨이다. 그리고 자녀를 보는 기쁨은 사람의 가장 성스러운 즐거움이다"라고 했을까.

그러나 나에겐 그런 가정이 존재하지 않았다. 그건 모두가 어머니의

'증발'에서 비롯된 것이었다. 이러구러 무심한 세월은 흘러 초등학교 5학년 쯤 되자 나도 그때부터는 조금씩 일종의 일탈을 시도하게 되었다. 하루는 아버지께서 또 자정도 넘은 시간에 잠을 자고 있던 나를 깨워 술을 사오라고 하시는 것이었다. 하지만 당시엔 통행금지가 실재했기에 함부로 밤길을 다녔다가는 금방 방범대원에게 붙잡혀 경찰서로 끌려가기 딱 좋은 시절이었다. 집을 나왔지만 현금도 아닌 외상으로 술을 사오라는 아버지의 명령을 더 이상은 듣고 싶지 않았다.

그래서 고민하다가 죽마고우 친구인 고대영의 집을 찾아갔다. 불이 꺼진 문밖에서 한참을 망설이다가 춥고 배도 고프기에 더는 참을 수 없어 대문을 두들겼다. 그러자 대영의 어머니께서 나오시더니만 나를 알아보시곤 얼른 따뜻한 안방으로 밀어 넣으셨다. "에이그~ 아버지가 또 술을 드셨구나……" 그러시면서 자정이 넘었음에도 개의치 않고 부엌으로 들어가셨다. 이어 따뜻한 밥을 고봉(高捧)으로 가득 담아 오시더니 많이 먹고 자라고 하셨다. 울컥 감사함의 눈물이 수물수물 맺혔다. 그 후로도 그 친구의 어머니께서는 나에게 여러모로 참 잘해 주셨다.

공연장 무료입장 티켓을 부탁하는 글을 써서 올린 이튿날 그 방송의 게시판을 찾았다. 그러자 담당 작가의 공연 티켓을 우편으로 보내주겠노라는 답글이 있어 무척이나 반가웠다. 그래서 얼른 대영에게 전화를 걸었다. 공연티켓을 우편으로 보낼 테니 부모님께 꼭 구경가시라고. 작년 봄 회사에서 주는 우수사원 상을 받았다. 부상으론 내비게이션(navigation)을 받았다. 젠장, 차도 없는 놈에게 이게 뭐람! 잠시 고민하다가 대영이 생각이 났다. 지금도 고된 노동일을 하는 친구. 악착같이 일하여 제법 돈도 벌고 땅까지 산 친구. 법이 없어도 살만치 착하고 삶의 의지까지 강인한 실로 자랑스런 친구가 바로 고대영이다. "너, 네 차에 내비 있냐? 없다고? 알았어. 택배로 보낼 테니 네 차에 달아."

나에게 필요 없는 걸 구태여 가지고 있다는 건 낭비다. 반면 꼭 필요했던 것을 친구에게서 받는 기쁨이라는 건 느껴본 사람은 다 안다. 세 살 버릇 여든 간다고 했던가. 나는 지금도 못 산다. 그렇지만 무언가를 타인에게 주는 걸 즐긴다. 밥과 술을 사는 빈도의 잦음도 그렇다. 하긴 그러했기에 친화력이 뛰어나고 주변에 지인들도 많은 것이라 생각한다.

대영의 부친께선 작년 말에 작고하셨다. 그래서 장지까지 따라가 대성통곡을 하며 고인을 보내드렸다. 대영이 부친을 저 세상으로 보내드린 뒤 무리했던 탓인지 사흘간 몹시 앓았다. 겨우 기운을 차려 출근했더니 대영이로부터 전화가 왔다. 덕분에 장례를 잘 치렀다며 다음에 천안에 오면 거하게 술을 사겠다고 했다. "넌 역시 의리표여~!" 공자가 남긴 인생 명언에 "상처는 잊되, 은혜는 결코 잊지 말라"는 것이 있다. 어려서 날 버린 어머니에 대한 상처는 상처의 차원을 넘어선 여전히 현재진행형의 트라우마다. 그렇지만 대영이 어머니에 대한 은혜는 내가 죽을 때까지도 잊을 수 없다.

내가 밥을 제대로 못 먹고 잠자리를 구하지 못 할 적에도 항상 포근한 친모처럼 챙겨주셨던 대영의 어머니는 진정 나의 친모보다도 나은 분이셨다. 어머니~ 늘 건강하세요. 당신을 사랑합니다! 그리고 너무나 고마웠습니다!!

신기루 중학교

우리보다 잘 사는 나라들의 대학 진학률은 기껏해야 40%대라고 한다. 많아봤자 60%가 되는 국가도 없지는 않단다. 그런데 우리나라는 그 대학 진학률이 무려 80%나 된다고 하니 가히 '교육대국'이랄 수 있겠다. 그렇다면 대한민국이 아니라 '대학(大學)민국'이라고 해도 무방하리라.

그런데 문제는 그처럼 고학력 인재들이 양산됨에도 불구하고 취업자보다 실업자가 더 많다는 현실의 우울함이다. 아무튼 지금은 이처럼 대학까지 나온 사람들이 그야말로 부지기수다. 그렇지만 내가 어렸을 적엔 대학은커녕 중학교조차 못 나온 사람들도 많았다. 거기엔 물론 나도 포함되었다. 내가 초등학생 시절에도 아버지는 여전히 꿋꿋하게 술만 드셨다. 그리곤 집에서 만취하신 때면 꼭 그렇게 자정이 넘은 시간에 자고 있는 나를 마구 깨우셨다. 그건 동네에 딱 하나뿐인 구멍가게에 가서 삼학소주를 사오라는 '명령'을 하기 위해서였다. 그러나 당시엔 자정이 넘으면 통행금지가 엄존하던 시기였다. 또한 비단 자정이 안 된 시간이었을지라도 가게주인은 내게 술을 주지 않았다. 그건 상습적으로 외상술을 받아가곤 당최 그 값을 안 갚은 때문이었다. "술 가져가고 싶으면 먼저 외상 술값부터 다 가지고 와! 나는 뭐 땅 파서 먹고사는 줄 아니?"

그렇게 문전박대를 당하고 빈손으로 집에 들어서면 아버지는 재차 독촉했다. "내일 일 나가 돈 벌어다 줄 테니 소주 딱 한 병만 달라고 해. 어서!!" 그러나 그건 새빨간 거짓말이었다. 늘 그렇게 술의 노예와 포로까지 된 아버지가 대체 무슨 일을 갈 수 있단 말인가? 아무리 험한 '노가다'라 할지라도 아버지처럼 허구한 날 술에 젖어 사는 사람에겐 나 같아도 절대로(!) 일을 맡기지 않을 터였다. 하여간 아버지의 거듭되는 술을 받아오라는 채근에 질려버린 나는 그때부터 풍찬노숙(風餐露宿)을 밥 먹듯 했다.

처음엔 비교적 내게 잘해 주시던 동네의 어르신들 집을 찾아 동냥 잠을 구걸했다. 그러나 술 사러 나간 아들이 안 돌아오니 애간장이 탄 아버지는 밤새도록 남의 집 대문을 가가호호 두들기며 "혹시라도 내 아들을 재우고 있다면 당장에 내놓으라!"며 성화를 부리셨다. 이에 진절머리를 느낀 동네사람들은 약속이나 한 듯 그 뒤론 나를 노골적으로 싫어했다. "미안하지만 이것도 다 네가 짊어지고 가야 할 기구한 팔자다." "……!" 하는 수 없었다.

그래서 봄에서 가을까지는 남의 밭에 들어가 풀과 잡초를 이불 삼아 잤다. 여름엔 모기들이 떼로 몰려들어 흥청망청 잔치를 벌였다. 엄동설한이 더 문제였다. 그래서 그렇게 추운 날에는 남의 집 마루 밑으로 기어들어가 잤는데 처음엔 도둑고양이와도 마주치는 바람에 얼마나 놀랐는지 모른다. 그러나 그것도 점차로 숙달이 되니 나중엔 무덤덤하여 개의치 않고 자곤 했다. 하지만 '엄마~ 제발 이제라도 오시어 나 좀 여기서 구출 좀 해 주세요!'라고 얼마나 빌었는지 모른다.

그러나 엄마는 오지 않았다. 단 한번조차도. 그랬음에도 멍청했던 나
는 늘 문가에 서서 엄마가 돌아오기만을 기다렸다. 아무것도 없이 빈손
으로만 오셔도 좋았다. 다만 나를 포근히 껴안아주면서 "그동안 엄마가
없어서 어찌 살았니?"라고 위로만 해 주시면 다 용서하리라 마음먹었다.
세상에서 가장 부러웠던 건 엄마가 있는 내 또래의 아이들이었다.

그렇게 심한 고생을 하는 와중에도 세월은 무심하여 나를 6학년 1학
기까지 끌고 갔다. 한데 그때부터 아버지께서 술로 인한 병이 더욱 깊어
지기 시작했다. 대저 술에는 장사가 없는 법이다. 아버지는 가뭄에 콩
나듯 밖에 나가 노동을 하든가 아니면 남의 농사 거들어주기, 심지어는
똥지게까지 지어주는 따위로 겨우겨우 입에 풀칠을 해나갔다. 그러나 그
마저도 할 수 없는 병약한 처지로 급전직하 추락하여 만날 두문불출하
기에 이르렀다.

그 바람에 나라도 나서서 뭐든 하여 돈을 벌지 않으면 우리 두 부자
의 입엔 그야말로 거미줄만 치게 되는 심각한 상황에까지 봉착하게 되
었다. 학교에 가는 날보다 못 가는 날이 훨씬 더 많아진 게 그 무렵부터
다. 절박한 심정으로 역전으로 달려가 구두를 닦는 '형'에게 사정을 했
다. 다행히 매타작을 당하지 않고도 어렵지 않게 구두닦이가 될 수 있
었다. 처음엔 다방 등지를 찾아다니며 손님의 구두를 벗겨오는 '찍새'를
하다가 몇 달 뒤부터는 그렇게 가져온 구두를 닦는 '닦새'로 그 위치가
격상되었다.

그러나 구두만 닦아선 큰돈이 되지 않았다. 그래서 비가 오는 때면 도매상으로 달려가 비닐우산을 떼다 팔았다. 그 다음엔 당시 역 앞에 위치했던 시외버스 터미널에서 행상을 했다. 마침맞게 그 바로 앞에서 매점을 하던 분이 초등학교 동창생 이상노의 형님이셨다. 그리곤 어려서부터 고생한다며 나한테 참 잘해 주셨다. 광주리에 호두과자와 사이다 등의 음료 등을 담아 버스에 올라가 출발시간을 기다리고 있는 승객들에게 파는 행위였는데 총 매출의 20%를 이익금으로 받았다. 그렇게 하여 겨우 먹고 살긴 했지만 아버지의 끝 모를 주사는 여전히 진행되었다. "의사가 앞으로 술을 계속 마시면 죽는댔어. 그래서 앞으론 술도 끊고 돈도 많이 벌어서 나 땜에 고생만 하는 우리 아들의 고생도 끝나게 해 주마!" 아버지의 그 같은 의지와 결심은 불과 한 달도 가지 못해 소멸되고 붕괴되는 모래성에 불과했다.

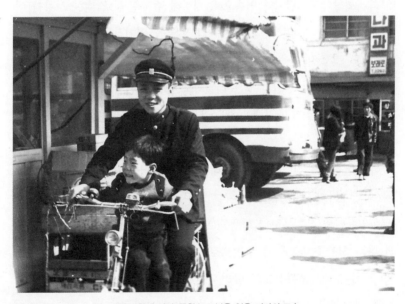

가짜 고학생 시절, 중학교 교복을 입은 저자의 모습

그런 와중에도 공부에 대한 욕심은 여전하여 매일은 아니었어도 틈만 나면 학교에 갔다. 근데 당시의 그 면학에 대한 열심은 지금 와 생각해도 참 잘한 일이었다. 또한 대단히 감사한 일인데 내가 다른 학생 같았더라면 진즉 수업 일수 부족 따위로써 정학(停學)아니라 퇴학(退學)까지도 가능했을 것이었다. 그랬더라면 지금도 두 달에 한 번씩 정례적으로 모이는 나의 유일한 동창회인 초등학교 모임조차도 나는 아예 자격이 상실되었을 것이었다.

소년가장으로 돈을 버느라 한 달에 열흘도 채 등교하지 못 한 나를 끝까지 퇴학시키지 않고 지켜주신 분은 4학년 1학기부터 6학년 졸업 때까지 줄곧 내 담임을 맡으신 박천서 선생님이셨다. 박 선생님께서는 집안이 결손가정임에도 불구하고 우등생이라며 나를 편애하셨다. 뿐만 아니라 학급회장에도 3년이나 연속으로 지명해 주시는 등 각별한 사랑을 아끼지 않으셨다. 박 선생님께서는 내가 얼굴을 잊어먹을 만 하면 등교를 했음에도 결코 야단을 치시는 법이 없으셨다. 외려 머리를 쓰다듬어 주시며 "고난이란 결코 길지 않은 터널과도 같은 것이란다, 그리고 이럴 때일수록 더욱 공부에 매진해야 해!" 라시며 용기를 북돋아 주시곤 하셨다.

하지만 나라도 벌지 않으면 우리 부자는 굶어죽기 딱 알맞았다. 아무튼 6학년 2학기 즈음이던가, 무시험으로 중학교를 가는 이른바 '뺑뺑이' 돌리기가 나와 우리 6학년 학생들 모두에게 처음으로 실시되었다. 그 결과 나는 천안중학교에 가는 것으로 낙착이 되었다. '아, 이젠 나도 중학생이 되는구나!' 초등학교와 달리 검은 교복에 빛나는 금색의 중(中)자가 붙은 교모까지 눌러쓴 의젓한 모습의 내 모습이 감미로운 솜사탕으로 다가왔다. 그러나 그건 허무한 개꿈이었다. 나중에 들은 얘기지만 아버지는 숙부님을 찾아가 내 중학교 입학금을 빌리셨단다. 하지만 그 돈을 모두 술 마시느라 탕진하신 것이었다. 그것도 두 번씩이나.

현실은 결코 내 편이 아니었다. 때문에 나는 중학교에 갈 수 없었다. 아버지가 한없이 밉고 원망스러웠지만 그 또한 하는 수 없는 노릇이었다. 그 독한 소주가 십수년 동안이나 마구 할퀴어 정상적인 사람이 아닌지 오래된 아버지가 아닌가. 고로 나마저 아버지를 버린다면 아버지는 분명 만취하여 객사(客死)하실 게 뻔해 보였다. 나는 그 모든 것 또한 나의 기구한 팔자 탓이라며 애써 받아들였다.

나는 이후 건설현장에 나가 노동과 그보다도 못한 것 따위들을 연거푸 하다가 나이가 차 방위병으로 입대했다. 그러나 학력이 고작 국졸뿐이었기에 현역으론 갈 수 없었던 것이다. 사람들은 소위 개구리복장을 한 내가 지나가면 '똥방위'라며 놀렸다. 이러구러 세월은 흘러 나는 이제 며느리와 사위까지 봐야 할 중늙은이가 되었다.

그 옛날 초등 시절 끝끝내 이 못난 제자를 저버리지 않으셨던 박 선생님이 새삼 감사하다. 아울러 그처럼 고마웠던 박 선생님의 기대에 너무도 어긋나게 지금껏 불변한 빈자(貧者)의 처지에 나는 회한을 느끼지 않을 도리가 없다. 듣자니 벌써 몇 년 전에 정년퇴직을 하셨단다. 그럼에도 나는 지금도 그 고마운 선생님을 찾아뵙지 못하고 있으니 참으로 몹쓸 제자가 아닐 수 없는 것이다. 박천서 선생님, 정말 죄송합니다! 선생님의 하해와도 같은 은덕에도 불구하고 이 못난 제자는 끝내 선생님께 얼굴조차도 비추지 못했으니 말입니다. 핑계가 아니라 정말이지 그때 제게 있어 중학교는 고작 신기루에 불과했답니다. 어쨌든 언젠가는 꼭 선생님을 찾아뵙고 사죄의 큰절을 올리도록 하겠습니다! 박 선생님, 정말로 감사드립니다. 늘 건승하십시오.

강해야 산다

　지금이야 그 열기가 과거보다는 덜한 것이 권투(복싱)이다. 하지만 내가 십 대 후반 즈음의 한국 복싱계는 그야말로 르네상스 시대였다. 한국최초의 세계챔피언이었던 김기수 선수에 이은 홍수환 선수의 '4전 5기' 신화의 여세를 몰아 각 체급마다 동양과 세계 챔피언들이 수두룩했었다. 당시 복싱은 '헝그리스포츠'의 전형이었기에 나처럼 빈궁하게 살고 있던 젊은이에겐 안성맞춤인 스포츠이기도 했다.

　다른 일도 그렇지만 어떠한 결과에 있어선 반드시 원인이 제공되기 마련이다. 역전에서 구두닦이를 하던 시절, 괜스레 트집을 잡으며 나를 구타한 '형'이 있었다. 못 살아서 고생하는 것도 억울한데 이유도 없고 죄도 없이 맞는다는 게 너무도 싫었다. 더군다나 가뜩이나 엄마도 없어 누구 하나 위로해 주는 이조차 없는 소년가장에게 있어 그러한 폭행은 강해야 산다는 숙제를 안겨주었다. 그래서 자위권 생성과 자강불식(自强不息)의 차원에서 권투를 배우기로 했다.

그런 각오로 하루는 작심을 하고 권투도장을 찾았다. 그건 운동을 배움으로써 나 자신을 지키자는 의도였다. 또한 나도 누구처럼 맨주먹으로써 챔피언이 되고 돈도 왕창 벌어 보겠다는 터무니없는 치기까지 발동한 때문이었다. 관장님은 맨 먼저 줄넘기부터 시키셨다. 그리곤 차차 샌드백을 치라고 하시더니 이따금은 스파링 파트너도 붙여 주셨다.

그렇게 복싱을 시작한 지 불과 석 달이나 지났을 즈음에 숙부님께서 사업을 하시는데 도와달라는 전갈이 왔다. 그래서 부득이 복싱을 접고 가게 되었는데 그때부터가 나의 잠시 일탈 시기였다. 숙부님께서 하신 사업은 호텔업이었는데 당시 그 건물의 지하엔 룸살롱도 있었다. 근데 술집이다 보니 이틀이 멀다 하고 취객과 종업원간의 드잡이가 예사였고 인근의 이른바 '건달'들도 몰려와 싸움질을 하기도 다반사였다.

하루는 그 지역의 건달이라고 자처하는 우락부락한 젊은이 셋이 우리 업소에 들어섰다. 그리곤 다짜고짜 인사도 없다며 행패를 부리는 것이 아닌가. 한참을 참으며 수습에 나섰으나 그들은 더욱 기세가 등등했다. 하는 수 없었기에 실력행사에 나서기로 했다. 그들을 밖으로 모두 불러냈다. 겨우 석 달밖에 배우진 않았지만 여하튼 복싱 실력으로 그들을 제압하고자 했던 것이 나의 속셈이었다. 그리곤 단련된 주먹과 박치기로 그들 셋을 순식간에 해치웠다. 한 녀석이 줄행랑치자 두 놈도 자석처럼 끌려 달아나기 바빴다. 강해야 산다는 걸 뼈저리게 느낀 순간이었다.

그런데 이틀이 지나자 얼굴에 반창고를 붙인 그들이 다시 나타났기에 긴장하지 않을 수 없었다. 하지만 그들은 나에게 "형님~"이라고 깍듯이 인사를 하면서 술을 대접하겠다는 것이었다. 순간 술집에 끌려가서 맞아죽는 건 아닌가 싶어 아연실색했다. "아뇨, 됐수다. 정 그렇다면 이 아래 술집으로 갑시다." 그렇게 알게 된 그들은 나중에 알고 보니 나보다 나이가 셋이나 많은 선배들이었으니 그렇다면 그런 아이러니가 또 있을까. 그래서 나도 덩달아 내 나이를 네 살이나 부풀려 '뻥'을 쳤음은 물론이었다. 얼마 뒤 그들이 모두 폭력행위로 구속되었다는 소식에 나는 비로소 주먹세계(?)에서 손을 씻기로 결심하기에 이르렀다.

지나간 내 젊은 날의 어떤 일탈이었지만 지금도 그 생각만 하면 괜스레 피식피식 혼자서 웃게 된다. 내가 십 대였던 시절에도 학교 폭력이 전혀 없지는 않았다. 하지만 지금과 같이 심각한 이지메 성격의 집단 따돌림, 즉 '왕따'는 없었다. 영화 〈싸움의 기술〉을 보면 맞고 사는 게 '일과'인 소심한 고등학생 송병태가 나온다. 병태는 결국 오판수라는 사람을 만나 안 맞는 법, 즉 싸움의 기술을 전수받기에 이른다. 하지만 그 영화처럼 오로지(!) 안 맞기 위해 싸움의 기술까지 배워야만 살 수 있는 세상은 비극이다. '강해야 산다'와 더불어 양수겸장으로 지녀야 하는 건 정직(正直)이다.

얼마 전 대한민국 전역은 메르스 광풍으로 인해 휘청거리고 있었다. 그 와중에 "메르스에 걸렸다."는 거짓 신고까지 잇따라 관계당국이 긴장 모드로 급변했다는 뉴스를 보았다. 출근하기 싫다는 이유로 메르스 관련 허위 내용을 올린 직원도 있었다. 이와는 별도로 연전 소방방재청 온라인 기자로 활동한 적이 있다. 그때도 119에 허위신고가 여전하다는 소방관들의 토로에서 정직이 사라진 사회는 그 자리를 불신이 차지한 다는 걸 발견할 수 있었다.

돌이켜보건대 나처럼 가난하고 무지하며 기댈 언덕조차 없는 구두닦 이와 우산장사 소년가장 출신에게 있어 정직이란 무기마저 없었더라면 이 험한 세상을 견디기 더 어려웠을 것이었다. 그처럼 강한 정직이 담보 되었기에 나는 전국 최연소 영업소장의 자리까지 올라갈 수 있었으니까.

생전에 아버지께선 정직을 유독 강조하셨다. 물론 술을 안 드시고 멀쩡한 상태에서만 그런 말씀을 하셨지만. 학교(초등)서 1등을 하자 담 임선생님께선 매우 좋아하시며 "다음에도 1등 또 하는 거지?"라고 물으 셨다. 나는 고개를 끄덕이며 동의하였는데 그것 또한 정직의 반열에 든 대답이었다. 왜냐하면 나는 선생님과의 약속을 지킨다는 일념으로 공 부에 매진하여 다시 1등을 거머쥐었다.

정직과 관련된 일화는 또 있다. 당면한 생활고로 인해 고향 역전에 서 이런저런 험한 일을 하며 호구지책을 감당하던 시절이다. 처음의 구 두닦이와 우산장사(비가 오는 날엔)에 이어 차부에서 행상을 했다. 호두 과자와 음료, 주전부리 등을 담아 대기 중인 시외버스에 올라타 파는 행위였다. 그렇게 어느 날 역시도 시외버스에 올라 바구니에 담긴 호두 과자와 음료수 따위들을 팔고 있을 때였다. 버스의 뒷좌석에 앉아있던 웬 아리따운 아가씨가 호두과자와 껌을 달라고 했다. 돈을 받고 돌아서 려는데 그 아가씨가 말했다. "보아하니 한창 공부를 해야 할 나이인데 고생이 참 많구나……" 그러면서 주머니를 뒤져 가외로 1천 원인가를 더 주면서 국밥이라도 사 먹으라는 것이었다.

순간 '내가 거지인 줄 아나?' 싶은 모멸감에 그 돈을 뿌리치고 서둘러 버스에서 내렸다. 그러자 당혹스런 표정이 된 그 아가씨는 덩달아 버스에서 내려서는 억지로 날 인근의 식당으로 데리고 들어가는 것이었다. "미안해~ 나 때문에 기분이 퍽이나 상했나 보구나." 그 아가씨는 내게 펄펄 끓는 설렁탕을 사 주면서 "동생 같아서 사 주는 거니까 부담 갖지 말고 먹어."라고 했다. 너무도 빈곤하게 살고 있었기에 점심으로 사 먹는 거라곤 고작 싸구려 국수가 전부였던 당시의 내 형편에 그러한 설렁탕은 사실상 과분한 진수성찬이었다. 그래서 '견물생심', 아니 견물 생식이라고 개도 안 물어가는 자존심은 이내 버리고 그 설렁탕을 입에 우적우적 집어넣기 시작했다.

그 아가씨는 내가 설렁탕을 게눈 감추듯 먹어치우는 걸 흐뭇하게 바라보더니 메모지를 찢어 무언가를 써서 건네주었다. 그 메모지엔 그 아가씨의 집 주소와 이름이 적혀 있었는데 그로부터 그 누나와 나의 펜팔이 시작되었다. 지금도 기억에 생생한 그 누나의 존함은 손영수 님이시다. 그 누나는 그때 C대학교 영문과 3학년이었는데 항상 나를 걱정하는 장문의 편지를 보내주시곤 하셨다.

삭풍만이 가득하고 외로운 이 풍진 세상에서 그 누나의 편지는 언제나 내 맘을 화풍난양으로 만들어주기 시작했다. 그로부터 나는 더 이상 춥고 외롭고 슬프지 않았다. 그 누나는 "누구라도 인생이라는 길에는 어려움이 있단다. 하지만 고통을 이겨내는 자만이 결국엔 '승리'라는 과실을 딸 수 있는 법이다. 그리고 지금 네 형편이 제아무리 어렵다고 하더라도 결코 정직은 잊지 말거라. 그리고 시간이 나는 틈틈이 책을 보거라……"라는 등의 격려까지 잊지 않으셨다. 그 누나의 커다란 성원에 고무된 나는 그때부터 주경야독을 경주했고 생업에도 더욱 박차를 가했다. 또한 늘 암울한 험산준령만 같았던 내 앞길에도 서광이 비추는 듯 싶어 점차 쾌활한 성격으로 변화하기 시작했다. 하루하루가 생기로웠고 즐거웠다. 그건 바로 삶의 환희였다.

한데 그 누나와 사흘이 멀다 하고 펜팔을 주고받은 지 2년 차 되던 해의 어느 날, 누나가 나를 또 찾아오셨다. 다시금 설렁탕을 사 주셨는데 누나는 조만간 미국으로 떠나 어쩌면 영원히 돌아오지 못 할 것 같다고 하셨다. 순간 분수처럼 솟구치는 눈물을 제어할 수 없었다. 그건 바로 잠시 향유할 수 있었던 내 행복의 근저를 상실한다는 허탈감에서 기인한 오열이었다. "넌 착하니까 나중엔 잘 살 거야." 그 말을 마지막으로 누나는 그렇게 떠나셨다. 무지몽매한 소년을 자신의 펜팔 친구로서 기꺼이 상대해 주고 인생의 멘토 역할까지도 마다하지 않으셨던 그 누나는 진정 '천사표' 누나였다.

이러구러 세월은 흘러 내가 두 아이의 아빠가 된 지 어언 30년도 더 되었다. 인간을 일컬어 망각의 동물이라고 했다. 하지만 잊을 게 있고 그렇지 않은 게 실재하는데 그건 바로 그리움이다. 그래서 나는 지금도 설렁탕을 앞에 두면 그 누나의 아름다웠던 자태와 고운 마음씨가 그리움의 실루엣으로 다가온다. 이제는 회갑도 넘었을 그 누님은 어디서 어떻게 살고 계실까?! 그 누님은 지금 역시도 여전히 '천사표'로 살고 계시리라 믿어 의심치 않는다. "누님~ 지난 시절 정말로 감사했습니다! 당신이 그립습니다!! 앞으로도 저는 누님의 말씀처럼 정직하고 강한 사람으로 살아가겠습니다."

척확지굴, 이구신야(尺蠖之屈, 以求信也)는 '자벌레가 몸을 굽히는 것은 한발 더 나아가기 위함이다'라는 뜻이다. 화려한 춤까지를 뽐내는 나비는 절치부심의 번데기로 겨울을 나야 한다. 사람도 마찬가지다. 온갖 간난신고가 닥칠지언정 반드시 할 수 있다는 긍정과 확신의 강인함으로 무장해야만 비로소 후일 도약의 전기까지 마련할 수 있기 때문이다. 사랑하는 가족을 봐서라도 나는 앞으로도 계속 강해져야 한다. 당연히 정직은 그 강함에 편승할 것이다. 강해진다는 건 결국 행복까지 담보하는 것이다.

비에 대한 예의

　누구라도 영화 몇 편쯤은 가슴속에 그리움의 기억으로 포개고 있을 터다. 지금도 잊을 수 없는 영화가 바로 쇼생크 탈출(The Shawshank Redemption)이다. 촉망받던 은행원이었던 앤디 듀프레인은 아내와 그녀의 정부를 살해했다는 누명을 쓰고 지옥 같은 교도소 쇼생크에 간힌다. 발길쟁이와 만무방들만 모였다는 교도소에서 그는 짐승보다 못한 취급을 당한다. 앤디는 죄수를 쓰레기 취급하며 자신의 부당한 치부에 혈안이 돼 있는 교도소 소장의 검은 돈을 관리해 주면서 비로소 인정을 받는다. 그러다 앤디는 결국 20여 년 간의 치밀한 준비 끝에 마침내 천신만고 끝에 탈출에 성공한다. 쇼생크 감옥을 탈출한 그에게 하늘은 축복의 비를 아낌없이 뿌린다.

　지난여름엔 가뭄이 너무 심했다. 그 즈음 친구들과 찾은 대청호의 저수량 역시 턱없이 부족했다. 당시 전국은 지독한 가뭄으로 말미암아 메르스 사태와 함께 2중고를 겪고 있었다. 따라서 풍족한 비의 도래는 과거에서 장원급제를 하고 돌아온 아들을 맞는 엄마의 기쁨 그 이상이었다.

그제 야근을 하는데 시원한 비가 내리기 시작했다. 반가운 마음에 밖으로 나가 그 비를 맞았다. 상쾌했다! 그러자 지나가던 이들이 비를 일부러 맞는 나를 이상한 눈초리로 쳐다봤다. 겨우 이슬비였음에도 어떤 처자는 두 손으로 자신의 머리를 가리곤 비명을 지르면서 마구 뛰기 시작했다. 순간 이런 생각이 뇌리를 관통했다. '쯧쯧~ 얘야, 이 비 맞아도 안 죽는다. 네게 있어선 싫은 비일지 몰라도 나로선 각별한 대상이 바로 비란다!' 그 후에도 나는 비를 조금 더 맞고 서 있었다. 그 비는 물론 이슬비였기에 맞아도 무방하였는데 잠시 후 작달비로 바뀌면서는 회사 건물로 피했다.

올 여름은 정말이지 지독스레 가뭄이 심했다. 따라서 겨우 조족지혈의 비라도 오는 날이었어도 그렇게 반가울 수가 없었다. 타는 목마름의 한여름엔 비록 여우비일망정 잠시나마라도 시원함과 해갈의 동시만족을 부여한다. 이런 까닭에 거친 장대비가 아니라면 일부러 찾아서 비를 맞기도 다반사였다. 나에게 있어 비(雨)는 단순히 하늘에서 내리는 물방울에 그치지 않는다. 비는 〈쇼생크 탈출〉의 앤디 듀프레인에겐 탈옥의 성공을 축하하는 시원함을 뿌려주었다. 그리고 내겐 절박했던 시절, 생계(生計)의 방편까지 아낌없이 제공하였다.

2년 전 여름에 초등학교 동창들과 만리포해수욕장으로 1박2일 동안 피서를 갔다. 밤늦도록 백사장에 앉아 통음하며 대화를 나누던 중이었다. 각자 지난 시절을 피력하는 기회가 왔기에 그동안 마음에 숨겨왔던 이런 말을 꺼냈다. "내가 실질적으로 소년가장이 된 건 5학년 2학기부터였지. 때문에 그때부턴 학교에 가는 날보다는 못 가는 날이 더 많았어.

그럼에도 불구하고 선생님께선 날 안 자르고(제적) 봐주신 덕분에 그나마 니들이라도 이렇게 볼 수 있는 것이니 내 어찌 감사하지 않을 수 않겠니?" 친구들은 모두 고개를 주억거렸다. 내 나이 올해 57세. 우산을 팔던 소년 가장의 시절에서 40여 년이란 세월이 흘렀다. 하지만 그 시절을 결코 잊을 수 없다! 참 고마운 비였기에 나는 지금도 비가 내리면 피하지 않고 기꺼이 감사한 그 비를 맞는 것이다.

대나무살로 만든 파란 우산은 당시 500원이었다. "우산 있어유, 우산이유~ 우산이 5백 원이유~~~" 때는 지난 1972년. 한창 학교에 가야할 열 세 살의 소년은 드세고 험하기로 소문난 천안역 앞을 마구 뛰어다니고 있었다. 그것도 우산 장사를 하면서도 정작 자신은 우산을 들지 않고 열 개 가량의 우산을 옆구리에 끼고서. 그러니 장대비가 쏟아지는 때의 그 소년은 비에 흠뻑 젖지 않을 수 없는 노릇이었다.

하지만 그 같이 비를 맞아서 이를 보는 것만으로도 다른 사람들 역시도 충분히 동정심을 유발케 하는 '전략'은 그 소년만의 발상이자 회심의 아이디어였다. 즉 '나처럼 비를 맞지 말고 서서 내가 파는 우산을 사라!'는 모종의 웅변이자 또한 메시지였던 것이다.

아니나 다를까 '머리 좋은' 그 소년의 전략은 금세 먹혀들었다. "이봐~ 꼬마야. 그 우산 얼마냐?" 천안역에서 방금 나온 승객은 그 소년을 불렀다. 소년은 쾌재를 부르며 그 손님에게 달려갔다. "5백 원인디 하나 드려유?" 다른 손님들도 어서 우산을 달라며 성화였다.

소년은 우산 열 개를 뚝딱 팔아치운 뒤 하늘을 올려다보았다. 비는 쉬 그칠 것 같지 않았다. 소년은 그래서 냉큼 달음박질을 하여 시장의 우산도매상으로 갔다. "아저씨~ 우산 열 개만 더 줘유!" 우산 도매상 아저씨는 웃으며 열 개 묶음의 우산을 건넸다. "오늘은 우산을 꽤 많이 파는구나. 벌써 세 번째나 오는 걸 보니. 그나저나 이 우산을 팔고나면 비는 갤 것 같구나. 그러니 얼른 팔거라. 그리고 강조하건대 우산은 절대로 반품이 없는겨, 알았지?" "알았슈, 지가 뭐 우산 장사를 하루 이틀 하남유?"

그날 그 소년은 우산을 무려 40개나 팔았다. 요즘말로 치자면 그야말로 '대박'인 셈이었다. 당시 우산 하나를 팔면 200원이 남았다. 그렇게 우산을 많이 판 날의 소년의 발걸음은 마치 전장에서 이기고 돌아오는 개선장군(凱旋將軍)과도 같았다. '오늘은 돈도 많이 벌었으니 아부지께 고기라도 좀 사다드려?'

소년은 푸줏간에 들러 돼지고기를 한 근 샀다. 이어 날망(마루=등성이를 이루는 지붕이나 산 따위의 꼭대기의 충청도 방언)을 넘으니 조그만 구멍가게가 눈에 들어왔다. 거기에 들러선 아버지가 좋아하시는 소주도 한 병을 샀다. 이윽고 집에 들어서니 아버지는 연약하고 부실한 건강 탓에 퀭한 눈길로 돈을 벌고 들어서는 아들을 물끄러미 바라보셨다. "지금 오는겨? 근디 비는 왜 그러키 쫄딱 맞은겨?" 소년은 그 질문엔 응답도 않고 다만 잠시 전에 사서 옆구리에 끼고 온 신문지에 싸인 돼지고기와 소주를 내밀었다. 아버지의 입은 금세 귀에 가 붙었다. "고맙다. 넌 역시 효자여~!"

여기서 말하는 소년은 내 지난날의 모습이다. 열 세 살이면 지금의 초등학교 6학년이다. 하지만 그때 나는 먹고살아야 한다는 절대적 명제와 어떤 명령에 의거하여 돈을 벌어야만 했다. 아버지는 진즉부터 돈을 벌어 이 아들을 먹이고 가르쳐야 당연한 가장으로서의 책무마저 버린 상태였다. 그로 말미암아 나는 5학년 2학기부터는 학교에 가는 날보다는 못 가는 날이 더 많았다. 어떤 때는 아예 일주일에 하루 등교하기에도 벅찼다.

그럼에도 불구하고 담임선생님이 나를 제적처분하지 않은 건 다음의 이유가 아닐까 싶다. 즉 공부를 반에서 1~2등 하는 외에도 학급회장이란 감투와 소년가장이란 측은함, 그리고 어떤 의리가 그 토양을 이룬 덕분이라는. 4학년 때부터 6학년 때까지 3년 연속 학급회장이 되었던 것 또한 그 담임선생님의 배려였다.

그러나 결국 나는 중학교에 갈 수 없었다. 중학교의 입학금조차 없었던 그 즈음의 내 처지는 그야말로 세탁기 안의 인형처럼 마구 내동댕이쳐진 신세였기에 하는 수 없었다. 어쨌든 비는 참 고마운 손님이다. 가뭄으로 인해 농사를 지을 수 없는 농부에겐 효자보다 더하다. 도시에 산적했던 각종 쓰레기들도 채찍비가 한바탕 쏟아지고 나면 모두 흘러가 흔적도 안 보여 깨끗하다. 비는 비단 이런 국면에만 해당되지 않는다. 비가 오는 날에 먹는 부침개와 막걸리는 더 이상 말이 필요 없는 진수성찬이다. 칼국수 집과 커피숍의 매출도 덩달아 오른다. 집에선 호박과 감자까지 넣은 수제비 타령을 하는 아이들의 성화에 엄마의 손길도 바빠진다. 중국집에서는 역시 얼큰한 짬뽕의 매출이 급증한다.

나에겐 은인(恩人)이 많다. 비도 은인 중 하나이다. 비는 그 어렵던 시절, 나와 홀아버지까지 먹고 살 수 있도록 돈을 벌게 해 준 너무나 감사한 하늘이 준 선물이었다. 비는 또한 뜨겁고 짜증까지 나던 일상을 시원하게 씻어준다. 사람은 의리(義理)와 더불어 예의(禮儀)까지를 알아야 한다. 지금도 웬만한 비는 피하지 않고 맞는 건 바로 비에 대한 예의, 그리고 의리 때문이다.

부부도 의리다

    지금 살고 있는 곳은 허름한 싸구려 빌라다. 내가 사는 3층 빌라의 한 동(棟)은 나를 포함해 모두 여섯 가구가 입주해 있다. 작년 여름에 이사를 하였는데 그 이유는 아내가 허리에 이어 어깨수술까지 받았기 때문이다. 두 번의 수술 뒤 반쪽이 된 아내의 처참한 모습은 정말이지 보기만 해도 가엽다못해 눈물까지 나게 만들었다.

    작년까지 이사 전에 살았던 집은 독채였는데 약 11년을 거주했다. 그러나 주방의 턱이 깊어(약 20cm) 그 턱이 수술 뒤의 아내에겐 금세 장애물로 대두되었다. 몸 안에 쇠붙이가 들어간 허리수술을 하게 되면 내딛는 발걸음 하나에도 촉각을 곤두세워야 한다. 그러하거늘 하물며 주부가 만날 무시로 들락거려야 하는 곳이 바로 주방이다. 근데 오래된 누옥(陋屋)답게 그처럼 턱이 깊은 까닭으로 말미암아 거기로 들어서선 라면조차 하나 제대로 끓여 먹을 수 없었던 것이다.

    집주인에게 집을 비우겠다고 말한 뒤 이사하기 전까지 아내의 수발을 들기 시작했다. 평평한 거실에 임시로 식탁을 만들었다. 그리곤 아침에 출근하면서 아내가 먹을 국이나 찌개, 그리고 반찬 등을 식탁에 가지런히 비치했다. 전기밥통도 마찬가지로 아내가 주걱으로 푸기 쉽게끔 식탁 위에 올렸다. 새벽동자가 되어 꼭두새벽부터 일어나 밥을 짓고 반찬까지 만드는 것 또한 모두가 내 몫이었다.

퇴근해서는 더 바빴다. 아내의 저녁상차림 봐주기에서부터 설거지와 청소, 빨래까지 하자면 사람이 하나 더 필요할 정도였으니까. 더욱이 주간근무와 야근이 항상 바뀌는 근무 매뉴얼 때문에 그처럼 아내의 바라지를 하면서 일하자니 언제나 만성피로를 벗어날 수 없었다. 하지만 어쩔 것인가. 파리한 모습의 노랑꽃 아낙이 되어 사흘에 피죽 한 그릇도 못 얻어먹은 듯 회목(손목이나 발목의 잘록한 부분)조차 툭 치면 금세 댕가당 부러질 듯한 이가 바로 나의 조강지처요 또한 두 아이의 엄마였음에.

그렇게 석 달 가까이 그야말로 악전고투를 한 끝에 마침내 집이 나가서 이사를 할 수 있었다. 이사는 아내를 고려하여 1층의 빌라로, 또한 이전의 집과 달리 턱이 없는 집으로 골랐다. 덕분에 지금은 내가 밥과 반찬을 안 해도 된다.

의리의 아이콘으로 떠오른 배우가 김보성 씨다. 의리(義理)는 사람으로서 마땅히 지켜야 할 도리로 사람과의 관계에서 지켜야 할 바른 도리까지를 의미한다. 이런 맥락에서 나는 "부부도 의리다"라는 주장을 펴고 싶다. 아내와 나는 올해로 34년 째 부부의 관계를 이어가고 있다. 말이 좋아 34년이지 그동안 살면서 경험한 숱한 반목과 상충, 그리고 이런저런 파열음 따위들은 어처구니 그 이상이다.

그럼에도 불구하고 지금껏 잘 살고 있는 이유는 아이들에게 본(本)을 보여 주고자 함에서 기인했다고 해도 과언이 아니다. '빈천지교불가망' (貧賤之交不可忘)이라는 고사성어가 있다. 이는 곧 가난하고 어려운 때 사귄 친구는 언제까지나 잊어선 안 된다는 의미이다. 마치 조강지처를 버려서는 안 된다는 경구(警句)처럼 마음을 두드리는 말이 아닐 수 없다. 나 역시도 친구가 적지 않아 자주 교류하고 있다.

하지만 친구 중에는 반드시 못된 친구도 한 둘쯤은 실재하기 마련이다. 그런 친구는 자신의 에고와 목적을 추구하기 위해 친구들을 못된 짓과 행동 따위에 끌어들이기 십상이다. 그러나 좋은 친구는 그렇지 않다. 좋은 친구는 친구의 좋은 일에는 기쁨을 보태주고 나쁜 일은 반분 (半分)하여 나눠 갖기 때문이다. 이런 관점에서만 봐도 아내는 역시나 가장 좋은 친구라고 볼 수 있다. 아울러 부동의 굳건한 '의리'까지를 갖추고 있음은 당연지사다.

아내는 나와 살면서 몇 번이나 야반도주를 도모했다고 후일 이실직고한 바 있다. 도무지 앞이 보이지 않는 빈곤의 수레바퀴 행군과 매달 쪼들리는 생활고 따위로 인해 평생을 같이 할 마음이 그만 연기처럼 사라져서 그랬단다. "근데 왜 안 도망갔어?" "첫 번째는 아들이 눈에 밟혀서였고, 다음으론 눈이 삐어 당신을 선택한 내가 책임질 일이었기에 그만 포기했지. 그런 결심은 딸을 낳고서 더 확고하게 굳어졌던 거고."

그렇다면 이쯤에서 중간결산(?)을 한번 해 볼 필요성이 대두된다. 그러니까 우리 마누라가 달아나지 않은 것은 결국 두 아이들 때문이란 셈법이 쉬 도출되는 것이다. 그러니 내 어찌 우리 아이들을 황금처럼 귀하게 여기지 않을 도리가 있었으랴! 내가 '아빠'란 완장을 차기 전까지는 아버지와 어머니 원망을 참 많이 했다. '난 대체 전생에 무슨 죄를 그렇게나 많이 지었다고 이렇듯 험난하게 태어났을까?'라고 말이다.

그러나 아이들이 잘 되고 제 스스로 뭐든 척척 해나가는 모습을 보면서 되레 이제는 나를 삶의 험지에 몰아넣은 부모님이 고맙다는 생각으로 치환코자 노력 중이다. 가난했기 때문에 중학교조차 갈 수 없었다. 그러나 소년가장으로 돈을 벌면서 이 풍진 세상을 악착스레 살아나가는 방법을 배웠다. 가난해서 내가 못 배운 공부였기에 자식은 무슨 일이 있어도 반드시 가르쳐야 한다는 것이 요지부동의 절대적 명제(命題)였다. 눈물 젖은 빵을 원 없이 먹어봤기에 돈의 소중함도 진즉 알았다. 지금도 그렇지만 나는 점심을 사먹더라도(그 또한 어쩌다) 스스로 정한 마지노선이 있다. 그건 바로 점심 값은 5천 원을 넘기지 말자는 것이다. 따라서 그에 맞춰 먹자면 비교적 가격이 착한 짜장면 내지 짬뽕이 주로 식탁에 오를 수밖에 없다. 그런데 발품을 팔아 찾아가 먹지 않고 요즘 광고가 한창인 특정 브랜드의 짬뽕 전문점에 갔다간 낭패를 볼 수도 있기에 조심해야 한다. "아무리 고물가시대라곤 하지만 세상에 짬뽕 한 그릇에 9천 원이 뭐니? 우리 같은 서민은 그럴 돈 없다!"

하여간 아내가 의리를 지켜 나와 '살아준 것은' 참으로 고마운 일이다. 덕분에 두 아이들도 잘 자라주었고 나 또한 세상의 온갖 풍파와 해미(바다 위에 낀 아주 짙은 안개)까지를 견디면서 내공이 쌓였으니까. 30년 이상을 살아왔으되 가난한 서민답게 우리 부부는 여태 제주도에도 못 가봤다. 해마다 봄이 오면 상춘객들로 전국이 붐빈다. 한데 그 또한 마찬가지여서 아내와는 꽃구경 한 번을 제대로 못했다.

그럼에도 불구하고 이를 투정 한 번 부리지 않는 아내이니 내 어찌 미안하지 않을 도리가 있겠는가! 이는 그만큼 신산한 이 세상을 살아오기가 팍팍했다는 방증임과 동시에 두 아이가 잘 되기만을 오매불망의 심정으로 일로매진했다는 의미도 성립된다 하겠다.

다만 '천만다행'으로 지난 참여정부 시절, 객원기자 개념으로 참여한 국정넷포터 활동 당시 포상 차원에서 나에게도 금강산 여행의 기회가 주어졌다. 그 티켓을 아내에게 주었다. 덕분에 금강산을 다녀온 아내의 당시 사진은 지금도 늠름하게 앨범 안에서 큰소리치고 있다. 아내와는 앞으로도 의리를 앞세우며 더 잘 살고 볼 일이다.

이 책이 발간되고 나면 아내와 어디로든 여행을 떠나고 싶다. 같은 침대에 누워 이 책을 펼쳐보면서 지난 세월을 반추하리라. 그리곤 이렇게 큰소리치고자 한다. "여보, 그동안 고생만 시켜서 정말 미안해! 3년 뒤엔 나도 환갑이네. 그땐 우리도 크루즈 타고 폼 나게 외국 한번 돌자. 거긴 탑승하자마자 안락한 침대가 있는 객실도 준다더라. 다 내가 해줄게. 또 뻥치지 말라고? 근데 이번엔 결코 뻥 아녀!"(하지만 이런 약속 역시 책이 많이 팔리지 않으면 다시금 공염불이 될 공산이 농후하니 내심으론 솔직히 걱정이다.)

난 네게 반했어

얼마 전 아내와 모처럼 보문산을 찾았다. 대전 도심의 휴식처인 보문산은 오르는 길이 다양하다. 우린 주로 충무체육관 오거리를 통하여 오른다. 802번 시내버스를 타면 종점이 보문산 중턱이라서 접근성도 좋다. 그 보문산 초입으론 보리밥 전문식당이 즐비하다. 거기서 보리 비빔밥을 먹고 내려오던 중 예전에 자주 갔던 다방이 눈에 들어왔다. 쌍화차를 굳이 '약차(藥茶)'라고 바득바득 우겨서 파는 찻집. 지금은 타계하셨지만 고향이 북한의 평양이라던 할머니가 주인이었던 다방이다.

"우리 저기서 약차 한 잔씩 마시고 갈까?" 고개를 주억거리는 아내의 손을 잡고 그 다방으로 갔다. 하지만 문이 빼꼼 열려져 있는 그 다방 입구에 붙은 가격표를 보곤 금세 발이 땅에 붙고 말았다. 〈약차 3,000원〉 와~ 많이도 올랐네! 그전엔 불과 1천 원이면 마실 수 있었거늘. 따라서 자린고비 아내는 그 비싼 값을 치르면서까지 차를 마실 사람이 아니었다. 결코!

우린 그 다방을 들어가지도 않고 돌아섰다. 그 다방의 예전 주인 할머니 고향이 평양이란 걸 인지한 건 어느 날 찾은 그 다방에서의 환담 덕분이었다. 당시 향기마저 그윽한 약차는 고작 한 잔에 1천 원을 받았다.

그도 부족하여 잘 삶은 달걀까지 서비스로 하나씩을 덤으로 주시는 바람에 그 다방의 단골은 나 말고도 득시글했다.

어느 해였던가…… 그날도 보문산에 올랐다 하산하는 길에 그 다방에 들렀다. 그랬더니 마침맞게 그 다방에 설치된 TV에서는 금강산 온정각에서 열리고 있는 제15차 남북 이산가족 상봉행사 장면이 보도되고 있었다. 그러자 그 방송의 시청에 몰입된 할머니께서는 손님이 들고 나는 것엔 아예 관심조차 두지 않으시곤 눈물이 그렁그렁하여 경황이 없으셨다.

순간 얼마 전 그 할머니의 고향이 평양이고 아울러 한국전쟁(6.25) 중이던 지난 1951년의 1·4 후퇴 때 고향을 떠나 피난을 오셨다는 그분의 말씀이 떠올랐다. 동시에 깊이를 알 수 없는 동병상련의 슬픔이 폐부 깊숙이 파고들었다. 고향(故鄕)은 누구라도 죽을 때까지 결코 잊을 수 없는 노스탤지어(nostalgia)의 최대치다. 따라서 강제적으로 고향을 떠나지 않으면 안 되었던 이들에게 있어 고향은 고행(苦行)의 정점으로 각인되기 마련이다.

하여간 지금의 다방 주인은 거기서 차를 나르는 아줌마였다. 당시 주인 다방 할머니께선 연세가 팔순이 넘었는데도 적이 정정하셨다. "할머니~ 제가 낼 테니 할머니도 차 한 잔 하세요." 그러자 그 할머니께선 특유의 너스레와 유머가 섞인 농을 하셨다. "뭬야? 내레(나는) 할망구가 아니라 아줌마란 말이야, 평양아줌마!" 순간 언제나 늙지 않는 젊은 아줌마로만 살고 싶어 하시는 게 그 할머니 특유의 긍정적 인생관이지 싶어 웃음이 터졌다.

그러나 가는 세월은 잡을 수 없고 오는 세월 역시 막을 수 없는 것이 나약한 인생의 한계인 것은 어쩔 수 없는 운명이다. "죽기 전에 통일이 돼야 고향도 보고 두고 온 일가붙이들도 찾아볼 텐데……" 그렇게 말씀하셨던 할머니였거늘. 하지만 그로부터 약 두어 달 뒤 그 다방을 다시 찾았으나 그 할머니는 안 보이고 주인마저 바뀌어져 있었다. "할머니께서 돌아가셔서 제가 인수했어요."라던 새 여주인의 말에서 평양 할머니, 아니 '평양 아줌마'는 끝내 고향을 보지 못 하고 눈을 감으셨으니 그 얼마나 통한의 눈물을 흘리셨을까 싶어 새삼 그 할머니의 자리가 더 커 보였다.

"이 좋은 차를, 더군다나 커다란 달걀까지 주시면서 겨우 1천 원밖에 안 받으시는 이유가 뭡니까? 이러고도 다방 운영이 되나요?"라는 나의 질문에 "요산요수(樂山樂水)라는 말도 있듯 산을 좋아하는 사람 치고 악인이 없디. 내가 꼭두새벽부터 다방 문을 여는 건 돈을 벌자고 하는 기 아니야. 산에 왔는데 차 한 잔이라도 맘 놓고 쉽사리 마실 수 있는 다방이 하나쯤은 있어야 되겠다 싶어서리 낸 거이디. 알간?"이라던 할머니……

나훈아의 노래 중에 〈평양아줌마〉라는 것이 있다. 근데 그 노래에서 '하루에도 열두 번씩 그리운 고향…… 엎어지면 코 닿을 듯 가까운 고향…… 아~ 아~ 오마니 아바지~ 불러보는 평양 아줌마'라는 구절에 이르면 누구라도 물씬한 눈물과 조우하기 마련이다. 죽을 때 웃는 사람이 진짜 행복한 사람이라고 했다. 그러나 평양 할머니는 분명 웃지 못하고 돌아가셨을 것이었다. 그래서 많이 안타깝다. 두고 온 고향이 못내 눈에 밟혀서…… 북한의 일가붙이들 또한 여전히 결코 망각의 강에 묻을 수 없는 그리움이 여전했을 것임에.

새삼 그 할머니가 보고 싶다. 참여정부 시절, 노무현 대통령이 김대중 전 대통령에 이어 7년 만에 평양을 방문했다. 그 즈음 나는 현 문화관광체육부의 전신인 국정홍보처의 국정넷포터로 활약했다. 그 결과 우수한 활동과 성적을 보였다며 금강산 공짜여행 티켓이 날아왔다. "저 대신 아내가 가면 안 될까요?" 그래도 된다고 했다.

쾌재를 부른 나는 아내를 강원도로 보내 금강산으로 가는 배를 타도록 했다. "북한서 예쁘다며 나를 구금하면 어쩌지?"라며 짐짓 농담까지 할 줄 알았던 아내는 2박 3일의 일정을 잘 마치고 돌아왔다. 카메라에 저장된 사진 중에는 아내의 등 뒤로 아내를 바라보는 북한군인도 있었다. "여보 여보~ 이 군인 있잖아!" "이 군인이 왜?" 갑자기 아내의 입에서 수다의 자동소총 자물쇠가 풀렸다. 그리곤 꺽진 아내의 자화자찬이 이어졌다.

금강산을 배경으로 한 아내의 모습

아내가 금강산을 내려와 쉬는 중이었단다. 다가온 북한 병사 한 사람이 묻더란다. "아줌마 동무레 자연미인입네까, 아님 성형미인입네까?" 이에 아내는 의기양양하여 이렇게 답했단다. "저는 얼굴에 칼 한 번 안 댔다구요!" 그러자 그 북한군은 연신 아내가 곱다면서 부러워하더라나 뭐라나. 그 말에 나는 박장대소를 금할 수 없었다. 하지만 아내가 예쁘다는 주장엔 쉬 동의했다. 하긴 뭐 내 눈이 뭐 보통 눈이었던가. 그러니 당신 같이 곱디고운 여자를 내 배필(配匹)로 삼은 것이었지.

이명박 정권으로 바뀌면서 금강산에 갔던 박왕자 씨가 북한군에 의해 피격되는 사건이 벌어졌다. 이로 인해 남북관계는 급랭되었고 예상했던 대로 금강산으로 가는 통로마저 봉쇄되었다. 때문에 지금도 아내는 금강산 여행 당시의 사진을 보노라면 이렇게 말하곤 하는 것이다. "그때 당신 덕분에 여길 안 갔더라면 내 평생엔 죽어도 못 갔을 껴!"

─누구의 주제런가~ 맑고 고운 산 그리운 만 이천 봉~ 말은 없어도 이제야 자유 만민 옷깃 여미며~ 그 이름 다시 부를 우리 금강산~ 수수만 년 아름다운 산 떠나간 지 얼마나~ 오늘에야 찾을 날 왔나 금강산은 부른다. 가곡 〈그리운 금강산〉에 등장하는 가사이다.

현 박근혜 정권에서도 남북관계는 여전히 한랭전선의 지속이다.(지난 10월엔 잠시 해빙되었다지만) 제아무리 천하절경의 금강산이라 한들 나 또한 죽기 전에 과연 여길 갈 수 있을까……라는 생각은 여전히 견고한 의문의 자물쇠가 아닐 수 없다. 여하튼 남북이 어서 해빙되어 이산가족이 상봉하길 바란다. 더불어 막혔던 금강산 여행도 자유화된다면 금상첨화겠다.

작년에 수술을 받느라 아내가 병원에 보름여 입원했었다. 그래서 병원에 간 김에 한 번은 그 병원의 암 병동에 가본 적이 있다. 그러자 그 병동에선 하루에도 몇 번씩이나 생사의 길목이 열렸다 닫혔다 하는 걸 목도할 수 있었다.

따지고 보면 사람의 운명이란 건 불과 한 치 앞조차 가늠하기 어렵다. 따라서 언제든 떠날 수밖에 없는 인생길이기 때문에 기왕이면 다홍치마랬다고 생전엔 무조건 행복하고 즐겁게 살아야한다는 당위성이 당연히 요구된다. 그렇지만 말이 쉬워 그렇지 막상 마치 모둠밥처럼 푸짐한 삶을 사는 이는 정작 몇이나 될까? 어쨌든 "넌 내게 반했어~ 화려한 조명 속에 빛나고 있는~ 넌 내게 반했어~"라고 시작하는 〈넌 내게 반했어〉라는 노래가 있다. 나는 이를 차용하여 이렇게 표현코자 한다. '난 네게 반했어.' 내가 반한 '너'는 바로 아내다.

사람은 누구라도 황금 시절이 있게 마련이다. 나의 최초 황금 시절은 10대 후반 때 호텔리어로 일했을 때다. 근무 특성상 늘 정장 차림에 멋진 넥타이와 준수한 외모에 반한 처자들은 내게 잇따라 러브콜을 보냈다. 그러나 '트럭으로 한가득'이나 되던 그들을 모두 내팽개치고 유일하게 나의 낙점을 받은 처자가 하나 있었으니 그녀가 바로 지금의 아내다.

다만 유감인 건 아내는 정작 그 사실을 도통 인정하려 하지 않는다는 사실이다. "제발 뻥 좀 그만 쳐." 그럼에도 불구하고 나의 강변은 여전하다. "나는 정말이지 당신만을 사랑한다고~!"

아이유처럼 귀엽지도, 그렇다고 싸이의 '강남스타일'에 나왔던 현아처럼 섹시하지도 않은 고작 늙은 몸틀과도 같은 내 마누라. 하지만 나는 아내를 여전히 사랑한다. 사람이 감사와 은혜를 모르면 짐승과 무엇이 다르랴?

경비원이란 직업

　지금 근무 중인 곳의 야근과 경비원으로 입사하여 최초로 일했던 직장의 야근은 그야말로 천양지차의 간극을 여지없이 드러냈다. 어떤 차이가 있었는지를 설명하자면 처음 근무지의 야근 형태부터 밝히는 게 순서이겠다. 당시 경비원으로 입사하여 처음 일했던 직장에서의 야근의 경우, 근무 형태는 본관 입구에 있는 별관 형태의 경비실과 본관 건물의 1층에 위치한 당직실로 양분하여 근무했다. 그때는 모두 8명이 2인 1조로 일했는데 나 같은 경비원의 경우엔 하루는 주간, 이튿날은 야근이며 야근을 마친 당일은 휴일이었다.

　주간의 경우엔 10시간을, 야간에는 지금과 별반 다름없이 14시간을 근무했다. 야근한 다음 날은 휴무니까 이를 정확히 따지자면 하루에 8시간을 일하는 셈이었다. 근데 처음에 이 일을 시작할 때는 정말 힘들었다! 그도 그럴 것이 전혀 경험이 없었기 때문이었는데 따라서 솔직히 하루에도 몇 번씩이나 그만두고픈 맘이 무시로 고개를 틀곤 했다. 그렇다면 힘들게 들어온 직장이거늘 왜 그런 생각을 지니게 되었을까?

2011년 연말 서류심사와 면접까지 통과하고 나자, 2012년 1월1일부터 근무하라는 직장 상사의 명령이 떨어졌다. 내가 그 직장에 경비원으로 입사할 수 있었던 건 전임자가 정년이 되어 퇴직하여 공석(空席)이 생긴 것이 계기가 되었다. 설레는 맘을 안고 출근하여 같이 일하게 될 분께 공손하게 인사를 드렸다. "아무 것도 모르니 잘 좀 부탁드립니다~" 회사에서 준 와이셔츠를 입고 빨간색 물방울 무늬의 넥타이를 맸다. 이어 지급된 구두까지 신고 나서 탈의실에 설치된 거울을 보았다.

그랬더니 영락없이 경비원으로 환골탈태되어 있는 나 자신이 보였다. 거울을 보며 마음을 다잡았다. '이제부터 나는 새로이 태어나는 거다. 과거는 모두 잊고 현재의 직분에 최선을 다하자!' 그런데 회사에서 준 구두가 안 맞았다. 대책 없이 큰 바람에 나이롱 양말을 신은 나의 두 발이 자꾸만 그 큰 구두 안에서 겉돌았다. 내 몸은 내가 잘 아는 법이다. 이러다가 자칫 잘못하면 발이 삘 것만 같았다. 아니나 다를까…… 그러한 불길한 예감은 적중했다. 밤 11시가 가까워오자 업무 파트너 되는 분(짝꿍)이 건물 외곽의 순찰을 돌고 오라고 '지시'했다. "네, 알겠습니다!" 순찰시계와 손전등을 들고 부랴부랴 순찰을 돌던 중에 그만 때마침 쏟아진 눈길에 와락 미끄러지고 말았다. 당장에 발에서 통증이 느껴졌다.

하는 수 없어 쉬는 이튿날 단골한의원에 가 침을 맞았다. 그러나 통증은 쉬 가라앉지 않았다. 다음날은 주간근무였기에 경비실로 나가 오전 7시 반부터 매서운 칼바람을 맞으며 의전행사에 들어갔다. 파트너와 30분 간격으로 하는 의전은 출근하는 직원들에게 거수경례를 하는 것으로부터 시작했다.

이 같은 현상은 경비원 생활 4년째인 지금도 불변하다. 먼저 차량을 운전하여 출근하는 직원과 눈을 마주치며 인사를 한다. 그러면 손을 번쩍 들어 화답의 인사를 하는 이가 압도적으로 많(았)다.

다음으론 내가 인사를 하거나말거나 거의 신경을 쓰지 않는 이도 없지 않다. 그런데 그럴 때면 솔직히 아침부터 인사를 받으면 기분이 좋아지는 것이 인지상정이거늘 저 사람은 왜 저처럼 퉁명스러울까 라는 생각에 야속함을 금하기 어렵다는 게 솔직한 심정이다.

다음으론 걸어서 출근하는 직원들도 많은데 이런 경우엔 큰소리로 "안녕하십니까?" 내지는 "안녕하세요~?"라고 인사를 하며 거수와 목례 인사를 병행한다. 이 같은 인사법은 직장의 상사와 파트너에게서 이미 배운 바 있었기에 그리 어려운 일이 아니었다.

그러나 문제는 주간 일을 한 다음날에 마치 톱니바퀴처럼 맞물려 돌아가는 야근이었다. 난생 처음으로 야근을 하는 건 그렇다 치더라도 하지만 정작 밤에는 잠을 한숨도 못 자니 그게 정말이지 환장할 노릇이었다. 그렇지만 그 모든 '악조건' 또한 이겨내지 않으면 안 되었다. 하기야 화재의 예방 외에도 도둑을 막는다는 직업이 '경비원'이거늘 어찌 밤에 편한 잠을 자길 원할 수 있겠는가? 그럴 거면 경비원 관두고 낮에 일하고 밤엔 푹 잘 수 있는 여건을 지닌 직장을 알아봐야지!

그래서 말인데 나는 그처럼 주경야침(晝耕夜寢)의 직장은 지난 30년 동안 원 없이 해 봤다. 따라서 이제 살날이 살아온 날보다 현저히 적어진 중년의 중턱에 서 있는 나의 처지에서 이렇게 긍정적으로 마인드를 치환하고자 노력했다. '즉 밤에 잠을 좀 못 잔다고 해서 그리 탈이 날 것도 아니다. 기실 따지고 보면 나는 예전부터 잠도 별로 제대로 잘 수 없었던 실로 가파른 가시밭길 점철의 인생이 아니었던가?' 여하간 그렇게 힘들었던 현재의 경비원 일도 4년 차 경력의 짬밥을 먹어가고 있는 지금에 와서 돌이켜보면 별것 아니다. 그래서 사람은 환경의 동물이라 했던가 보다.

경비원으로 처음 근무했던 직장에서의 가장 큰 불만은 짝꿍의 나를 향한 안하무인과(眼下無人)과 방약무인(傍若無人) 때문이었다. 나보다 겨우 두 살 더 먹었다는 선배라기에 정중한 예의를 갖췄으나 그는 오히려 그런 나를 몹시도 얕봤다. 툭하면 무시하고 머리가 나쁘다며 흉도 보기 일쑤였다. 성질 같아선 당장에라도 두들겨 패고 그만두고픈 맘이 무시로 출렁거렸다. 그 험하다는 천안역전에서 구두닦이까지 해 본 나였거늘 별것도 아닌 그에게 무시당한다는 게 견딜 수 없었다. 거기서 나는 새로이 배웠다. 경비원이란 직업은 경비라는 본업보다 실은 파트너를 잘못 만나면 정말로 힘들다는 사실을.

참다못한 나는 결국 그와 정면충돌했다. "나 그만둘 테니 다른 사람하고 일하쇼." 직장상사는 짝꿍을 바꿔주었지만 그와 만나야 하는 교대 시간이 되면 흡사 도살장에 끌려가는 소의 심정과도 같았다. 천만다행으로 그로부터 얼마 안 되어 지금의 근무지로 이동할 수 있어 얼마나 고마웠는지 모른다! 지금의 자리로 이동시켜 주신 장인성 부장님, 정말 고마웠습니다!

아파트가 아닌 나처럼 회사 소속 경비원의 평일 주간근무는 비교적 쉬운 편이다. 왜냐면 같이 근무하는 직속상관이 있어 모든 업무를 컨트롤하는 까닭이다. 그러나 주말과 휴일이 되는 경우엔 상관이 휴일이어서 출근을 안 하기 때문에 더욱 신경을 써 근무에 임해야 한다는 부담이 있다. 물론 그런 날엔 의전이 생략되고 안내데스크에서 근무를 하니까 육체적 피로도는 훨씬 경감된다는 장점도 있긴 하지만.

이와는 별개로 지난 해 여름, 아침의 일이다. 평소처럼 파란색 경비원 근무복(와이셔츠 형태)을 입고 버스정류장으로 나갔다. 첫 발차의 시내버스는 항상 5시 40분에 출발한다. 버스 도착 안내 전광판을 보니 그 차가 도착하려면 약 5분이 남은 상황이었다.

저만치서 서 있던 내 또래의 생면부지 남자가 기차처럼 달려왔다. 그러더니 숨 쉴 틈도 없이 하는 말이 어안을 벙벙하게 했다. "아저씨, 경비지유? 실은 나도 아파트 경비 일을 하는디 곧 그만두게 됐슈, 그래서 그러는디 아저씨 일하는 디서 사람 뽑으면 소개 좀 해 주셨음 해서유."

그 사람의 말에 버스정류장에 있던 사람들의 눈과 귀가 모두 나에게 화살로 꽂혔다. 순간 창피함이 봄날 벚꽃 떨어지듯 난분분했다. 그래서 냉큼 거짓말을 둘러댔다. "난 경비 아닌데요." 그러자 그 사람은 미안하다면서 도착한 버스에 올라서 출발했다.

그런 상황을 겪게 되자 출근을 한 후에도 마음이 불편했다. 그래서 쉬는 시간에 직장상사에게 출근 당시의 웃지 못할 그 얘기를 꺼냈다. "원래 파란색인 우리들 근무복은 멀리서 봐도 금세 경비원으로 드러납니다. 그래서 다른 직원(동료 경비원)들은 그걸 의식하여 일부러 사복을 입고 출근하여 사무실에서 근무복으로 갈아입는 거죠." 하지만 난 그동안 귀찮아서 집에서 출근할 때 아예 파란색의 경비원 근무복을 입고 집을 나섰던 것이었다.

아무튼 그러한 '에피소드' 때문에 그 이튿날의 야근을 갈 적엔 네 개의 근무복 와이셔츠를 다리미로 잘 다린 뒤 하나의 옷걸이에 포개어 종이 백에 담았다. 물론 착용한 상의는 경비원으로 절대 안 보이게끔 위장(?)하고자 평범한 옷을 입었다.

이후 지금까지도 이러한 습관은 고착화되었다. 지난 3월 말쑥한 제복을 입은 사람을 무턱대고 믿었다가 사기 피해를 당했다는 뉴스를 접했다. 내용인즉슨 한 40대 남성이 안경원에 들어와 자신은 항공사 기장인데 방금 입국해 한화가 없다며 브라질 돈으로 계산했단다. 그리곤 거스름돈 29만 원을 받아갔는데 알고 보니 지금은 쓸 수 없는 브라질 구권 화폐를 이용한 사기였던 것이다.

사람들은 대부분 복장을 보고 사람을 판단하기 십상이다. 항공사나 경찰관 등의 복장을 하고 있으면 십중팔구 그 사람에게 신뢰의 점수를 높이 올려준다는 얘기다. 우리나라의 경비원들 제복은 파란색으로 거의 똑같다. 대부분의 직장인처럼 경비원도 그냥 하얀 와이셔츠를 입으면 안 되는 걸까? 멀리서 봐도 금세 눈에 띄는 파란색 경비원 근무복은 개인적으로 많이 유감이자 또한 불만스럽다.

: PART 4 :

태산을 넘으니 평지도 보인다

어떤 불문율(不文律)

내가 방위병으로 군복무를 마친 때는 1980년대 초반이었다. 잠시 노동을 하다가 취업하였으니 올해까지로 치자면 약 34년여가 흘렀다. 그동안 몸담았던 직장의 수는 이사를 한 것만큼이나 많다. 그러나 하나 같이 불변의 현상과 일종의 불문율(不文律)이 존재하는데 그건 바로 소위 '잘린' 적은 단 한 번도 없었다는 사실이다. '잘린다'는 것은 해고(解雇)를 의미한다. 고용주가 고용 계약을 해제하여 피고용인을 내보냄을 뜻하는 해고의 사유엔 여러 가지가 있다. 우선 경영상의 어려움으로 인해 직원을 감원하는 경우가 있을 것이다. 또 하나는 직원의 근무성적이 매우 불량하여 "내일부턴 나오지 마슈."라고 하는 케이스도 간과할 수 없다 하겠다.

최초로 입사한 회사에서 전국 최초로 최연소 소장으로 승진하고 나니 직원교육을 매일 해야 했다. 그래서 서점에 가서 성공학 시리즈 등의 책을 많이 샀다. 그걸 읽고 중요한 부분은 직원교육 때 써먹으려고 정성껏 메모했다. 그러면서 참 많은 것을 배웠는데 두 가지만 기술(記述)코자 한다.

먼저, 고객을 만나서 하지 말아야 할 이야기 세 가지는 종교와 정치, 그리고 출신지역에 대한 거론이었다. 사람이 십인십색이듯 종교도 마찬가지다. 개인적으로 종교는 가지고 있는 게 좋다는 입장이다. 이는 인간은 본디 나약하기 때문이다. 하지만 자신의 종교만 소중하게 생각하고 타인의 종교는 무시하는 이를 경멸한다. 내가 싫어하는 정치인을 그러나 타인은 좋아할 수도 있다. 때문에 정치를 거론하지 말라는 것이었다.

끝으로 지역의 문제 역시 따지고 보면 심각한 부분을 내재하고 있다. 남북으로 분단된 우리나라 국민들 최대의 어떤 아킬레스건은 특히나 선거 때면 불거지는 이른바 "우리가 남이가?"라는 첨예한 지역감정의 심화이다. 이 건(件)은 일부 정치인들이 여전히 '우려먹고' 있어 걱정이다. 다음으론 사장과 중역, 그리고 사원이 어떤 문제에 대처하는 각오가 각각 다르다는 것이다. 사장은 죽기 살기로 진짜 칼을 가지고 싸우지만 중역은 나무칼로, 사원은 고작 종이칼로 싸운다는 것이다. 회사가 부도나는 바람에 소장 노릇은 오래 할 수 없었다. 그렇긴 하지만 그 즈음부터 독서에 몰두하는 좋은 습관을 들인 것은 지금 생각해봐도 참 잘한 일이었다. 야근을 하는 오늘도 나의 곁에는 책이 방긋 웃고 있으니까.

세월처럼 빠른 건 또 없다. 나에게도 정년이 저벅저벅 다가오고 있다. 그렇지만 누구처럼 잘리는 따위로 지금의 직장을 그만 둘 일은 없을 것이리라. 내 발로 스스로 걸어 나간다면 또 몰라도. 이건 내 자존심과도 직결된 문제이기에 매우 중요하다. 그럼 어찌하였기에 30년 이상 직장생활을 하였음에도 본인의 의사와는 다르게 회사 혹은 사업주로부터 떠밀리는 형태의 소위 '잘린 적'은 없었던 것일까? 여기엔 나만의 어떤 비밀병기가 있었다.

먼저 나는 누구보다 부지런했다. 다른 직원들이 오전 9시까지 출근할 때도 나는 최소한 그들보다 한 시간 일찍 나갔다. 동아일보사에 근무 당시엔 두 시간이나 먼저 출근하는 바람에 지사장님께선 아예 사무실의 열쇠를 별도로 하나 깎아주셨다. 그렇게 일찍 나가서는 책을 보았고 글도 썼다.

글을 써서 투고와 기고를 하면 최소한 아이들의 용돈 이상은 가외로 벌었기 때문이다. 그런 부지런과 정성까지 보이는데야 감히(?) 뉘라서 나처럼 성실한 사람을 나가라고 하겠는가! 모임이 있을 때 가보면 꼭 그렇게 늦는 사람이 있다. 지각을 한다는 거다. 그러면 그 한 사람으로 말미암아 이미 와 있는 사람들은 김이 샌다. 배가 고픈데도 점심(혹은 저녁) 식사의 주문조차 하지 못 한다. 지각보다는 약속된 시간에 조금 일찍 가는 습관을 들이면 마음까지 편하고 여유롭다.

다음으로 나는 친화력이 뛰어난 축에 든다. 이는 오랜 세일즈맨 생활이 그 기반인데 친절한 인사와 미소는 기본옵션으로 구축하고 있다. 이어 술을 한 잔 얻어먹으면 반드시 두 잔을 산다는 원칙을 고수했다. 지금은 자제하고 있지만 경비원으로 일하기 전까지 세일즈맨으로 근무할 때는 달랐다. 즉 퇴사하여 나가는 직원들은 거의 모두 내가 자청해서 밥과 술을 사줬다. 사람은 끝이 좋아야한다는 어떤 의리감이 발동했기 때문이다.

아는 사람은 알겠지만 정규직이 아닌 세일즈맨들은 십 년을 근무했건 단 하루만 일하다 나가건 퇴직금이란 전무했다. 대부분의 (지)사장(들)은 그런 세일즈맨들에게 밥조차 사주지 않고 매정하게 내보냈다. 그런 모습을 계속하여 보자니 나라도 나서지 않으면 의리가 아니란 생각이 들었던 것이다. 그 덕분인지는 몰라도 과거에 한솥밥을 먹은 사람과 지금도 상당수

교분을 유지하고 있다. 부전자전의 영향 때문인지 나는 지금도 상당한 주량을 자랑한다. 근데 낮밤 안 가리고 술에 탐닉하여 함몰되면 오래 살지 못 한다. 그 지경이 되면 또한 친구와 지인들도 찾아오지 않는다. 이를 아버지 때문에 '옛날부터' 잘 아는 까닭에 나는 그렇게 마시지 않는다. 일주일에 1~2회, 길어봤자 2~3일이다.

또한 업무에 지장이 없게끔 주의하면서 술을 즐긴다. 술은 잘만 마시면 처음 보는 사람도 가장 빨리 친해지게끔 만들어주는 일등공신이다. 반면 취중진담(醉中眞談)이랬다고 회사에서 마련한 중요한 술자리에서 주사를 부리든가 업무상 기밀까지 누설하는 경우, 해고는 예정된 수순이다. 내가 푼수처럼 한 잔 얻어먹은 술을 두 잔 사는 것도 사실은 습관이다.

어려서부터 험악한 곳에서 소년가장으로 돈을 벌다보니 자연스레 소위 '건달 밥'을 먹었다. 그 '건달의 세계'에서 가장 중요한 덕목으로 친 게 바로 의리와 내가 먼저 술(밥)값내기였다. 비유가 좀 어울리진 않지만 '고선지 부지설(苦蟬之 不知雪)'이란 말이 있다. 이는 매미는 한 여름만 살다 가므로 겨울의 눈을 알지 못한다는 뜻과 아울러 사람이 경험을 하지 않으면 그만큼 지혜가 부족하다는 의미다. 이를 굳이 차용하는 건, 나와는 반대로 두 잔의 술을 얻어먹었음에도 다만 한 잔의 술조차 아까워 안 사는 사람도 실은 지천이란 사실 때문이다.

술을 좋아하다보니 글이 잠시 술의 꼬드김 샛길로 흘렀다. 다음의 직장에서의 장수 노하우는 정직(正直)이다. 지각을 하는 사람이 늘 지각의 틀을 좀처럼 깨지 못하듯 정직하지 못 하고 툭하면 거짓말만 하는 사람은 주변으로부터도 신망을 잃게 마련이다. 알베르 까뮈는 일찍이 "정직을 잃은 자는 더 이상 잃을 것이 없다"라고 일갈했는데 지극히 옳은 말이 아닐 수 없다. 셰익스피어도 "정직만큼 풍부한 재산은 없다"고 했다. 정직은 또한 약속(約束)과 그 궤(軌)를 같이 한다. 약속을 잃은 사람은 더 이상 잃을 것이 없다는 게 개인적 생각이다.

약속 얘기가 나온 김에 아내를 새삼 칭찬하지 않을 수 없다. 아내와 연애하던 시절, 하루는 우리가 늘 가던 다방에 와서 나를 기다리고 있다는 전화가 왔다. 하지만 그날따라 일이 산처럼 많아서 그 일을 마치기 전까지는 꼼짝을 할 수 없었다. "안 와?" "가야지! 근데 일이 많아서 그러니 조금만 더 기다려."

그렇게 전화를 주고받은 지 몇 시간이 지나서야 다방으로 헐레벌떡 뛰어갈 수 있었다. 그러면서도 혹시 애인이 뿔나서 돌아갔으면 어쩌나 싶어 얼마나 간을 졸였는지 모른다. 그러나 그녀는 요지부동으로 나를 기다리고 있었다. 나는 그녀가 너무 예뻐서 와락 껴안았다. "여태 안 가서 정말 고마워~!!"

끝으로 회사든 직장이든 현재 속한 곳의 일터는 영원한 곳이 아니란 걸 알아야 한다. 감탄고토(甘吞苦吐)의 비정한 강물이 철철 흐르는 직장은 따지고 보면 밀림의 약육강식(弱肉强食)과 다름없다. 따라서 나 자신이 강하지 않으면 죽을 수밖에 없다. 직장에서 살아남으려면 시종일관 프로정신으로 일하고 버텨야 했다. 때에 따라선 간과 쓸개까지 떼어내야 옳았다. 그렇게 치열하게 앞만 보며 뛴다손 쳐도 결국엔 회자정리(會者定離)의 날을 맞게 된다. 그 날이 현재의 직장에선 '정년퇴직'이라고 본다. 같이 일했던 누구라도 후일 정년을 맞아 일을 그만두더라도 이따금 전화를 하여 나와 대포라도 한 잔 나누자고 한다면 고맙겠다. 그렇다면 나는 지금껏 인생을 허투루 산 것은 아닐 테니까.

대한민국은 이상한 나라

몇 해 전 숙모님께서 운명(殞命)하셨다. 말이 숙모(叔母)님, 즉 작은어머니였지 실은 나로선 생모(生母)와 다름없는 분이셨다. 숙부님께선 내가 그야말로 핏덩이였을 때 나와 나의 아버지, 즉 형님을 버리고 떠난 형수님을 대신하여 당신의 집으로 나를 데리고 가셨다. 그리곤 상당기간 친아들 이상의 보살핌과 정성으로 길러주셨다.

모두가 아는 바와 같이 고전 『심청전』의 주인공인 '엄마 없는' 심청이를 실질적으로 키운 건 귀덕어미였듯 숙모님께선 그 이상으로 나를 키워주신 분이셨다. 그러나 문제가 생겼다! 당연히 숙모님의 상(喪)을 정중히 치러야 했는데 회사에선 소위 '직계가족'이 아니라며 단 하루의 휴가조차도 허락해 주지 않았기 때문이다. 문상을 가보면 회사 차원의 조화(弔花)에서부터 심지어는 숟가락까지도 일괄 공급해 주는 직장을 수도 없이 보아 왔거늘. 어이가 없고 덩달아 부아까지 활화산으로 치솟았다. '아니 ~ 어째서 숙모님은 가족이 아니란 말인가!!'

궁여지책으로 다른 경비원과 대근(代勤)하는 조건으로 어찌어찌하여 사흘장을 치르긴 했다. 그렇지만 지금도 매달 유인물로 나눠주는 〈0월 근무표〉에 나와 있는 '공가'와 '병가', 그리고 '포상휴가'라는 항목은 전혀 효용이 없는 그야말로 허울뿐이란 생각이다. 아울러 다시금 숙모님의 기일이 도래하면 내 마음은 마치 된불에 맞은 듯 그렇게 심하게 요동친다. 숙모님께선 나를 길러주신 은공 외에도 딸이 대학에 합격한 뒤 입학금조차 없어 내가 지푸라기라도 잡는 심정으로 찾아갔을 때 상상하지 못했던 거금까지 선뜻 내주셨던 분이셨거늘…… 숙모님에 대한 감사함과 회한(悔恨)은 비단 여기에 국한되지 않는다. 숙모님께서 살아계실 때도 이 못난 조카는 용돈을 한 번조차도 드린 적이 없었으니 말이다. 뿐이던가, 세월이 더 지나서 초등학교에 들어갈 때조차도 결국엔 숙부님과 숙모님의 도움을 받아 뒤늦게나마 호적을 만들어 가까스로 입학할 수 있었으니 말이다.

평생의 은인이신 숙부, 숙모님과 함께

아버지는 그때에도 여전히 '술에 젖은' 인생을 사셨다. 그것도 매우 열심히! 다만 술을 안 드시는 때면 선비도 그런 선비가 없었다. 또한 자식의 공부에도 남다른 열의를 보이셨는데 내가 입학도 하기 전부터 천자문을 달달 쓰고 외게끔 강권하셨다는 게 이 같은 주장의 방증이다.

또한 나는 아버지께서 헌책방에서 사온 국어책으로 초등학교 1학년 과정도 이른바 '선행학습'

으로 미리 마쳤다. 아버지는 또한 툭하면 나를 자전거 뒤에 태워 시내 번화가를 돌아다니시며 여기저기에 붙은 상점의 간판 이름을 불러보라고 하셨다. 그러면 이에 선뜻 응하는 나를 대견하다는 듯 바라보셨던 아버지의 따뜻했던 시선은 지금도 그리움으로 남아있다. 아버지의 그런 보편타당한, '정상적 아들 만들기 프로젝트', 예컨대 남들처럼 다른 건 몰라도 자식의 교육만큼은 죽어도 시키겠노라는 강력한 의지와 실천이 계속하여 진행되었더라면 오죽이나 좋았을까!

하지만 그러다가도 일단 술만 드셨다 하면 180도로 돌변하는 분이 바로 아버지였다. 심지어 아들의 호적조차 안 만들어 둔 분이었으니 더 말해 무엇 하겠는가. 여하튼 우여곡절과 좌충우돌의 '호적 만들기'를 통하여 학교에 힘들게 진학하게 된 나는 반(班)이 편성된 후 정식으로 학생이 되었다. 얼마 안 되어 국어 받아쓰기 시험이 치러졌는데 시험지를 받아드니 이건 뭐 식은 죽 먹기였다. 나는 그야말로 일필휘지로 척척 답을 써냈다. 나는 유일하게 100점을 받은 우등생으로 금세 두각을 나타냈다.

담임선생님의 총애와 편애가 동시에 시작되었다. 늘 우중중한 셋집의 홀아버지 고린내까지 진동하는 집보다는 흡사 친엄마와도 같이 나를 아껴주시는 여선생님이 있는 학교가 더 좋았다. 그러나 그 꿈결과도 같았던 시간은 너무나도 짧았다. 여름방학을 마치고 2학기가 되어 등교를 하니 그 사이에 그 선생님께선 그만 다른 학교로 전근을 가신 것이 아닌가! 너무나 속이 상해 쉬는 시간에 아이들이 안 보는 화장실에 들어가 한참을 울었다. 그러나 하는 수 없는 일이었다. 나는 마음을 다잡고 다시금 면학에 정진했다.

그래서 4학년 1학기 때까지는 줄곧 반에서 1등을 계속하여 질주할 수 있었다. 그러나 2학기가 시작되자 변수가 생겼다. 그건 여학생이 하나 전학을 왔는데 공부를 보통 잘 하는 게 아니었다. 〈김태희보다 예쁜 내 딸〉에서도 거론한 바 있듯이 전학을 온 지 얼마 되지도 않았는데 떡하니 1등으로 올라서면서 나를 자신의 바로 아래인 2등으로 밀쳐내는 것이 아닌가. 궁금하기에 귀동냥으로 들으니 그 학생의 부모님은 모두 현직 교육자라고 했다. '그럼 그렇지……!' 그 아이는 태생과 신분부터가 나와는 가히 상전벽해(桑田碧海)로 달랐던 것이다.

결국 그 동창은 결국 후일 서울대를 갔다. 반면 나는 초등학교도 겨우 마치곤 삭풍이 휘몰아치는 비정한 거리로 휩쓸려 나와야 했다. 아버지의 주사(酒邪)는 내가 나이를 먹을수록 더욱 심해져만 갔다. 아버지께서 만취하여 아무 데서나 쓰러져 자고 있다는 동네 사람들의 말이 무시로 들려왔다. 처음엔 대경실색하여 냉큼 쫓아가서 모시고 오곤 했다. 그러나 나도 점차 머리통이 굵어지자 그 또한 창피하여 더는 못 할 짓이란 생각이 드는 것이었다. 사람들 보기에도 부끄러워 더 이상은 술에 함몰돼 있는 아버지를 모시고 올 생각이 조금도 들지 않았던 것이다.

그렇긴 하더라도 어쨌거나 세상에 단 한 분뿐인 아버지였기에 아버지가 쓰러져 있다는 곳을 계속하여 안 가 본 건 아니었다. 그러나 '혹시나?'는 언제나 그렇게 '역시나!'로 귀결되었다. 봉두난발(蓬頭亂髮)의 몰골에 더하여 정신없이 코를 골고 있는 아버지를 보자면 겨우 생성되었던 부자(父子)간의 정리(情理)조차 저 멀리 십 리 밖으로 줄행랑을 놓기 일쑤였다. 그러한 아버지를 보자면 한숨이 절로 나면서 하늘을 올려다보았다. 그러면 다시금 어머니는 차가운 으스름달로, 그리고 살가운 숙부님은 밝은 보름달로 교차했다.

올 초엔 독감으로 인해 얼추 사경까지 헤매었다. 주사를 맞고 약까지 먹어봤으나 무용지물이었다. 침대에 누우면 내 몸이 마치 천길만길 낭떠러지로 함몰되는 느낌이 들 정도로 너무 아팠다! 그러나 '병가'는 어림없는 소리였다. 그건 번듯한 직장의 정규직에게나 타당한 얘기지 나처럼 박봉의 경비원에겐 그야말로 '어림 턱'도 없는 신기루였기 때문이다. 하는 수 없어 난생 처음 5만 원짜리 영양제를 맞으면서까지 야근을 나갔다. 그리곤 밤새 억지로 야근을 하느라 다시 죽는 줄 알았다!

작년에 직장에서 우수사원 표창을 받았다. 그렇지만 역시도 〈근무표〉에 기술돼 있는 '포상휴가'는 그림의 떡이었다. 그건 그러니까 우리들처럼 1년 단위의 계약직이 아니라 안정된 정규직, 즉 '그들만의 리그'에서만 통용되는 어떤 합법적 창구일 따름이었다. 공가와 병가, 또한 포상휴가 역시 정부에서 공식적으로 인정한 것으로 알고 있다. 그러나 이를 지키는 직장은 얼마나 되는지, 또한 그것을 제대로 알고나 있는지에 대해 묻고 싶다.

심청의 어머니는 심청이를 낳자마자 저 세상으로 떠났다. 그래서 심청이는 어려서부터 봉사인 제 아버지 심학규를 뒤세우고 동냥을 다녀야만 비로소 입에 풀칠이라도 할 수 있었다. 다른 건 모두 차치(且置)하더라도 엄마 없는 갓난아기였던 나를 키워주신 숙모님마저 가족이 아니라서 그 장례식에 공식적으로 보내줄 수 없다는 이 황당하고 기까지 막힌 대한민국의 해당 법이 바뀔 날은 과연 언제가 돼야만 가능할까?

노동열사 전태일 '선배님'이 사망한지도 45년이 흘렀다. 그럼에도 이 땅의 근로복지와 관련한 법은 여전히 노동자 편이 아니라는 의문을 떨치기 어렵다. 장인과 장모님께서 돌아가셔도 일정 기간의 공식적 휴가가 주어진다.

관혼상제(冠婚喪祭)는 인간이 사는 데 빠질 수 없는 일들이다. 또한 유교에 입각한 통치 질서가 완강했던 조선시대의 관혼상제는 단순한 의례 이상의 것이었기도 했다. 이 관혼상제 중 가장 핵심이자 중요한 건 역시나 상(喪)이다. 죽으면 다시는 돌아올 수 없는 것이 인생이다. 그러나 현행법 상 아직도 숙모는 '가족이 아니다'라며 그 중차대한 장례를 치름에 있어서도 휴가의 대상에서조차 배제되어 있으니 실로 어처구니가 없다. 회사 측을 원망할 생각은 추호도 없다. 다만 현실적으로 맞지 않는 법은 더 이상 법이 아니란 생각이다. 숙모가 가족이 아니라고?

대한민국의 법은 참 이상하다. 그래서 이해하기 어렵다. 숙부님은 삼촌이다. 숙모님은 따라서 삼촌과 동격이다. 우리 사회는 이제 핵가족화되면서, 더욱이 심지어는 이른바 '칠포세대(꿈, 희망직업, 인간관계, 연애, 결혼, 출산, 그리고 내 집 마련… 이렇게 일곱 가지를 모두 포기했다고 해서 붙여진 신조어)'라는 실로 어두운 먹구름까지 다가와 있다. 때문에 앞으로 삼촌은 물론이요 덩달아 숙모님도 뵙기 어려운 시절로 접어들었다. 상황이 이러하거늘 왜 삼촌은 여전히 가족이 아니란 건지 알다가도 모를 일이다. 이처럼 가까운 '가족'의 상을 당했을 경우엔 응당 부모상(父母喪)에 준하는 휴가가 주어져야 옳다고 본다. 격화소양(隔靴搔癢)의 법은 당연히 고쳐져야 한다. 그것도 빨리.

숙부와 조카

광활한 중국을 최초로 통일한 진시황. 하지만 그가 죽자 진(秦)나라는 지록위마(指鹿爲馬)란 사자성어까지 남기게 한 간신 조고에 의해 망국의 길로 치닫는다. 조고에 의해 차자인 호해가 장자 부소를 죽이고 진 2세에 등극하자 각지에선 진나라에 대항하는 군웅들의 반란이 일어난다. 항우(項羽)는 초나라의 장군 집안 출신인 희대의 걸물이었다. 그는 진나라에 대항하기 위해 과거 진에게 망했던 초나라 왕손을 찾아내 초회왕(楚懷王)으로 등극시킨다. 이는 우리의 조선시대 때, 강화도에서 글도 모르는 무식한 농사꾼으로 살다가 권세를 쥔 안동 김 씨들이 부랴사랴 허수아비로 내세운 철종 임금을 연상시킨다.

한편 패현의 유방(劉邦)은 진나라 장군을 죽이고 죄수들을 규합한 후 함께 반란을 일으킨다. 그러나 당시의 그는 항량과는 비교가 불가능할 정도의 세(勢)였기에 자청해서 항우의 휘하로 들어간다. 항우는 자신의 숙부(叔父)인 항량(項梁)이 지극히 아끼는 조카였다. 항량은 자신의 형과 형수가 죽으면서 항우를 부탁하자 그 유언을 받아들여 항우를 친자식

이상의 정성으로 키운다. 항량은 중국 진(秦)나라 말기의 반란군 지도자였다. 대대로 초(楚)의 무장(武將)을 맡아왔던 귀족 가문 출신이다. 또한 전국시대(戰國時代) 말기 초(楚)의 대장군(大將軍)으로 진(秦)에 맞섰던 명장(名將) 항연(項燕)의 아들이기도 하다.

항량은 자신을 무신군(武信君)이라 칭하였다. 그러다 정도(定陶)에서 장한(章邯)이 이끄는 진군(秦軍)의 기습을 받아 크게 패하였고 자신도 전사하였다. 이에 분노한 항우는 거병하여 복수하지만 결국 뒷날 유방과 싸우다 사면초가의 위기를 맞아 불과 31세의 나이로 자결한다. 다소 장황하게 다 아는 지난 중국의 역사를 끄집어낸 것은 항우와 그의 숙부였던 항량을 재조명하기 위함에서이다. 숙부(叔父)는 작은아버지를 뜻한다. 숙부님은 나에게 있어 친부(親父) 이상의 위치와 정감까지를 점유한다.

내가 초등학교를 마치고 중학교로 가는 시점에 숙부님께선 아버지가 부탁한 나의 중학교 등록금을 주셨다. 그러나 아버지는 그 '피 같은' 돈을 술로 죄 마셔 없앴다. 어이가 없어 다시 주셨다는 두 번째의 돈도 마찬가지였다. 그래서 나는 중학교에 갈 수 없었다. 뿐만 아니라 가장이기를 포기한 아버지를 대신해 가파른 삶의 덫에 걸려 소년가장까지 됐다. 그런 아버지가 너무도 미워 무작정 가출을 한 적이 있었다. 초등학교 1년 선배인 강진철 형의 주선으로 인천 제물포 역 부근의 철공장에 들어갔다. 성공하기 전까지는 죽어도 아버지를 안 보려 했다. 그러나 잇따른 산재사고와 함께 순식간에 손까지 절단기에 잘리는 공원들을 보면서 경악을 금치 못 했다. 비좁은 방 하나에서 열 몇 명이 흡사 교도소인 양 칼잠을 자는 어려운 환경은 어찌어찌 견딜 만 했다. 허나 막상 나 또한 언제든 산재사고로 인해 평생 불구자가 된다는 건 상상만으로도 끔찍

했다. 이는 아울러 어떤 일이 시작될 때 있었던 아주 작은 양의 차이가 결과에서는 매우 큰 차이를 만들 수 있다는 이론인 나비효과(butterfly effect)까지를 새삼 천착하게 하는 계기로도 작용했다. '나도 또래들처럼 부모를 잘 만나서 지금쯤 공부나 했더라면 어찌 과연 저런 참상을 만날 수 있었으랴!' 사족일지 몰라도 나비효과는 자녀교육에서도 고스란히 드러난다. 즉 부모의 관심과 지원이 어느 정도냐에 따라 그 결과 역시 엄청난 차이를 보인다는 것이 개인적 견해다. 철공장의 벗장으로 그친 뒤 결국 보름 만에 집으로 돌아와 잘못을 빌었다. 다시는 술을 안 마시겠다던 아버지께선 그러나 그 술로 인해 너무나 일찍 이 세상을 떠나셨다.

숙모님께서도 너무 일찍 눈을 감으셨다. 따라서 지금도 여전히 비통하기 그지없다. 장례(葬禮)를 치르는 내내 너무나도 슬퍼하시는 숙부님의 모습이 나의 가슴에 고스란히 못으로 박혔다. 여전히 나는 불효자다. 다만 위안이라면 숙부님께는 셋이나 되는 막강 효자들이 있다는

변함없이 이 부족한 조카를 아껴주시는 숙부님과 찍은 사진 – "작은아버지, 부디 무병장수하세요~!!"

사실이다. 제수씨도 보통 며느리가 아닌 '효심(孝心) 철철'이라서 평소 크게 존경하는 터다. "제수씨, 정말 감사합니다! 앞으로도 지금처럼 우리 작은아버지를 친아버지 모시듯 그리 잘 부탁드립니다."

아버지와 숙부님은 믿기 힘든 삭풍의 이 세상에서 달랑 두 형제(兄弟)였다. 따라서 남다른 우애(友愛)가 반드시 필요했다. 두 분은 원래 천석꾼의 아들들이었다. 그러나 '천석꾼에 천 가지 걱정 만석꾼에 만 가지 걱정'이란 속담처럼 할아버지께서 너무도 일찍 돌아가셨다. 할머니마저 그 뒤를 따라가시자 친인척들은 벌떼처럼 달려들었다. 그리곤 그 많던 재산을 모두 빼돌리고 두 형제를 내쫓았단다. 이에 분개한 아버지는 객지로 나와 주먹으로 그 화를 표출했다. 반면 숙부님께선 일반인처럼 착한 삶을 견지하셨다.

아버지는 영화 〈장군의 아들〉에서 김두한이 활약했던 것처럼 주먹세계를 쉽사리 평정(平定)했다. 그럴 즈음에 만난 사람이 바로 나의 어머니였다. 이어 나까지 낳았다면 그 세계를 떠났어야 마땅했다. 대저 주먹세계의 보스에겐 돈과 술과 여자가 따르기 때문이었다. 하지만 아버지는 그렇지 않았다. 즉 떠날 때를 실기(失期)한 셈이다. 아버지는 분명 아버지 노릇을 제대로 못 하고 이 세상을 떠나셨다. 이 아들을 가르치지도 않았고, 소년가장으로 어렵사리 돈을 벌어 와도 그 돈을 또 술로 마셔없앴다. 그런 아버지가 너무 미워서 한 때는 가출까지 했었다. 춥고 배고프며 힘들고 아팠던 풍찬노숙은 말도 못 하게 많이 했다.

그랬음에도 아버지를 버릴 수 없었던 건 부자관계는 거역할 수 없는 천리(天理)였기 때문이었다. 부부는 무촌이되 부자는 '일촌'이다. 그만큼 세상에서 가장 가까운 사이다. 때문에 아내(남편)는 남편(아내)을 버려도 다신 안 찾을지 몰라도 자식만큼은 찾는 것이리라. 그럼에도 내 어머니는 한 번도 나를 찾지 않았다. 그것이 나로선 여전한 내 인생의 '얼룩'이다. 옷이나 신발에 얼룩이 져서 더러워지면 세탁소 등지에 가서 지우면 된다. 하지만 인생의 얼룩은 그처럼 쉬 지울 수 없다. 사람은 과거의 포로인 까닭이다.

항량은 죽으면서 측근에게 자신의 조카인 항우를 잘 보필해달라는 유언을 남겼다. 항우는 호색한(好色漢)에 술까지 너무 좋아했던 유방을 무시했지만 너그러운 인심(人心)의 비황저축(備荒貯蓄)이 없어 패했다. 흉년이나 어려운 때를 대비하자면 쌀이든 뭐든 미리 저축해야만 위기를 극복할 수 있음이다. 아버지의 장례는 평소 비황저축까지 겸비하신 숙부님 덕분에 무난히 치를 수 있었다. 반면 아버지께선 생전에 '비황저축'을 도통 모르셨다. 그러나 나는 진즉 그 교훈을 받아들였다. 그게 바로 오늘날 아이들이 잘 풀린 비결이라면 비결이란 게 나의 확신이다. "네가 남들처럼 많이 배웠다면 필시 큰 자리서 떵떵거렸으련만……"과 "너는 비록 국졸 출신이라지만 그 어렵다는 호텔의 이런저런 세무장부까지를 빈틈없이 척척 해 냈지. 그래서 한 번도 세무당국으로부터도 지적을 받지 않았었지. 그때 나는 정말이지 내 조카가 진짜 머리 좋은 놈이란 걸 알았다. 그래서……"

중학교조차 가지 못 하고 배우지 못 한 내가 가여워 많이 슬퍼하셨다는 숙부님의 말씀이 이어지셨다. "네가 두어 살 무렵이었을 거다. 한번은 태안에 급한 일이 가야했는데 네 아버지는 안 보이고 해서 내가 널

업고 가게 됐지. 엄동설한에 폭풍한설은 앞을 가리고 너는 내 등 뒤에서 마구 우는데 정말이지 내 형이지만 참 많이도 원망했단다." 그 말씀에 꾹 참고 있었던 나의 눈물샘도 붕괴됐다. 아울러 거기서 거듭 그 옛날 항량의 조카 항우 사랑 이상의 감사함을 절감했다.

나를 위해서 울어줄 사람이 있다는 것만큼 든든한 게 또 있을까. 지금도 여전히 이 조카를 사랑하고 배려해 주시는 숙부님. 정말 고맙습니다! 다음에 뵐 때는 맛난 한우고기 사 드릴 게요. 저도 예비사위 덕분에 '오리지널' 한우고기를 먹어봤는데 진짜 입에서 살살 녹더군요.

나의 유일한 숙부, 홍준기 님~ "부디 무병장수로 제 곁에서도 오래 머물러 주세요!!"

사람을 잘 만나야

2012년 여름에 현재의 근무지로 이동했다. 그해 1월부터 새로이 시작한 경비원은 결코 녹록한 직업이 아니었다. 그 무렵 내가 자리 이동을 할 수 있었던 건, 현재의 근무지에서 한 사람이 퇴직을 했기 때문으로 공석(空席) 메움 차원의 전직(轉職)이었다. 따라서 굳이 내가 아니고라도 얼마든지 다른 사람이 이 자리를 채워도 되는 상황이었다. 아니면 새로이 사람을 채용하는 경우를 모색해도 너끈한 터였다. 하지만 그 소식을 전해주신 직장 상사 장인성 부장님의 말씀을 듣고 강력하게 요청해 자리를 이동하게 된 결정적 이유는 단 하나, 바로 사람을 잘못 만났기 때문이었다.

즉 '경비원이란 직업'에서 설명한 이전 직장에서의 아주 고약한 짝꿍, 즉 나와 정면충돌한 이 때문이었다. 우리가 사는 이 세상과 사회는 사람과의 만남으로부터 시작된다. 그러나 만남에는 반드시 선결되고 전제되어야 하는 어떤 과제가 존재하기 마련이다. 그건 바로 신뢰와 배려, 그리고 수용과 소통이다. 경비원이란 직업이 나로선 나이 오십을 넘기도록 난생 처음이었다. 따라서 나와 업무적 파트너가 된 소위 '짝꿍'은 연상이었기에 처음부터 실로 깍듯하게 모시기로 작심했던 것이다.

그러나 그 사람은 너무도 매정했고 툭하면 건트집으로써 퍽이나 힘들게 하였다. 또한 성깔이 지독한 변복(變服)으로까지 무장돼 있어 참으로 고달팠다! 그 상황이 어찌나 심각했는가 하면 마치 군에 신병으로 들어가니 고참이라고 위세를 부리는 지릅뜨기 '악질'군인과도 같았다고 하면 이해가 될까? 오죽했으면 고된 일과를 마치고 퇴근하여 술을 마시노라면 그 짝꿍이 떠오르면서 이런 푸념이 절로 나왔다. "쳇~ 경비도 벼슬인가? 나 참 더러워서!"

따라서 몽롱한 술김에 있어선 당장이라도 경비원이란 직업을 때려치우고만 싶었다. 하지만 그러한 분노는 막상 술이 깬 현실에선 성립될 수 없는 뜬구름이었다. 당시엔 내 처지가 적이 다급했기 때문이다. 나이 오십이 넘도록 참 오랫동안 기본급 한 푼 없이 오로지 판매수당만으로 입에 풀칠을 하며 살아왔다. 그러나 그 같은 출판물 세일즈맨 생활은 스마트폰 문화 착근으로 말미암아 가뜩이나 급감추세인 독자들을 더욱 연기처럼 사라지게 하는 요인으로 작용했다. 돈을 버는 게 아니라 빚만 느는 현실을 더는 간과할 수 없었다. 그래서 마음을 다잡고 어쨌거나 매달 급여가 착착 나오는 경비원으로 취업을 하기에 이른 것이었다.

비록 박봉이긴 하되 아내는 매달 내가 받아오는 급여를 정말이지 고맙게 여기고 때론 나만을 위한 맛난 음식을 만들어주는 데도 인색하지 않았다. 따라서 내가 힘들게 들어간 직장을 그만둔다는 건 나만 믿고 살아오고 있는 아내에게 죄를 짓는 것과도 같았다. 지난 시절 숱한 사람을 만났고 또한 헤어졌다. 그중엔 필연처럼 만난 이가 있어 지금도 좋은 관계를 유지하는 경우도 있지만 반대로 악연이 되어 길을 가다 만나면 서로 먼저 피하는 경우도 없지 않다.

여하튼 '만남' 얘기가 나온 김에 어떤 비유의 차용을 필요로 하지 않을 수 없다. 가수 노사연을 일약 스타덤에 올려준 노래 〈만남〉의 가사에 이런 구절이 등장한다. '우리 만남은 우연이 아니야, 그것은 우리의 바램이었어'라고. 진정하고 진실된 만남은 당연히 이런 수순을 좇아야 마땅하다. 그래야만 비로소 돌아보지 않을 것이며 또한 후회하지도 않을 것이다.

만남에 대한 경구(警句)는 『채근담』에도 나온다. '자식을 가르치는 것은 규중의 처녀를 기르는 것과 같다. 그러므로 출입을 엄히 하고 친구를 사귐에 조심을 하도록 하는 것이 중요하다. 또한 악한 사람과 자칫 접근하게 되면 이것은 깨끗한 논밭에 더러운 씨앗을 뿌리는 것과 다르지 않아 평생토록 좋은 곡식을 심기가 어렵다.'

다른 건 몰라도 항상 매일 보는 사람이 싫어지면 그것처럼 대략난감한 게 또 없다. 하여간 전직을 하여 새로운 짝꿍과 함께 또 다른 많은 사람들을 만났다. 한데 비교의식의 발로라고나 할까…… 어쨌거나 그야말로 죽지 못 해 자존심마저 모두 내팽개치고 억지로 근무했던 곳과는 분위기부터 사뭇 다를 정도로 현재의 직장은 정말 편하기 짝이 없다. 이전의 근무지에선 나 자신의 수치와 굴욕까지를 감내하며 살았다. 그러나 이곳에선 그런 부조리와 불합리가 없다.

자화자찬 같아서 면구스럽지만 그 힘들다는 세일즈맨, 즉 무(無)에서

유(有)를 창조해야 하는 영업사원을 오랜 기간 해 온 덕분에 나는 누구보다 친화력이 뛰어나다. 아울러 친절하고 성실하며 약속을 잘 지킨다는 또 다른 무기까지를 지니고 있다. 현재의 근무지로 이동하면서 나는 이와 같은 나만의 특화된 무기에 더하여 '기왕이면 베풀자'는 또 다른 강력무기를 장착하기로 했다. 그건 작심만 하면 쉬 할 수 있는 아주 평범한 것이었다. "날도 더운데 오늘 퇴근하실 땐 저랑 같이 삼계탕이라도 한 그릇 하시겠어요?"

그렇게 동의를 이끌어내 업무 파트너에게 식사를 대접하면 더욱 친밀해지는 느낌으로의 반전이 확연했다. 만남의 중요성은 실로 대단하다. 남편(아내)이 아내(남편)를 잘 만나지 못 하면 만날 아웅다웅 싸운다. 여기서 더 발전하면 이혼이다. 재산을 노리고 부모를 죽인 패륜 절정의 자식은 또 다른 잘못된 만남의 비극이다. 이만큼 만남은 대단히 중요하다. 어떤 부모를 만나느냐에 따라 자녀는 인생길이 바뀌기도 한다. 또한 '친구 따라 강남 간다'는 속담처럼 친구 잘못 만나면 큰일이 될 수도 있다. 군대 가서 잘못된 만남은 대형사고로도 연결될 수 있음은 그동안 뉴스로도 익히 봐왔기에 굳이 거론치 않겠다. 만남이란 것이 부여하는 어떤 과제는 또한 그 결과가 저울로 매겨진다. 때문에 어떤 배우자를, 혹은 친구를, 어떤 스승과 어떤 사람을 만나느냐에 따라서 그 사람의 일생까지도 달라질 수 있는 것이다.

내가 만남에 의미를 크게 부여하는 건 다 이유가 있다. 사람이 부족해서인지 아님 미련해서인지는 몰라도 나는 지금도 처음 보는 사람조차도 덜컥 믿는 습관이 있다. 이런 까닭에 그동안 몇 번이나 사기를 당했다. 그리고도 정신을 못 차린다며 아내로부터 원망과 지청구까지 자초

했음은 물론이다. 이곳으로 근무지 이동을 한 뒤 적지 않은 사람들이 나가고(퇴사) 들어(입사)왔다. 누구라도 처음에 입사하면 다들 그렇게 부처님처럼 온화한 미소를 띤다. 그러다가 점차로 본색이 드러나는데 그래서 사람은 겪어봐야만 비로소 그 사람의 실체를 규명할 수 있다는 말이 정말 맞다.

나이는 많아도 실없고 쓰잘 데 없는 사람을 일컫는 곤쇠는 경비원으로 낙제다. 넛보(사람됨이 천하고 더러운 사람) 또한 하루에도 수백 명의 직원과 고객들을 맞는 경비원 업무로는 부적격이다. 큰못이 뚫지 못하는 물건이라는 뜻으로, 아주 둔하고 어리석어서 몇 번이나 가르쳐도 깨닫지 못하는 사람을 이르는 말인 대못박이 같은 이도 잘 견뎌봤자 고작 1년이다. 우리 경비원들은 하나같이 1년 단위의 계약직이다.

따라서 해마다 고용재계약 여부에 촉각을 곤두세우지 않으면 안 된다. 그동안의 근무성적이 좋고 별다른 하자가 없는 경우엔 재고용이 보장된다. 그러나 그렇지 아니 한 경우엔 예외다. 어쨌거나 '남자는 자신을 알아주는 사람을 위해 목숨을 걸고 여자는 자신을 예뻐해 주는 사람을 위해 화장을 한다'는 말이 있다. 이전의 직장에선 그처럼이나 고군분투를 했음에도 불구하고 짝꿍의 횡포에 넌더리까지 났었다. 경험해보니 경비원이란 직업은 기실 그다지 힘든 일이 아니다.

다만 가장 최대의 난관은 바로 짝꿍을 누구와 만나느냐에 달려 있다는 사실의 중요성을 깨달았다! 즉 구태여 파트너십의 중차대함을 고려하지 않더라도 수어지교처럼 가까워야 일하기도 편하다는 주장이다. 이는 또한 업무의 효율성을 담보하기까지 함에 결코 등한시할 사안이 아님은 물론이다. 반면 상사에겐 교언영색으로 아부하는 대신 짝꿍인 나를 마치 하인 다루듯 하는 이는 정말이지 고문도 그런 고문이 따로 없을 정도였다.

　사람을 잘 만나야 하는 이유는 또 있다. 20년 필력(筆力) 덕분에 그동안 각종의 문학공모전에서 받은 상(장)만 백여 개가 넘는다. 그럼에도 올해 처음 이 책을 발간하는 것은 그동안 사람을 잘 만나지 못한 때문이다.
　'잔잔한 바다는 노련한 사공을 만들지 않는다'는 아프리카 속담이 있다. 그렇긴 하되 항상 노도(怒濤)와도 같은 짝꿍의 괴팍스러움은 정말이지 정나미가 십 리 밖까지 떨어지게 하는 단초에 다름 아니었다. 하지만 현재의 직장에선 그런 일이 생성조차 되지 않고 있으니 얼마나 다행이고 감사한지 모르겠다. 한데 그건 모두 나를 배려하고 위해주는 분들 덕분이라 믿어 의심치 않는다.

　사람을 잘 만나야 하는 또 다른 중요한 이유, 그러면서도 나로선 가장 핵심의 인물은 단연 도서출판 행복에너지의 권선복 사장님이시다. 너무도 감사한 이 분을 못 만났다면 이 책의 발간 역시 물거품으로 돌아갔을 것이기 때문이다.

국수와 우동, 그리고

고향역 앞에서의 구두닦이 시절, 그 즈음의 점심은 국수와 우동이 전부였다. '사는 일은 밥처럼 물리지 않는 것이라지만 때로는 허름한 식당에서 어머니 같은 여자가 끓여주는 국수가 먹고 싶다. (중략) 세상은 큰 잔칫집 같아도 어느 곳에선가 늘 울고 싶은 사람들이 있어 마을의 문들은 닫히고 어둠이 허기 같은 저녁 눈물자국 때문에 속이 훤히 들여다보이는 사람들과 따뜻한 국수가 먹고 싶다.'

이상국 시인의 〈국수가 먹고 싶다〉라는 시다. 이 시에선 국수를 다소 낭만적으로 표현하고 있다. 그렇지만 당시의 나에겐 국수만이 합당한 요기였다. 그때 5백 원짜 리(500원짜리) 국수는 그야말로 배가 터져라 먹을 수 있는 '유일한 식사'였기 때문이었다. 당시 국수는 천안역 앞의 차부(車部 = 터미널의 과거 이름)뒤에서, 우동은 천안역 앞의 커다란 능수버들 앞에서 팔았다. 하얀 천막을 치고 영업했던 국숫집의 주인아줌마에게는 나보다 서너 살 어린 아들이 있었다.

그래서 내가 구두를 닦아서 번 돈에서 5백 원을 내고 국수를 먹노라면 가끔 얼굴을 들이밀었다. "우리 아들 얼른 와~ 국수 줄까?"

고개를 끄덕이는 녀석이 어찌나 부러웠는지 모른다. 이유는 딱 하나, 걔는 나와는 달리 엄마가 있었기 때문이었다. 그 아줌마는 나에게 엄마가 없다는 걸 주변사람들을 통하여 알고 있었다. 그래서 가끔은 적선 차원인지 아무튼 공짜로도 국수를 주셨는데 그럴 적마다 엄마가 더욱 사무치게 그리웠음은 물론이다. 그 어렵던 지난 시절 그야말로 물리도록 먹었던 수제비에 질려 지금도 그걸 안 먹는 사람을 안다.

하지만 나는 지금도 국수와 우동을 여전히 좋아한다. 요리 솜씨도 좋다. 동태찌개와 오징어불고기도 척척 만들 줄 아는 솜씨거늘 그깟 국수와 우동쯤이야 눈 감고도 척척이다. 지금은 사라졌지만 과거엔 결혼식을 하면 하객들에게 국수를 대접했다. 지금도 "국수를 먹는다"는 건 결혼을 의미한다. 이는 국수 가락처럼 길고 오래오래 잘 살라는 뜻에서 예부터 그렇게 결혼과 회갑잔치 등의 경사 때에도 국수를 대접했던 것이다. 물론 하객에게 접대음식이 뷔페문화로 바뀐 지 오래인 지금도 예식장에 피로연에 가면 국수를 먹을 순 있다.

그렇지만 단순히 국수 하나만으로도 충분히 납득할 수 있었던 예전과 달리 지금의 예식장(돌잔치도 비슷하다) 음식 값은 너무 비싸다. 여하튼 그렇게 비싼 돈 들여서 결혼을 했으면 그 부부는 분명 '화양연화'와 같이 알콩달콩 잘 살아야 할 어떤 의무를 지게 된다(이건 나의 전적인 개념이자 사상이다).

결혼한 뒤 살림살이가 힘들어져서 비록 만날 밥을 못 먹고 국수만 먹는다손 쳐도 이런 나의 주장은 불변하다. 결혼이란 어차피 나를 아는 많은 사람들 앞에서 "백년해로 하겠습니다!"를 하겠노라 분명 언약한 것이기 때문이다. 출근 전에는 항상 회사 근처의 공원에서 운동을 한다. 그러노라면 어떤 노부부가 손을 잡고 그 공원에 산책을 오시곤 하는데 그 모습이 어찌나 부러운지 모른다.

작년에 〈님아, 그 강을 건너지 마오〉 영화를 보면서 나도 참 많이 울었다. 그 이유는 먼저 나를 정성으로 길러주신 유모 할머니 생각이 폐부 깊숙이 밀물처럼 들어찼기 때문이었다. 그 할머니가 지금껏 살아계셨더라면 오죽이나 좋았을까!

그래서 내 딸이 시집을 가는 모습까지 보셨더라면 너무 좋다며 춤까지 덩실덩실 추셨을 것은 자명한 이치였거늘. 생전에 할머니께선 툭하면 국수와 수제비를 만드셨다. 그건 가난하였기에 어쩔 수 없었던 최상의 선택이었다. 신김치와 멸치 몇 개 넣고 대충 끓인 국수는 하지만 되게 맛있었다. 손으로 뚝뚝 떼서 만든 수제비 또한 춥고 배고프던 시절의 훌륭한 한 끼 식사였다. 〈님아, 그 강을 건너지 마오〉 영화를 보러 갈 당시 아내도 같이 갔으면 했다.

그러나 여전히 건강이 안 좋아서 집에 있는 게 더 좋다며 한사코 거부하는 바람에 유감스럽게 혼자서 봤다. 끄트러기처럼 못난 나를 만난 죄로 말미암아 호강은커녕 가난하고만 투쟁해온 참으로 보기 미안한 내 아내. 퉁퉁 불어서 도무지 먹을 수조차 없는 국수처럼 내팽겨진 지난(至難)한 삶의 수레바퀴 이력의 나를 그러나 서방이랍시고 여전히 위해주는 아내다.

따라서 나의 눈에선 아내에 대한 고마움과 미안함이 섞인 가랑비가 쉼 없이 흘러내렸다. 버림치 같은 돈 못 버는 남편 때문에 눈칫밥의 드난살이에 다름 아닌 알바 주부사원으로 골병이 든 내 아내. 그러함에 아내의 병을 나는 반드시 고쳐주지 않으면 안 되었다. 그건 남편으로서의 최소한의 의무이자 예의였다. 그런데 내가 지금도 참 안타까운 것은

한 달에 열흘도 더 되는 나의 야근은 아내를 졸지에 독수공방의 '과부'
로 만든다는 사실이다.

아무리 우리 나이가 이순(耳順)에 임박하긴 했으되 집에 남편이 있는
것과 없는 것은 차이가 크다. 내가 집에 있는 날엔 아내도 안심이 되어
창문도 잠그지 않고 잔다. 그러나 야근을 갔다 온 날 아침에 보면 그
창문은 반드시 잠겨 있다. 이것 하나만을 보더라도 역시나 낮에 일하고
밤엔 집에 돌아와서 자는 '주경야침'의 삶이 그 얼마나 진실된 행복인지
를 깨닫곤 한다.

오래 전 〈화양연화〉라는 영화를 보았다. 왕가위 감독이 만든 이 영
화에는 차우(양조위)와 리첸(장만옥)이 출연한다. '화양연화'란 인생에서
가장 아름답고 행복한 순간을 표현하는 말이다. 한번뿐인 인생이기에
우린 누구라도 '화양연화'처럼 잘 살아야 한다. 그렇지만 현실은 냉정하
여 그런 아량을 만인에게 베풀지 않는다. 천만다행으로 아내의 입버릇
처럼 "나는 노년이 행복할 거랬어."라는 현실이 조금씩은 다가오는 듯
싶어 안심이다. 그 영화를 보면서 나는 배우자와 가정의 소중함을 새삼
천착했다.

누군가 우리네 인생을 일컬어 "고통을 밥으로 먹고 눈물을 국으로
먹고 사는 존재"라고 했다. 그 말에 걸맞게 없이 사는 서민들은 늘 부
자(富者)를 동경하고 부자로의 꿈을 지향하면서 살아가고 있는 게 현실
이다. 하지만 돈만 많은 부자만이 과연 행복일까? 물질은 절대로 정신
을 상회하지 못 하는 법이거늘.

어젠 모처럼 비빔국수를 만들었다. 삶아서 건져낸 국수에 고추장과 매실청, 양배추와 깨소금도 넣었다. 계란 프라이까지 고명으로 얹었더니 아내도 맛있다며 잘 먹었다. 행복이라는 거, 별거 아니다. 쥐코밥상일망정 이 남편이 만든 음식을 아내가 잘 했다며 먹어주는 것만으로도 나는 이미 충분히 행복함을 누릴 수 있었다. 이제 우리 부부에게 남은 건, 검은 머리가 파뿌리 될 때까지 사는 것과 아울러 기왕이면 더 멋지고 행복하게 사는 것이다. 내가 가수 배일호의 〈폼나게 살 거야〉 노래를 좋아하는 이유는 여기에서 기인했다.

칭찬의 힘

　결혼할 당시의 내 처지는 그야말로 불알만 뎅그렁거리는 가난의 극점
이었다. 그래서 처갓집에서는 나와의 결혼을 극구 말렸다. 하지만 아내
는 고집을 굽히지 않았고 나 역시도 얼추 우격다짐으로 결혼을 강행했
다. "제가 이래 뵈도 마누라 밥 굶길 놈은 아닙니다!" 라고 허풍을 치면
서. 하지만 우리 부부는 겨울엔 안방의 자리끼마저도 꽁꽁 어는 누옥의
셋집에서부터 신접살림을 시작해야 했다. 그러함에도 불평 없이 여태껏
살아주고 있는 아내인지라 정말이지 너무도 고맙기 그지없다. 다른 여
자 같았더라면 가난에 질려서라도 벌써 고무신조차 신지 않고 줄행랑을
놓았을 것이었다.

　한 때는 아내도 빈곤한 현실에 넌더리를 냈고 때론 히스테리를 부리
기도 했었다. 그러나 이제는 가난에도 만성이 되고 면역이 되었는지 어
떨 땐 마치 물질엔 달관한 수도사, 또한 마치 생불(生佛)과도 같은 면모
까지 보여 나를 놀라게도 한다. 착하고 자상하며 너그러운 현모양처 아
내 덕분에 아이들을 모두 잘 키웠다고 믿는다. 오래 전부터 작심했던 게
하나 있었다. 그건 바로 내 생애 최초의 이 책을 발간하는 것이었다.

그런 수순으로 나름 집필 막바지에 와 있던 내 글을 책의 수정(修正)과 교정(矯正) 차원에서 한종범 형님 외에도 'e대 나온 여자'인 지인에게도 봐 달라고 했다. 그분은 과거 나와 같은 직장에서 일했던 분이다. 성정이 맑고 예의바르며 의리까지 있어 비록 여자이긴 하되 평생 살가운 친구처럼 지내고 싶은 사람이다.

'충무로 여제' 배우 김혜수는 영화 〈타짜〉에서 도도하게 "나 이대 나온 여자야!"라는 대사를 뱉었다. 이후 'e대 나온 여자'는 일약 국민적 유행어로 부상한 바 있었다. 여자들의 어떤 로망의 대학이 이대라고 한다면 내 딸은 서울대를 나왔다. 이런 사실을 뒤늦게 처음 인지한 사람이 나에게 물었다. "와~ 따님이 서울대 나왔다면서요? 그럼 홍 선생님을 닮아서?" 나는 손사래를 쳤다. "아닙니다. 우리 마누라가 e대 출신이거든요." 그러자 금세 고개를 끄덕거리는 그를 보면서 속으로 한참을 웃었다. '미안해요, 농담이었어요!'

아내가 e대를 나왔다는 건 물론 사실이 아니다. 잠시 웃자고 그냥 해본 소리였다. 나는 평소에도 아내와 농담을 잘 주고받는다. 근데 농담을 하면서도 빠뜨리지 않는 양념이 있는데 그건 칭찬이다. 타인에 대한 험담은 나를 베는 칼로 돌아오는 부메랑이 된다. 그러나 칭찬은 기분좋은 메아리로 돌아오기에 아무런 탈이 없다. 칭찬을 습관화한 것은 아이들이 더욱 자라면서부터였다. "우리 아들은 글씨도 또박또박 잘 쓰네!" "우리 딸은 공주보다 더 예뻐!"

아이들은 물론이요 다 자란(?) 어른들도 자신에게 칭찬을 해주면 고마워서 술이라도 사줄 기세로 돌변한다. 나는 아내와 '작당하여' 아들과 딸에게 항상 사랑과 칭찬을 생활화하며 키웠다. 그 칭찬의 근저

(根底)엔 '물고기를 싼 종이에선 비린내가 나지만 향을 싼 종이에서는 향기가 난다'는 불경의 가르침이 있었다. 즉 칭찬을 받으면 그 칭찬에 버금가게끔 칭찬받을 행동만을 한다는 의미다.

지금도 시내버스와 택시에 오를 때면 내가 먼저 기사님께 인사를 한다. 더불어 기왕이면 칭찬거리를 찾는다. "넥타이 맨 기사님은 정말 오랜만에 뵙네요. 멋지세요!" "기사님은 친절하셔서 괜히 저까지 기분이 좋아지네요"…… 언젠가 우리 집에 만날 오시는 우편집배원 아저씨를 칭찬하는 글을 모 매체에 올렸다. 그랬더니 얼마 뒤 생각지도 않았던 큰 선물을 받게 되었다. 그래서 그 때도 나는 새삼 깨달았다. 칭찬이란 기분 좋은 메아리로 돌아온다는 사실을.

프로이트는 그의 저서 『꿈의 해석』에서 자신이 위대한 사람이 되려고 노력했던 것은 "너는 장차 위대한 인물이 될 것이다!" 라는 어머니의 칭찬과 믿음 때문이라고 했다. 즉 칭찬은 고래도 춤추게 한다는 말과 일맥상통한다 하겠다.

작년에 두 번의 수술을 받은 뒤 몸이 망가지다시피 했던 아내였다. 이후 꾸준한 재활 운동의 노력과 자꾸만 고기를 사서 먹인 나의 '전략'이 먹혀들어 지금은 많이 좋아졌다. 다만 김치를 담그는 솜씨가 수술 전과 후가 확연히 달랐다. 그래서 한 번은 "당신이 담근 이 김치는 미안하지만 너무 맛이 없어."라고 투정했다. 나의 말에 상처를 받았던지 아내의 얼굴은 냉큼 먹구름으로 급변했다. 아차 싶었지만 이미 엎질러진 물이었다. 아내는 최근에도 나와 같이 장을 봤다. 배추와 무 등을 사다가 김치도 담았는데 이번엔 그 김치가 어찌나 맛있던지! "와~ 이제 당신의 손맛이 도로 살아났는가 보네! 역시 김치는 재료도 재료지만 그보다는 손맛이 한 수 위지." 라며 환호를 아끼지 않았다. 나의 칭찬에 아내의 얼굴이 소녀처럼 밝아졌다.

아내의 어원은 집안의 태양이라는 의미의 '안해'라고 한다. 태양은 항상 밝아야 한다. 태양이 사라지면 그 자리를 어둠이 파고든다. 내 안해가 항상 밝은 표정으로만 살게끔 더욱 노력할 작정이다. 비록 돈은 없지만 마음만큼은 부자인 척, 그리고 긍정적으로 살고자 하는 데 있어서도 게으름을 피우지 않으련다.

화목한 가정의 토대는 칭찬이다. 칭찬에 관한 격언과 속담은 수도 없이 많다. '아이 곱다니까 종자닭을 잡는다'는 속담이 있을 정도로 칭찬의 힘은 대단하다. 칭찬은 사람을 고무시키고 능동적으로 움직이게 하는 모티프다. 칭찬은 돈이 들지 않는다. 그래서 칭찬은 누구라도 거리낌 없이 마구 낭비해도 된다. 내 사랑하는 아이들이 오늘날 마치 빙상의 여제 김연아처럼 잘 나가는 까닭은 바로 칭찬의 힘이었다고 믿는다.

부모는 자녀의 거울

　나는 예의(禮儀)가 없는 사람을 무척이나 싫어한다. 나이가 적은 사람이 연상인 '분'께 인사조차 제대로 안한다는 것은 용서하기 힘들다. 예의마저 실종돼 경거망동에 막말까지 일삼는 자는 당장 쫓아가서 귀싸대기라도 갈기고 싶다. 결혼까지 한 터에 여전히 제 어머니와 아버지께 반말을 하는 이는 가정교육의 탓이란 편견을 지니고 있다. "처음 뵙겠습니다."라며 인사를 하든 술자리를 같이 하더라도 난생 처음 보는 이 앞에서도 실수와 무례(無禮)를 범하지 않고자 노력하는 것이 일반적 현상이자 상식이다.

　그러하거늘 왜 자신을 낳아주고 길렀으며 먹여주고 가르치기까지 한 부모님께는 여전히 존댓말을 사용치 아니 하는 걸까? 이를 단순히 귀여워서 그냥 '봐주는 거'라고 치부해도 될까? 아니라고 본다. 이건 한 마디로 가정교육이 잘못된 결과의 반영이다. 세 살 버릇 여든 간다고 부모님에 대한 존댓말의 사용은 어려서부터 가르쳐야 마땅하다고 생각한다. 사람은 예의와 더불어 경우(境遇)에 걸맞은 언행을 해야만 비로소 인간이란 대접을 받는 법이다.

언젠가 뉴스에서 중국을 넘어 아시아의 최고 부자로 꼽히는 왕젠린
(王健林) 완다그룹 회장의 외동아들 왕쓰총(王思聰)의 갈개발 째마리(사
람이나 물건 가운데서 가장 못된 찌꺼기)행태를 봤다. 순 자산 386억 달러
(약 41조 7,500억 원)를 보유해 포브스가 선정한 세계 부호 순위 10위에
올라 있는 사람이 왕젠린 회장이랬다. 무일푼에서 시작해 절치부심 끝
에 38살에 지금의 완다그룹을 창업한 그는 입지전적 인물이랬다. 중국
의 부동산 개발 붐에 힘입어 부동산 그룹으로 크게 성공을 거둔 완다
그룹은 지금은 종합 엔터테인먼트회사로 사업 영역을 확장하며 최고의
기업집단으로 진화했다고 알려져 있다. 성실함과 겸손함으로 무장한 왕
회장 본인의 능력과 노력이 오늘날 성공의 열쇠였다고 한다.

한데 30대 초반에 얻은 외동아들은 전형적인 망나니 푸얼다이(富二
代·재벌 2세)로 커가고 있었다는데…… 그는 돈은 많았을지 몰라도 자식
교육은 잘못 했다. 아들에게 일찌감치 자신의 그룹 주식 1천만 주를 증
여했고 대학 졸업 후 귀국한 아들에게 5억 위안(약 880억 원)을 출자해
투자회사와 전자게임회사를 차려줬다는 것 자체가 모순의 시작이었다.

제 아버지의 부와 총애에 편승한 그 아들은 볼썽사나운 환락과 여색
은 기본이었고 유치한 돈 자랑과 엽기행각을 인터넷을 통해 생중계하는
악취미까지 겸비했다고 하니 말이다. 그 한심한 아들은 돈을 주체 못 해
자신의 애완견의 앞 두 다리에 시가 1천 4백만 원짜리 애플 워치를 하
나씩 채운 사진을 중국판 인터넷인 웨이보 계정에 올리고 자랑하기까지
했다니 말 다했다. 이쯤 되면 더 이상 사랑하는 아들이 아니라 애물단
지인 격(格)이다.

부모가 자신의 자녀를 끔찍이 아끼고 사랑하는 것은 본능이다. 그렇
더라도 왕젠린 완다그룹 회장 아들 왕쓰총의 치룽구니 행태를 보자면

돈이 자식을 망친다는 뉫보의 전형까지를 발견하게 된다. 중국은 사실상 더 이상 공산주의와 사회주의가 아닌 '자본주의' 국가이다. 정치는 공산주의이되 실제는 자본주의라는 두 얼굴을 지니고 있는 게 오늘날의 중국이란 것이다. 모택동은 선부국(先富國)을 주장했다. 능력 있는 사람이 먼저 돈을 벌어서 국가를 부유하게 해야 한다는 뜻이다.

내가 초등학생 시절만 해도 중국은 '중공(중국공산당)'이란 일종의 기피 공산국가였다. 그러다가 노태우 정권이 힘써 지난 1992년 수교가 되면서 비로소 '중국'으로 호칭이 바뀌었다. 그럼에도 중국은 여전히 북한의 경제까지 좌지우지하는 벗바리(뒷배를 보아 주는 사람)로 우뚝한 국가다.

중국이 공산주의 국가이긴 하지만 배울 건 적지 않다. 우선 부정부패에 연루된 공직자의 경우 최고 사형까지 집행하는 법률이 진짜 '부럽다'. 유명무실한 우리나라 사형(死刑) 제도는 사문화된 지 오래다. 부모를 죽인 천인공노할 망나니조차 교도소에서 스스로 죽을 때까지 국민의 세금으로 먹여주고 재워주는 제도가 과연 공정한 민주주의일까?

'눈에는 눈, 이에는 이'라는 식의 마치 함무라비 법전과도 같은 완강한 법의 적용은 논외로 친다하더라도 더 이상 사람의 구실과 가치가 없는 자는 반드시 배제돼야 마땅하다는 입장이다.

왕쓰총의 눈꼴사나운 작태는 거부인 제 아버지 왕젠린의 비호에 편승한 치룽구니보다 못한 짓거리가 아닐 수 없다 하겠다. 즉 돈이 많으니까 별 지랄을 다 한다는 주장이다. 우리나라에서도 재벌 2~4세들의 막된 행동이 세인들의 구설수에 오른 건 한두 번이 아니다. 여론이 싸늘하게 식자 놀라서 자세를 낮추기 시작했다는 왕젠린이 어찌 할지는 두고 볼 일이다. 하지만 어릴 때의 버릇은 늙어서도 고치기 어렵다고 했듯 왕 회장은 애물단지인 그 망나니 아들을 과연 개과천선 시킬 수 있을까?

중국 얘기가 나온 김에 하나 더 추가한다. 작년에 마약 복용 혐의로 아들이 구속 수감되는 모습을 지켜봤던 유명 배우가 중국의 액션스타 성룡이다. 중국은 마약과의 전쟁을 선포하며 최고 사형까지 구형하는 등 마약 관련 범죄를 강력히 처벌하고 있다. 이에 따라 체포된 성룡의 아들 방조명도 사형에 처해지는 것 아니냐는 우려가 고개를 들었다. 성룡은 얼마나 자식 때문에 속이 탔으면 "차라리 아들이 일 년에 6개월 정도는 감옥에 가 있었으면 좋겠어요."라고까지 하소연을 했을까!

골프와 자식농사는 마음먹은 대로 되지 않는다는 말이 있듯 자기 한 몸 성공하기보다 자식 제대로 키우기가 더 힘든 세상이다. 1,300만 명의 관객을 넘어섰다는 영화 '베테랑'을 굳이 들먹이지 않아도 부도덕하며 이른바 갑질을 하는 재벌에게 국민들은 냉큼 등을 돌린다. 모 항공사는 비행기를 제멋대로 유턴시킨 재벌의 딸 하나로 인해 국민적 비난과 조소 외에도 매출과 브랜드까지 덩달아 추락하는 고된 후유증을 겪었다.

하늘 높은 줄 모르고 치솟을 듯 우뚝한 마천루를 지은 모 재벌 그룹은 형제간 경영권 다툼이 여전히 점입가경이다. 이와는 별도로 "사방 백 리에 굶는 사람이 없게 하라."는 최 부잣집 가훈이 면면히 내려온 것은 그나마 노블리스 오블리제의 발견이어서 안심이다. 조선말기의 인삼거상 임상옥과 제주 의녀 김만덕 역시 마찬가지다.

이들은 분명 자식농사에 있어서도 투명한 거울의 부모가 되고도 남았으리라 믿는다. 이런 접근의 시선에서 나는 참 행복한 아빠라고 느끼는 터다. "공부 좀 해라!"고 닦달하지 않았음에도 내 아이들은 자신이 원하는 대학에 척척 갔다. 매 한번 안 들었어도 말을 잘 들었다. 말을 배우면서는 냉큼 존댓말을 썼다. 예의도 올바른 덕분에 어른들만 보면 고개를 숙여 인사했다. 효심까지 깊어 이틀이 멀다고 안부전화를 해온다. 대한민국은 해마다 수능이 있는 날은 가히 사회 전체가 마치 아노미(anomie)적 분위기로 돌변한다.

이는 그만큼 자녀의 대입이 중요하다는 국민적 합의가 도출된 결과다. 그러나 사실상 공부보다 중요한 건 사람을 만드는 일 아닐까? 돈이 있다고 없는 자들을 깔보고, 이른바 갑(甲)이라고 하여 을(乙)을 괴롭히는 구태가 사라지지 않는 이상 그가 제아무리 명문대 아니라 그 이상의 학력을 소유한다손 쳐도 이는 분명 사상누각에 불가하다는 게 이 필부의 시각이다.

돈이란 돌고 도는 것이다. 따라서 지금은 없지만 후일에 벌면 된다. 그렇지만 자녀의 무예의(無禮儀)는 간과할 게 아니다. 그건 또한 돈처럼 벌 수도 없는 것이다. 이와는 별도로 그 어느 세대보다 유별난 샌드위치로 늙어가고 있는 집단이 바로 우리 베이비부머들이다.

늙고 병까지 드신 부모님을 모시고 아래로는 자녀의 교육에 있어선 그야말로 모든 걸 다 걸어야 하는, 그러면서도 정작 자신의 노후준비는 언감생심인 세대가 우리들이란 주장이다. 이런 측은한 우리들에게 있어 다른 건 차치하더라도 자녀로부터도 존경이 사라진다는 것은 생각만으로도 충분히 수인(囚人)보다 더 한 갑갑증이 엄습한다.

더 나아가 그래서 방기되기까지 하는 뒷방늙은이 취급을 당한다는 것은 나 자신 행시주육(行尸走肉)보다도 더한 고문이란 자아의 함정에까지 빠질 수 있음은 사족이다. 여하간 부모는 자녀의 거울이다.

자녀는 부모가 뿌린 믿음의 씨앗만큼 자란다. "아버지 한 사람이 스승 백 명보다 낫다." 에드워드 허버트가 남긴 명언이다. 허버트의 말처럼

앞으로도 아이들로부터 더 묵직한 존경을 받는 아버지가 되고자 더욱
노력하리라.

이 책의 발간과는 별도로 나는 앞으로도 시민과 객원기자, 그리고 취
재본부장으로서의 글쓰기를 멈추지 않을 것이다. 교수들이 여러 곳의
매체에 글을 써서 용돈벌이 하는 것을 매문(賣文)이라고 한다지만 나로
선 그렇게 받은 원고료가 아내의 장바구니에 담을 수 있는 식료품의 구
입비 역할까지 거뜬히 하는 때문이다. 아울러 추후 손자와 손녀들에게
도 용돈까지 줄 수 있는 금고(金庫)임은 물론이다.

허리 수술로 말미암아 계단이 절벽인 아내를 업고 올라가는 자타 공인의 효자

글쓰기가 가져다 준 결실

한동안 안 아팠던 치아가 욱신거렸다. 지인이 개업한 식당에 가 과음을 한 때문이지 싶다. 아파서 밥을 어찌 먹었는지도 모르겠다. 두통약을 네 알이나 먹었으나 진통은 여전하다. 거울을 보노라니 흰머리가 더 는 듯 보여 울적했다. 결국 나도 이렇게 시나브로 늙어가는구나……

사람은 누구라도 늙고 병듦을 싫어한다. 대신에 항상 젊고 무병하게 살고자 한다. 그래서 무병장수는 유사 이래로 모든 인간들의 꿈이었다. 하지만 그 누구라서 '생로병사'의 천리(天理)에서 자유로울 수 있을까. 그 옛날 천하통일의 대망을 이룬 진시황은 그토록 불로초를 오매불망 했다. 하지만 결국 그 바람은 뜬구름이었기에 나이 오십도 채 못 채우고 죽었던 것이다. 나 역시도 늘 젊고 무병했으면 하는 바람을 담고 있음은 거개 사람들의 희망과 동일하였다.

나는 언제나 푸른 청춘일 줄로만 착각했었다. 하지만 극구광음(隙駒光陰)의 세월은 어느새 나를 50대 후반의 언덕에 올려놓았다. 그래서 직장에서도 어느새 정년을 앞둔 신세가 되었으며 유창한 영어와 인터넷

이라는 첨단무기를 휘두르며 저돌적으로 돌진하는 젊은 세대들에게도
치이는 가련한 샌드위치 신세가 되었다. 그래서 나는 요즘 어쩌면 절해
고도에 혼자 내버려진 듯한 그런 울적한 심정이기도 하다. 이런 증상은
이따금 흉몽(凶夢)으로도 나타나는데 특히나 매달의 신용카드 결제를
앞두곤 증상의 파고가 더욱 높아진다. '아~ 이번 달은 또 어떻게 결제
부족액의 펑크를 메운다지?'

어디 이뿐인가. 내 열정과 젊음을 모두 바쳐 충성을 다한 가정에서도
마치 단물 빠진 껌의 처지로 추락한 듯한 느낌으로써의 홀대를 받는다
는 자격지심 역시도 떨쳐낼 수 없는 그림자로 다가온다. 하지만 어쩔 건
가. 장강(長江)의 앞 물도 뒷물에 밀리는 것이 세상사의 이치이며 '토사
구팽'이라고 용도가 다 됐으면 폐기되는 것이 또한 거개 사물의 운명인
것을. 그렇지만 나이를 먹고 그래서 몸의 이곳저곳이 시나브로 부식돼
간다는 것은 커다란 슬픔이 아닐 수 없다.

서제막급(噬臍莫及)이긴 하되 돈을 잘 벌면 우선 부실한 치아부터
손을 볼 일이다. 그래서 갈비를 뜯고 탐스런 사과도 우적우적 씹어 먹
고 싶다. 오복 중의 하나인 치아가 건강하지 않으면 치통으로 인해 극
심한 불편함을 느끼게 된다. 치료비용도 만만치 않게 들어가게 되는데
치과는 통원하는 기간도 퍽이나 길어 많이 불편하다. 내 치아가 비켜덩
이처럼 듬성듬성 빠지고 부실한 연유는 과음도 과음이려니와 스트레스
와 툭하면 맞이하는 고된 야근이 원인이다.

러시아의 시인이었던 푸쉬킨은 "삶이 그대를 속일지라도 슬퍼하거나
노하지 말라. 우울한 날들을 견디면 기쁨의 날이 오리니……"라고 했다.
그러나 경험해봤는데 삶이 나를 속일지라도 슬퍼하거나 노하지 말라는

건 우울증에 걸리는 원인일 따름이었다. 반대로 '삶이 그대를 속이면 그대는 삶의 뺨을 때려라'는 게 나의 지난 삶의 궤적이었다. 이런 까닭에 내 별명이 바로 '홍키호테'가 된 것이다.

"말을 타고 광야를 달리는 우리의 돈키호테~ 그 모습이 거칠어도 돈키호테는 멋쟁이~ 사람들아 나를 보고 비웃지를 말아라~ 인생이란 풍차처럼 빙글빙글 도는 걸~ 이랴 이랴 달려가자……"라는 〈돈키호테〉 노래가 있다. 돈키호테는 가상세계와 현실세계를 구분하지 못 한다. 또한 마치 미치광이처럼 행동하는 사람이다. 그렇지만 본성은 착하고 좋은 사람이다. 나도 그렇다. 나를 일컬어 법 없어도 살 사람이란 평가를 내리는 이들이 많다는 것은 이런 주장의 '설득력'이다.

돈키호테는 몰라도 '홍키호테'는 애주가다. 내가 좋아하는 술, 즉 음주는 내가 지금도 건강하기에 가능한 것이다. 건강이 나빠지면 술부터 끊어야 옳다. 어떤 개그맨이 술을 더 오래 마시기 위해 일주일에 1~2일은 죽어도(!) 등산한다는 말은 전혀 어폐(語弊)가 있는 말이 아니다. 술은 사람을 빨리 친하게 만들어주는 물질이기도 하다. 기분 좋은 음주 뒤엔 귀가하여 음악을 듣는다. 좋은 음악은 정서까지 부드럽게 만들어주며 글쓰기의 소스까지 제공해 준다. 음주의 횟수는 나름 일주일에 1~2회, 많으면 2~3회로 장벽을 설정해 두었다. 이게 아니고 매일 마시는 건 음주가 아니라 알코올중독이다. 음주와 알코올중독은 개념과 차원부터 현격하다. 야근을 앞둔 날엔 오전 중에, 반대로 야근을 마치고 돌아온 날은 한숨 자고 일어나 오후부터 글을 쓴다. 이처럼 마치 일기를 쓰듯 매일 하는 글쓰기는 나로 하여금 팍팍한 일상에서 탈출하게 하는 묘약이다. 뿐만 아니라 힐링의 부여와 함께 상상을 향한 무한 도전의 나래까지를 펼치게 하는 변곡점에도 부족함이 없다. 예컨대 '앞으론 나도 억만장자가 된 〈해리포터〉의 작가 조앤 K. 롤링처럼 출세하는 작가가 될 껴!'라는 자기암시를 끊임없이 뇌리에 주입한다는 것이다. 이런 야무진 꿈을 이루자면 지금보다 훨씬 진일보한 창작의 노하우 습득과 함께 글을 더 잘 쓰기 위한 노력에 있어서도 게으름을 부려선 결코 안 될 것이다.

글이란 다듬어진 생각이다. 따라서 글로 자신의 생각을 표현하는 것은 사실 쉽지 않다. 스티븐 킹은 그의 저서『유혹하는 글쓰기』에서 "작가의 자질은 태어나는 것이다. 그러나 그 재능은 더욱 갈고 닦으면 얼마든지 발전시킬 수 있다."고 강조했다. 굳이 이를 인용치 않더라도 글로써 타인에게 정확하게 자신의 생각을 전달하기 위해서는 무엇보다 리딩(reading)이 우선되어야 한다. 그런데 책을 읽는 것, 즉 독서에 있어서도 어떤 규칙이 존재한다.

무엇보다 책은 재미가 있어야 된다는 것이다. 나는 흥미 있는 책엔 몰입하는 반면 그렇지 않은 책은 주마간산(走馬看山)으로 그냥 넘기는 스타일이다. 스티븐 킹은 그의 아내 태비사 스프루스를 도서관에서 만났다. 그래서 얘긴데 나의 오늘날 역시 도서관이 만들어주었다. 성공했다는 평을 듣는 아이들의 현재 또한 도서관이 큰 몫을 했음은 물론이다.

우리 집엔 지금도 매달 우편물로 도착하는 각종의 주(월)간지가 상당하다. 이는 모두 내가 도서관에 가서 보고 우편엽서를 이용해 우송을 부탁한 때문의 귀결이다. 집으로 도착한 그 주(월)간지의 대부분은 사(외)보다. 그걸 꼼꼼하게 읽은 뒤엔 붙어있는 엽서를 보낸다. 이메일로 독자퀴즈와 의견을 접수받는 매체도 있으나 지금도 대부분은 엽서를 선호한다. 누군가는 우편으로 오는 게 겨우 전기료와 도시가스, 수도료 등의 청구서만 있다. 택배가 그러하듯 글쓰기에 흥미를 붙이면 평일이면 항상 오는 우편물을 기다리는 기쁨까지 누릴 수 있다.

글을 쓰는 사람들은 알겠지만 글쓰기는 유혹(誘惑)이다. 유혹은 즐거움과 맥(脈)을 같이 한다. 그 어떤 것도 즐거움이 없다면 차라리 고문이다. 글쓰기는 끊임없는 창조의 연속이다. 그래서 머리를 자꾸 써야 한다. 그래서 글을 쓰는 이는 치매에 걸리지 않는다고 하는 이도 있다. 글쓰기는 또한 창조의 기쁨을 잉태한다. 나는 지금도 글을 쓰는 시간이 가장 행복하다.

경비원으로 취업하기 전 몇 달을 논 적이 있었다. 실업자가 되어 집에서 노는 것도 하루 이틀이지 그 이상이 되면 아내로부터도 눈총을 받는다. 눈칫밥이라서 잘 넘어가지도 않는다. 하여 그 때 절감했다! 나에게 있어 일하지 않거나 글조차 쓰지 않는 건 견딜 수 없는 고문(拷問)이라고. 글을 쓸 때 나는 비로소 즐거운 놀이터에서 아주 신나게 논다는 기분이다.

모두가 아는 바와 같이 상실감은 불만족에서 기인한다. 그렇게나 하고팠던 게 공부였다. 그러나 냉갈령스런 현실은 결코 이를 용인하지 않았다. 책가방 대신 구두닦이 통을 들게 했다. 설상가상 나의 지난날은 감가불우(轗軻不遇)의 연속이었다. 우선 어머니를 너무도 일찍 여의었다. 그래서 60년이 다 되는 지금껏 역시도 어머니의 얼굴은 꿈속에서조차도 그릴 수 없다. 모처럼 재개된 지난 10월 남북이산가족의 눈물의 상봉 뉴스가 그래서 나로선 그다지 감동으로 다가오지 않았다.

홀아버지께선 애면글면 가난과 술로 사시다가 연세 오십도 못 채우고 영면하셨다. 더께가 진 가난은 나를 중학교조차 진학하지 못 하게 발목을 잡았다. 구두닦이로부터 시작된 소년가장의 잔혹사는 행상과 노동 등 가장 밑바닥 생활만을 강요했다. 방위병으로 군복무를 마치고 나왔으나 가방끈이 짧다는 이유로 변방의 음습한 비정규직으로만 자리를 내주었다. 이에 굴하지 않고 누구보다 악착같이 뛰었다. 맨땅에 헤딩하는 건 일도 아니었다. 그러나 여전히 현실은 내편이 아니었다. "남들처럼 당신도 매달 월급 받아다 주는 게 소원!"이라는 아내의 하소연을 묵과할 수 없었다.

그래서 3년 전부터 현재의 직업인 경비원으로 갈아탔다. 하지만 불변한 건, 박봉에 더하여 주근보다 두 배나 많은 야근이란 사실이었다. 때문에 시나브로 건강을 해쳐 면역력마저 급속도로 떨어졌다. 그래서 어찌하면 이 직업에서 탈출할 수 있을까를 고민해 왔다. 그러던 중 우연한 기회에 "성공해서 책을 쓰는 게 아니라 책을 써야 성공한다!"는 어떤 이의 금언(金言)을 마음에 담게 되었다. 맞다! 나도 쓰자!!

마침맞게 20년 전부터 습작을 시작했고 시민기자로 글을 써온 지도 어언 13년이나 지났다. 마음을 다잡고 몇 달간 치열하게 글을 썼다. 수정과 교정에는 그보다 더 많은 날이 동원되었다. 마침내 원고가 완성돼 출판사로 넘어갔다.

이제 남은 건 온전한 한 권의 책으로 출간되는 것이다. 때문에 나는 지금 진인사대천명의 마음가짐으로 하루하루가 마치 도를 닦는 심정이다. 한데 이 책을 쓸 무렵부터 낭보가 잇따랐다. 먼저 국가인권위 인권기자에 응모한 것이 덜컥 합격했다. 이어 메이저급 언론사 독자위원(모니터)에도 발탁되었다. 얼마 전엔 또 50년 전통의 시사월간지 언론사의 대전.충청지역 취재본부장까지 맡게 되었다. 따라서 책이 나오고 나면 몸이 서너 개라도 부족하게 되었다. 그러나 나는 자신 있다! 감가불우(轗

輕不遇)의 가파른 언덕을 넘으니 비로소 고진감래(苦盡甘來)가 보인다는 느낌이다. 그런데 오늘날의 이러한 행운은 모두 글쓰기가 가져다 준 보람이다. 또한 '실천이 말보다 낫다'는 사실의 구체적 입증이기도 한 셈이다.

어제도 서점에 들렀다. 책을 사고 베스트셀러 코너에서 한참을 머뭇거렸다. 내 책이 발간되면 부디 저 자리에 진입하길 소망했다. 기왕이면 번개처럼 빠른 속도로. "홍 작가님~ 초판이 매진돼서 2쇄 찍고 있습니다. 대박입니다!"라는 달뜬 출판사 사장님의 전화를 받고 싶다. 두둑한 인세가 내 통장으로 입금되는 것 역시도. 그렇게 된다면 아내는 과연 얼마나 좋아할까!!

독서만배리(讀書萬倍利)는 '독서는 만 배의 이익이 되는 것이므로 결코 헛된 일이 아님'이란 의미다. 예전엔 1만 원 이상의 돈을 주고 책을 사볼 때 가끔은 아깝다는 생각이 들기도 했었다. 그러나 과부 사정은 홀아비가 안다고 막상 내가 처음으로 책을 내고자 지난 몇 달 동안이나 하루도 쉼 없이 고군분투하고 보니 생각이 180도로 확 바뀌었다. 즉 책 한 권에는 저자의 일생이 모두 담겼기 때문이다. 주지하듯 요즘은 지하철이든 시내버스든 아님 열차에 올라 봐도 과거와는 사뭇 달리 책은 물론이요 신문조차 보는 이가 없는 즈음이다. 진부한 얘기겠지만 신문은 일종의 '백과사전'이라는 게 개인적 생각이다.

각 분야의 엘리트 기자들이 갈고 닦은 실력과 깜냥을 아낌없이 모두 독자들에게 마치 도제식으로 보여주는 장르인 까닭이다. 책은 또한 지혜의 보고이다. "책 읽는 습관을 기르는 것은 인생에서 모든 불행으로부터 스스로를 지킬 피난처를 만드는 것이다."라는 〈달과 6펜스〉의 작가 윌리엄 서머셋 모음의 명언을 굳이 차용하지 않더라도 독서 이상의 최소 투자 최대 만족이 또 있을까?

신문을 본격적으로 보기 시작했던 것은, 구두닦이 소년가장 전에 시작했던 신문배달과 신문팔이 소년시절까지를 포함하면 어언 40년도 넘는 실로 장구한 세월을 자랑(?)한다. 이후 아이들이 학교에 다닐 적에는 집에서 보는 신문과는 별도로 직장에 배달되는 신문을 살펴 교육에 도움이 되는 부분을 반드시 갈무리했다. 그리곤 아이들에게 전달했는데 덕분에 두 아이 모두 내로라하는 대학을 갈 수 있었다고 생각한다.

아이들이 초.중학교 시절 툭하면 도서관에 가서 독서삼매경에 빠져있는 이 아빠를 보면서 녀석들도 따라 했다. 즉 책 읽는 내가 아이들의 본(本)이 되었다는 주장이다. 고작 초졸 학력의 본인이 십수 년 간의 객원(시민)기자도 부족하여 당돌하게 이 책을 출간하는 것 역시 방대한 독서와 아울러 중단 없는 글쓰기가 가져다준 보람이자 결실이다. 바라건대 다시금 책의 르네상스 시대가 만발했으면 하는 바람 간절하다. 책을 보는 아빠와 엄마의 곁에서 덩달아 동화책을 읽는 아이(들)는 그 얼마나 보기에도 좋은가!

가슴 뛰는 공모전

    평소 술을 좋아한다. 다분히 '홍키호테'적인 발상일지는 몰라도 여하간 사람은 속일지언정 술은 마시면 반드시 취하는 그 '정직함'이 좋다. 그런데 술이란 건 삭막한 도시의 콘크리트 문화권보다는 역시나 경치가 수려하고 기왕이면 호수까지 끼고 있는 곳에서 마시면 그 맛은 그야말로 천하일미다.

    이렇게 따지자면 지난 10년 전에 갔었던 중국 항주의 서호(西湖)가 떠올라 문득 명지바람의 그리움으로 다가온다. 항주는 중국 절강성(浙江省)에 속해 있으며 유구한 역사를 지닌 절강성의 성도(城都)이다. 또한 중국이 자랑하는 관광지 중의 하나로 자원이 풍부하고 경치가 빼어나기로도 소문난 곳이다. 13세기 무렵 『동방견문록』을 쓴 이가 이탈리아의 유명한 여행가 겸 상인 마르코 폴로다. 그는 항주에 들렀다가 도시의 아름다움에 매료되어 항주를 '세상에서 가장 아름다운 도시'라고 칭송했다던가.

    우리나라에도 전설적인 미인이 많지만 중국에서는 지금도 가장 아름다운 여인으로 서시(西施)를 꼽는다고 한다. 근데 서호는 그 서시를 닮았다고 하여 '서호'로 불리는 곳이다. 서시에 대해서는 실제 인물인지에 대한 여러 가지 이야기가 전해지고 있다.

아무튼 서시가 태어나길 본시 천하의 절세미녀로 태어났기 때문에 당시의 여자들은 무엇이든 서시의 흉내를 내면 아름답게 보일 것이라 생각하였단다. 그래서 심지어 병이 들었을 때의 서시의 찡그리는 얼굴까지 흉내를 냈다고 하니 예나 지금이나 미녀는 '타의 모범'이 되지 싶다.

'중국의 4대 미녀'로는 서시 외에 왕소군(王昭君)과 초선(貂嬋), 그리고 양귀비(楊貴妃)가 있다. 물론 혹자는 조비연(趙飛燕)도 거론하지만 아쉽게도 그녀는 그만 중국을 대표하는 4대 미인의 반열에서 탈락하고 있다. 여하튼 서호에서 유람선을 탔더니 조선족 출신의 가이드가 서호의 자랑을 어찌나 '뻥'을 많이 넣어 풍자스럽게 하는지 그만 일행들과 함께 껄껄 웃어야 했다. 그건 바로 "서시의 미모에 물고기들도 놀라 그만 헤엄치는 것조차 잊은 채 물밑으로 가라앉았다."는 허풍 때문이었다.

서호는 삼면이 산으로 둘러 쌓여 있으며 호수에는 소영주, 호심정, 완공돈 등 3개의 섬이 떠 있다. 서호는 안개가 끼었을 때나 달 밝은 밤 또는 일출 때 가장 아름다운 자태를 보여준다고 했다. 하지만 당시 그 곳에 갔을 때는 날씨가 좋았던 대낮이었는지라 그러한 풍류는 느끼지 못해 아쉬웠다.

오늘도 그 서호에서 찍은 사진을 바라보노라니 다시금 서호가 그리워졌다. 비록 물고기들도 놀라 그만 헤엄치는 것조차 잊은 채 물밑으로 가라앉게 만들었다는 주인공인 서시는 없으되 풍광만은 참으로 백미인 때문이었다. 볼거리 압권의 서호와 더불어 중국에서의 가장 맛있었던 음식은 단연 우리의 김치와 라면이었다. 중국으로의 출국을 앞두고 있던 때 이미 중국에 다녀온 직원이 귀띔을 해 주었다. 그건 바로 포장 김치와 컵 라면을 준비해 가라는 것이었다. 그래서 포장된 김치와 컵라면도 몇 개를 가방에 넣었다. 항주와 소주, 그리고 상해와 북경을 여행하는 동안 역시 나 기름기 많은 중국음식으로 말미암아 나는 거의 식사를 하지 못했다. 대신에 알코올 50도가 넘는 중국 술(일명 고량주)은 실컷 먹었다.

하지만 그처럼 제때 식사를 하지 못 하자 호텔에 들어서면 배가 고파 견딜 재간이 없었다. 그때 문득 가방에 챙겨 온 컵라면이 떠올랐다. 객 실에 있는 물을 끓이는 전기 포트를 이용하여 그 컵라면을 먹었다. 중 국 호텔에서 먹는 그 환상적인 컵라면의 맛이라니!!! 그 컵라면에 김치까 지 곁들이고 보니 제아무리 천하일미라는 중국의 그 어떤 음식들도 전 혀 부럽지 않았다.

10년 전의 이와 같은 중국문화기행은 전적으로 공모전이 가져다준 수확 덕분이었다. 지금도 매년 실시 중인 근로복지공단과 KBS미디어 공 동주최 근로자문화예술제가 바로 그 주인공이다. 당시 나는 수필부문 응모에서 금상을 받았다. 별도의 두둑한 상금 외에도 공짜로 중국까지 여행할 수 있었으니 그보다 더한 기쁨이 어디 있었으랴!

공모전(公募展)은 실력만 있다면 누구든 참가할 수 있다. 공모전은 이 를 주최하는 기관이 제각각인데 우선 중앙정부와 기관이 있다. 이어 지 방자치단체와 학교, 재단과 협회에서도 실시한다. 신문과 방송 등의 언 론은 물론이고 공기업과 대기업도 이에 뒤지지 않는다. 중소와 벤처기업 외 학회와 기타의 비영리 단체들도 있다.

공모전에서 요구하는 장르는 기획과 아이디어, 디자인과 광고(마케팅)

가 있다. 이어 문학과 시나리오, 영상과 UCC, 슬로건과 네이밍 또한 무시로 실시한다. 논문과 리포트, 캐릭터와 만화, 게임도 눈여겨볼만하다. 음악과 미술, 무용과 건축(인테리어), 과학과 공학 분야는 전문가가 아니면 접근하기 어렵다. 이밖에도 공모전의 종류는 다양하다. 공모전은 많은 액수의 상금이 우선 호기심을 자극한다. 로또복권은 매주 사봤자 '꽝'이지만 공모전은 다르다. 장원이나 1등을 하면 더 좋겠지만 등수에만 들어도 상금이나 상품을 받을 수 있기 때문이다.

나에겐 공모전의 내용을 이메일로 알려주는 사이트가 있다. 그럼 그곳을 클릭하여 내게 맞는 옷을 고르듯 내용을 찬찬히 살핀다. 그중 내가 가장 자신 있는 분야는 단연 문학 쪽이다. 상금에 탐이나 사진공모전에 몇 번 보내봤는데 딱 한 번 당선되고 말았다. 그것도 가장 꼴등으로 겨우 턱걸이를 하여. 이후 사진 분야 역시 나의 깜냥으론 역부족이라 판단하곤 손을 뗐다. 반면 문학관련 공모전에서는 수도 없이 많은 상을 받았다.

다른 것도 그렇지만 공모전에서 당선이 되려면 심사숙고가 기본이다. 이어 자신이 응모코자 하는 걸 가상의 집(家)으로 지어야 한다. 먼저 집이 지탱할 수 있게끔 땅을 판다. 대략의 지평(地坪)은 공모전에서 요구하는 200자 원고지 기준 몇 매인가를 평수(坪數)의 개념으로 이해하는 것이다. 다음으론 기둥을 세우는 일인데 글의 이야기를 전개하는 순서다. 기왕이면 다홍치마랬다고 물 흐르듯 자연스레 이어가는 게 좋다. 끝으로 지붕을 세우는 것인데 지붕 공사가 허술하면 비가 샌다. 따라서 정성을 기울여 튼튼하게 올려야 한다.

이렇게 '글 공사'가 끝나면 처음부터 세심하게 제 3자의 입장에서 다시 살펴야 한다. 바둑(아마추어)을 둘이서 두면서 몰입하다 보면 정작 허수(虛數)를 발견치 못 한다. 그러나 곁에서 이를 바라보는 이는 허수를 발견하곤 헛기침을 하면서까지 묘수(妙手)를 넌지시 일러준다. 그래서 바둑판이 엎어지고 드잡이까지 벌어지는 걸 수도 없이 봤다. 글도 마찬가지다. 아무리 잘 썼다고 자화자찬해봤자 막상 심사위원의 눈에 들지 못 하면 소용없다.

따라서 독자 혹은 심사위원이란 입장에서 자신이 쓴 글을 냉철하고 명확하게 천착하는 지혜의 눈을 길러야 한다. 정치인은 이념의 내용을 채울 수 있도록 대중(유권자)의 마음을 움직여야 옳다. 그래야 재선(현역 국회의원의 경우)에서도 성공할 수 있다. 공모전에 보내는 글(그림과 기타 또한)도 마찬가지다. 공모전을 담당하는 이와 심사위원의 마음을 움직이지 않으면 '말짱 도루묵'이다.

과거와 달리 지금은 라디오와 TV의 프로그램에 참여할 때 '고작'문자 메시지 당첨만으로도 커다란 상품을 준다. 그러나 예전엔 정성을 들여 사연(글)을 써서 해당 매체에 올린 뒤 담당 작가와 PD에게 낙점이 돼야만 비로소 상품을 수령할 수 있었다. 그러니 이 또한 어찌 보면 세월의 흐름이 역류한 셈이다. 그렇다고 해서 이를 탓하자는 건 아니다.

오늘날 늙고 병까지 드신 어르신을 노인요양(병)원에 모시는 게 큰 흉이 아니듯 그렇게. 어쨌거나 오늘도 나는 모 공모전에 보낼 글을 별도로 쓰고 있다. 당선은 당연하다는 생각이다. 이렇게 자신만만해 하는 이유는 간단하다. 나에 대한 확신이 없으면 필패하기 때문이다. 장수가 전장에 나갈 때 두려움을 느끼면 반드시 진다. '시작이 반'이란 말은 거저 생긴 게 아니다. 저비용 고효율에 글쓰기만한 게 없다. 진정한 경쟁은 자신과 하는 것이다. 글쓰기는 몰입(沒入)을 요구한다. 그러나 몰입은 행복의 징표다. 몰입은 사용하라고 있는 것이다. 공모전은 오늘도 여전히 내 가슴을 요동치게 한다.

흥미진진 시민기자

　나의 시민기자 경력은 올해로 13년째다. 인터넷언론의 선두주자 오마이뉴스엔 나의 글이 약 1,300건(200자 원고지 6매 기준) 이상 올라와 있다. 따라서 이를 나누면 1년에 약 100건의 글이 기사화된 셈이다. 물론 기사화가 안 되어 '죽은 글'까지를 합하면 7,000건 가까이 된다. 지금 문화체육관광부의 전신은 참여정부 시절엔 국정홍보처였다.

　당시 나는 그 곳에 일종의 시민기자 성격인 국정넷포터로서 글을 써 올렸다. 정식으로 문학수업을 받은 건 아니지만 여하튼 평소 글쓰기를 좋아했다. "아버님 돌아가신 후 남기신 일기장 한 권을 들고 왔다. 모년 모일 '終日 本家'. '종일 본가'는 하루 온종일 집에만 계셨다는 이야기다. '종일 본가'가 전체의 팔 할이 훨씬 넘는 일기장을 뒤적이며 해 저문 저녁 침침한 눈으로 돋보기를 끼시고 그날도 어제처럼 '종일 본가'를 쓰셨을 아버님의 고독한 노년을 생각한다.

　나는 오늘 일부러 '종일 본가'를 해보며 일기장의 빈칸에 이런 글귀를 채워 넣던 아버님의 그 말할 수 없이 적적하던 심정을 혼자 곰곰이 헤아려본다." 이동순 시인의 〈아버님의 일기장〉이란 시다. 내 아들이 불과 세 살일 때 아버지께서 작고하셨다.

생전의 아버지는 일기라곤 전혀 쓰지 않으셨다. 대신 술하곤 무슨 원수가 졌는지 허구한 날 술만 드셨다. 그 바람에 나는 모진 고통을 감수하지 않으면 안 되었는데 그건 흡사 광야에 버려진 아이와도 같은 고생의 연속이었다. 알코올에 영혼까지를 저당 잡힌 아버지는 자정이 넘었어도 아랑곳없이 술을 사오라며 불호령이셨다. 그것도 돈 한 푼도 안 주시며. 당시는 통행금지가 있어서 자정이 넘어서 돌아다니면 경찰에게 곧장 붙잡혀 경찰서 유치장으로 끌려가야 했다.

그래서 그걸 피할 목적으로 여름엔 남의 밭에 들어가 잤고, 겨울엔 이웃의 집 마루 밑으로 기어들어가 새우잠을 자곤 했다. 여름엔 모기들도 총출동하여 내 피와 살을 안주삼아 파티를 벌였다. 겨울엔 쥐새끼들까지 설쳐대며 나를 희롱했다. 그런 까닭으로 아버님이 타계하시고 난 뒤에도 오랫동안 아버님을 '용서'하기 힘들었다. 하지만 아들에 이어 딸까지 낳고 나니 비로소 아버님을 관용(寬容)의 장(場)으로 모실 수 있었다. 세상에 대한 원망을 아들인 나에게 푸신 아버지였으리라며 역지사지로 이해한 덕분이었다.

어머니 또한 아버지의 주폭(酒暴)을 견디다 못 해 그처럼 야속하게 떠났으리라. 일기는 물론 없거니와 사진 역시 달랑 한 장만 남기고 떠나신 '야속한' 아버님과 달리 나는 어려서부터 습관적으로 일기를 써왔다. 이는 "넌 일기를 참 잘 쓴다."는 담임선생님의 칭찬이 그 토양을 이룬 덕분이지 싶다. 이런 좋은 습관은 지금도 면면히 이어져 하루라도 글을 쓰지 않으면 손에선 당장 쥐라도 날판이다.

일기(日記)는 날마다 그날그날 겪은 일이나 생각, 느낌 따위를 적는 개인의 기록이다. 그래서 앞으로도 살아있는 동안 계속하여 일기를 쓸

참이다. 작년에 현재의 빌라로 이사하면서 상당한 분량의 도서와 일기까지도 버렸다. 지금 사는 집이 이전의 집보다 규모가 훨씬 작기 때문이다. 그런데도 상당한 분량의 일기가 책장에서 숨 쉬고 있다. 머지않은 장래에 나도 며느리와 사위에 이어 손자와 손녀까지 볼 것이다. 그럼 그 녀석들에게 과거 내가 썼던 일기도 보여줄 요량이다. "니들도 일기 열심히 쓰거라!"를 첨언(添言)하면서.

그동안 시민기자로 활동하면서 많은 사람들을 만났다. 그렇게 만난 사람들 대부분은 천사였다. 고물가에 힘든 서민들 먹으라고 겨우 1천 원과 2천 원의 국밥과 국수를 만드는 식당 주인은 감동, 그 자체였다.

일주일에 하루는 반드시 독거노인 등을 찾아 무료로 머리를 깎아주는 미용실 사장님도 참 아름다웠다. 한 달에 한 번 이상 속칭 '짜장면 데이'를 만들어 봉사하던 분들도 기억의 강물에서 넘실댄다. 가난한 어르신들께 무료로 틀니까지 해 드리는 치과의사 선생님에게서는 진정한 히포크라테스 정신까지 보는듯 했다.

시민기자의 장점은 본업 외에 알바 형태로 참여할 수 있다는 장점이 있다. 또한 일정액의 원고료까지 받을 수 있어 일거양득이다. 평소 생선 요리를 좋아한다. 아귀찜과 아귀탕도 즐기는데 그러나 아귀찜은 너무 비싸다. 그래서 이따금 아귀탕을 먹는데 술을 많이 마신 날의 해장용 음식으로도 딱이다.

아귀탕을 처음 먹어본 건 인천으로 근무지 발령이 나서 갔더니 인천 직원들이 사준 '물텀벙이'가 그 계기였다. '바다의 악동'에서 왕자로 변신한 게 바로 아귀다. '아구'로 더 잘 알려져 있는 이 생선은 지금이야 버릴 것 없는 귀한 생선으로 대접받지만 예전에는 그물에 아귀가 걸려들면 하도 못 생겨서 팔 수 없는 고기이며 재수 없다고 여긴 어부들이 배

밖으로 던져버렸다고 한다. 근데 이 생선이 물에 빠지면서 '텀벙'하고 소리가 난다고 해서 '물텀벙이'라고 불렀단다.

한편, 불교에서 아귀(餓鬼)라는 단어는 악업을 저질러 벌을 받는 굶주린 귀신이란 뜻이라고 했다. 그래서 말인데 그동안의 내 지난 삶은 가난과 외로움, 그리고 슬픔과 고난의 연속인, 전생(前生)이 악업을 저질러 벌을 받는 아귀(餓鬼)와도 같았다. 그러나 누구라도 열심히 하면 바다의 악동에서 왕자로 환골탈태한 아귀와도 같이 변화시킬 수 있다고 믿는다.

아귀라는 귀신 얘기를 한 김에 생각나는 것이 있다. 유모할머니의 손에서 자랄 때 일이다. 초가집의 누옥에서 살았는데 장마 때가 도래하면 빗물이 방안까지 스며드는 경우가 잦았다. 초가집은 지붕을 볏짚과 흙을 이용하여 만드는 것인지라 해마다 교체해 주지 않으면 쉽사리 비가 새기 마련이었다. 하지만 딱히 수입원이 없으셨던 할머니였는지라 그저 동네의 품앗이 정도로서 근근이 사셨다. 근데 어느 해인가는 지붕을 제때 교체하지 못 했다.

그해 장마가 도래하자 장대 같은 빗줄기가 연신 쏟아지기 시작했다. 빗물이 천장도 모자라 벽 틈으로까지 마구 새어나와 이불이 흥건하게 젖기 일쑤였다. 견디다 못 하여 할머니는 어느 날 밤에 나를 데리고 이웃집으로 '피난 잠'을 청하셨다. "하룻밤만 신세 좀 지겠슈~" 그러자 인심 좋았던 이웃의 아줌마는 "그래유, 마침 우리 아들도 서울로 유학을 가서 없으니께 아들 방에서 주무세유."라며 흔쾌히 받아주셨다. 그 집에서 하룻밤을 자고 이튿날 집에 가보니 더욱 거칠어진 장맛비로 인해 밖에서 보기에도 벽의 균열 조짐이 뚜렷했다. 그러자 어린 마음에도 더럭 겁이 나 들어갈 엄두가 나지 않았다.

결국 또 이웃집에서 피난 잠을 자야 했는데 아니나 다를까 그날 밤에 그만 사달이 벌어졌다. 힘없는 초가집이 빗물의 공습을 견디다 못하여 그만 밤사이에 폭삭 주저앉은 것이었다. 동네사람들이 이구동성으로 말했다. "집도 사람을 알아보는 구만 그랴, 마침 사람이 없는 새 저렇게 무너져 내린 걸 보면 말여. 귀신도 천사는 알아보는 갑네." 결국 동네 사람들의 십시일반 배려와 성원으로 우리의 초가집은 장마가 끝날 즈음에 겨우 복구될 수 있었다.

작금 에고이즘이 심화된 탓에 이웃 간에도 대화가 단절되고 있음을 어렵지 않게 보게 된다. 하지만 내가 어렸을 적에는 그처럼 이웃 간에도 도움을 주고 아픔까지 보듬어 안는 나눔과 배려의 살가움이 실재했다. 당시의 초가집은 장맛비로 인해 붕괴되었지만 이웃들의 도움 덕분에 새 초가집으로 거듭 날 수 있었으니까. 더불어 피난 잠 덕분에 할머니와 나의 목숨도 구할 수 있었으니 그렇다면 이런 경우를 일컬어 천우신조(天佑神助)라 하는 것이 맞으리라. 이제는 저만치 머나먼 주마등의 뒤편에 있기는 하지만 지금도 장마가 지면 그처럼 감사했던 고향의 이웃들이 생각난다.

귀신과 관련한 속담에 '귀신이 곡할 노릇이다'는 게 있다. 이 말이 맞다는 걸 나는 그때 진짜 알았다. 오늘도 야근이다. 하지만 그다지 힘들지 않다. 정적이 지배하는 자정 이후부터 다시 또 글을 쓸 것이다. 글을 쓰면 시간도 잘 간다. 평소 용기가 없으면 결과도 없다는 게 어떤 좌우명이다. 또한 목표가 있어야 비로소 행복한 법이다. 나는 글쓰기를 즐긴다. 호환, 마마보다 무서운 것은 즐기는 것이다.

기불칭기력(驥不稱其力)이란 말이 있다. 이는 '천리마는 하루에 천리를 달릴 수 있는 능력이 아니라 천리마로 성장한 배경 따위를 칭찬하는 것'이라고 한다. 내가 20년 가까이 글을 써올 수 있었던 원천은 뭐든 시작하면 끝을 보는 돈키호테, 아니 '홍키호테' 특유의 기불칭기력적 고집이 있었기 때문이다. 오랜 시민기자의 경력은 또한 각 계층의 지인들을 두텁게 했음은 물론이요 나의 행보(行步) 지형(地形)마저 크게 넓혀 주었다.

초등학교 총동문체육대회에서 절친한 동창인 안종헌, 장동주와 함께

고마운 사람들

초등학교조차 겨우겨우 마치고 마치 노새처럼 이 세상을 험하게 살
았다. 늘 그렇게 빈곤과 가족의 부양책임이란 무거운 짐을 등에 얹고 다
녀야 하는 험한 팔자의 차마고도를 오가는 노새처럼 그렇게. 방위병으
로 군복무를 끝내자 그간의 노동은 접고 직장을 잡아 안정된 생활을 해
야겠다는 맘이 똬리를 틀었다.

하루 날을 잡아 시내를 샅샅이 뒤지니 전봇대와 벽 등지에 〈신입사원
모집 - 학력 불문! 능력만 있으면 회사에서 인재로 키워 드립니다.〉라는
문구가 눈에 쏙 들어왔다. 불문곡직 이력서만 한 장 써 들고 달려가니
신입사원 교육에 이어 교재와 테이프를 주었다. 그 회사는 영어회화를
전문으로 공부하는 교재와 테이프를 판매하는 회사였다. 중학교라곤 문
턱조차 넘지 못한 놈이었기에.

하는 수 없어 같은 동네에서 사는 초등학교 동창생이었던 친구 이진
하를 찾아가 부탁했다. "나에게 영어 좀 가르쳐 주라!" 그 친구는 흔쾌
히 동의하곤 만날 밤마다 나를 가르쳤다. 그 덕분에 입사한 회사에선

이후 전국 최연소 영업소장으로까지 승진하는 기록과 쾌거까지를 일궈낼 수 있었다. 이러구러 세월은 흘러 이순 가까운 나이에까지 도착했다. 그렇지만 옛날의 그 과외선생은 늘 그렇게 감사함과 그리움의 그림자로 각인이 되어 내 맘에 둥지를 틀었다. 백방으로 알아봤지만 그 친구는 도통 찾을 수 없었다.

그러던 중 몇 년 전에도 초등학교 동창회가 있어 천안에 갔다. 동행한 친구 장동주가 날 보더니 "오늘은 진하도 온대."라는 낭보를 전했다. 순간 그 시절 나에게 돈 한 푼 안 받고 가르쳐 준 '과외선생' 이진하의 모습이 그리움의 두둥실 보름달로 떠올랐다. "정말?!" 동창생들과 술을 나누고 있자니 아닌 게 아니라 그 친구도 불쑥 모습을 드러냈다. 우린 누가 먼저랄 것도 없이 덥석 부둥켜안았다. "이렇게 만나는 게 얼추 40년 만이지? 정말로 보고 싶었다!" "나도!!"

나를 닮아 함께 늙어가는 친구의 모습이었으되 그 시절 초롱초롱한 눈으로 날 가르쳤던 그 기백은 여전히 추상(秋霜)처럼 오롯이 살아있는 친구였다. "방 잡아줄 게 나랑 술 더 마시다 자고 내일 가라." "아녀, 고맙긴 하다만 내일 아침에 일찍 출근해야 돼." 불학(不學)이라는 나를 병풍처럼 둘러싸고 있던 육중한 벽을 깨뜨리게 한 원인의 제공은 바로 그 친구로부터 말미암은 것이었다. 그러니 내 어찌 그 친구의 은공을 잊을 수 있었으랴. "친구야, 사랑한다! 고마웠다!!"

사람이 이 풍진 세상을 살아갈 수 있는 동력(動力)은 고마운 사람들이 있어서라는 게 평소의 믿음이다. 이런 관점과 측면에서 나에겐 고마운 사람들이 참 많다. 오래 전부터 처가의 일을 척척 처리하시는 것은 물론이거니와 매사 주인의식을 갖고 임하시는 입지전적 성공신화의 주인공인 동서 한금희 형님이 먼저 떠오른다. 하루에도 몇 번씩이나 카카오톡으로 문자를 주고받는 신재학은 50년 지기 죽마고우다.

이 친구는 일적불음(一滴不飲)에도 불구하고 늘 술에 젖는 나를 역과 터미널까지 자신의 차로 태워다 주는 진정 '의리표'친구다. 〈또 다른 어머니〉에서 감사를 표한 바 있듯 그 어머니가 더 고마운 고대영과 축구를 했으면 분명 차범근 선수에 필적할 정도로 대성했을 명불허전 죽마고우 김수철도 사랑스럽다. 불의를 보면 못 참는 열혈남이자 딸바보인 김영철이와 특유의 낙천적인 성격을 가진 경기도 일산에 사는 정의영 또한 만나면 욕부터 하는 불알친구다. 이 친구는 특히 연전 '우리말 겨루기' 녹화 당시 그 바쁜 와중에도 여의도까지 달려와 나를 응원해 준 올곧은 대나무표 사나이다.

서울서 사는 이효익 역시 마찬가지다. 다만 유감인 건 이 친구 보기가 쉽지 않다는 것이다. 같은 대전서 살면서 늘 그렇게 운전기사 역할까지 자처하는 장동주는 동창회서 만취하는 나를 늘 집 앞까지 태워다준다. 이 친구 역시 나 때문에 술도 일부러 안 마신다. 그러니 세상에 이렇게 감사한 친구가 어디에 또 있을까?! 동창들 중 민중의 지팡이 조병설과 항상 긍정적 마인드와 미소가 아름다운 '친절한 금자씨' 김금자, 자분자분 이매현이와 음악가 아들들의 성공이 확실시 되는 조원구, 미모가 여전한 이향우도 대전에 사는데 살갑긴 매한가지다. 동창회장 김경호와 '마당발 만년 총무' 윤현숙, '매너 남' 강봉구와 '꽃집 주인' 권영호, 김예숙이와 양재순이도 감사한 친구다.

김진희와 우리 동창회 카페에 친절한 댓글까지 잘 달아주는 김정태와 유정자, 남영숙과 최영숙 외 김태분과 김혁회, 맹해영, 문광숙과 박병

준이도 보고픈 친구들이다. 강희국과 최명희와 이순희도 동창회에서 볼 수 있어 반갑다. 김혁회와 박승주, 유제왕과 이복수 또한 격의가 있을 리 만무다. 이재남과 임현철, 최선애와 심보섭도 자주 나왔으면 좋겠다. 서미영과 임미영, 김호경과 이계성도 마찬가지다. 김재순과 주영식, 김기용과 김진관도 예의 바른 친구들이다.

정병재와 최선애, 강난영과 정재흥도 동창회 참석에 있어 '개근상' 좀 받았음 싶다. 남한진과 이지원도 "얼굴 좀 보자꾸나." 박영실과 박진서, 서동원이와 서정복, 총동창회장 서태석이와 전임회장 안종헌도 나에게 참 잘 해준다. 손이 큰 서태석은 늘 2차까지 술을 사줘서 더 고맙다!(︶︿︶) 진서는 주는 술을 마다치 않아 내 맘에 더 가까이 다가온다.

특히나 전(前) 회장 안종헌 덕분에 본격적으로 동창회에 나가기 시작했음에 이 친구에게도 다시금 인사를 해야 도리다. 유덕열과 유병길이, 유정자와 윤재룡, 이광희도 마음이 거울처럼 맑은 친구들이다. '강철 의리' 이상노와 이원식, 손 큰 식당 사장님 이현옥과 최경호, 최영숙과 학원장 최영해도 감사하긴 매한가지다. 오늘도 중생의 평안을 발원할 현정스님도 참 고마운 친구다. 경찰관 조현호 형님 역시 오래 전부터 나를 동생 이상으로 배려해 주시니 고맙기 그지없다. 소년가장 시절 친형님보다 더 잘 해주셨던 상노의 형님들이신 명노와 봉노, 그리고 왈노 형님께도 감사함의 고개를 숙인다.

내가 고마워해야 하는 사람들의 열거는 아직 멀었다. 아내와 나를 부부로 맺게 해 준 메신저 문용수 형을 잊을 수 없다. 전에 근무했던 동아일보사 대전 지사장님이었던 박호전 사장님과 소장으로 재직시 적극 성원해주신 문화어연의 갈원돈 사장님도 무척이나 많은 도움을 주신 분들이시다. 굿모닝충청 송광석 사장님과 언제나 다정다감하신 최재근 국장님, 이정민 기자님, 오랜기간 나에게 객원기자 지위를 부여해 주신 김의화 중도일보 부장님과 김민영 차장님도 무척 고마운 분들이다. 디트뉴스 24의 임연희 부장님도 잊을 수 없이 감사한 분이다.

김정애 처외숙모님께선 내 딸이 서울대에 합격했다고 하자 한걸음에 달려오시어 돈봉투까지 주시며 기쁨을 같이 나누셨다. 힘들게 배 농사를 지으셨음에도 해마다 설날과 추석이 되면 수확한 배(겨울엔 저장용의)를 박스째 주시는 노태완 형님과 손아래 동서인 조신형과 내가 올리는 글(기사)을 척척 접수해 주시는 충남도청에 근무하시는 맹철영 주무관님도 고맙다. 신형이는 다시 사업에서 재기하여 과거처럼 어깨에 힘 좀 들어갔으면 참 좋겠다.

사이버대학 동기인 김기덕 씨와 노현진 씨, 최인성 씨, 송의용 씨와 오시욱 씨, 신인철 부장님과 신 부장님 사모님, 사이버노동대학 대표인 김승호 님께도 크게 감사드린다. 특히나 학비를 제대로 안 냈음에도 한 번도 이를 탓하지 않고 계속하여 배움의 기회를 주신 김승호 대표님께는 후일 반드시 거하게 약주를 대접해 드릴 작정이다.

이용희 행정실장님도 늘 방긋방긋 웃는 얼굴로 불원천리 달려오시어 나의 만학 달성에 큰 도움을 주셨다. 한겨레 재직 당시 교분을 쌓은 오광영 지사장님과 유병구 부장님, 송명옥 유학상담실장님, 김선분 과장님께도 감사드린다. 오마이뉴스 오연호 사장님과 같은 언론사의 대전.세종.충남지사 이정두 지사장님, 그리고 정론직필의 내가 가장 신뢰하는 기자인 심규상 팀장님, 장재완 기자님과도 술을 자주 나누고 싶다. 동아일보 주.월간 대전출판 지사장인 이만성 형과 박봉섭 형, '보령産 의리男' 김성택 형과 정덕화 형도 그립다. "만성 형, 항상 제게 보여주시는 관심과 배려에 정말 감사드립니다! 사업이 더욱 발전하시길 성원할게요.""성택 형 건강하세요~!"

70년대 산다호텔 당시부터 우정의 탑을 쌓은 친형 같은 배두환 형은 아산시에 사신다. "두환이 형~ 우리 어서 만나 대포 좀 나눕시다." 같은 아산의 전진탁 형과 이종성 형님도 어찌 사시는지 그리움의 뭉게구름으로 다가온다. 조선일보 재직 당시부터 교분을 쌓은 송영준 형은 툭하면 전화하여 술을 사주겠다며 성화다. 나를 '장자방'이라며 편애하셨던 월간조선 충청지사 이윤규 지사장님은 눈에 넣어도 아프지 않은 손자와 손녀까지 보셨을 것이다.

약국을 하는 후배 이용주도 늘 아내의 건강을 지켜주어 고맙다. 직원들에게 모범을 보이시며 불철주야 회사발전을 위해 뛰시는 KT 에스테이트의 손종명 PM장님과 ㈜KSNC의 강병영 본부장님의 "그 열정을 존경합니다." 매달 교육을 오시어 우리 직원들 모두를 편하게 배려해 주시는 ㈜KSNC의 '살림꾼' 장인성 부장님도 너무나 감사하다. 김영민 센터장님은 항상 역지사지의 관점에서 업무를 처리하시며 우리의 애로사항까지를 진두지휘하시기에 더욱 믿음직스럽다.

SBS 유포터 시절부터 인연을 맺어 여전히 끈끈한 의리를 보여주고 계시는 월간 〈오늘의 한국〉 편집위원이신 서울의 정정환 형님께도 술을 사드리고 싶다. 충남도의회 김동욱 의원님과 천안의 김기대 병원장님은 초등학교 선배님이시다. 매년 가을 총동문체육대회 때 뵙는데 두 분처럼 성공한 인생을 못 산 나 자신이 적이 부끄럽다. 마치 친구처럼 막역한 정우영 선배님도 뵌 지 오래 되어 그립다.

서송만 전 중앙일보 지사장님께선 내가 한 때 갈 곳을 잃었을 때 흔쾌히 자신의 사무실까지 개방해주신 마음까지 넉넉한 분이시다. TJB 방송국 방경화 작가님과 이명숙 PD님, 박미려, 최덕환 진행자님도 참 고맙다. 대전 KBS의 최연수 아나운서님과 작가님들, 대전 MBC의 최용희 작가님 외 많은 작가님과 박선자 피디님, 그리고 FM모닝쇼와 정오의 희망곡, 즐거운 오후 2시, 오후의 발견 제작진님들께도 머리 숙여 인사를 드린다.

대한민국 NO.1 시니어 포털 〈유어스테이지〉의 박은경 대표님과 이곳에 보석 같은 글을 올려주시는 강미애, 강신영, 강희순, 곽한융, 류기환, 박정필, 박혜경, 변용도, 신춘몽, 양명주, 윤옥석, 육영애, 이동호, 장명신, 조규옥, 조왕래, 조원자, 조현숙, 정용길, 최수남 선배님들께도 감사의 인사를 올린다. 라디오 프로그램 〈주현미의 러브레터〉를 진행하는 가수 "주현미 님~ 지난 1월 충남대 정심화홀에서의 공연 때 저를 호명해 주시고 즉석 인터뷰까지 해 주셔서 썩 고마웠슈!(*^^*)" 이 프로그램의 강요한 피디님과 이수진 작가님 역시 감사드린다.

한때 같이 근무할 때 많이 아껴주셨던 한상윤 선배님도 안녕하시죠? 오늘도 발로 뛰는 진정한 기자 태안신문의 김동이 기자님도 고마워유. 대전 교통방송의 김유진 리포터님께도 감사드리며 동아일보대전 광고부의 박철모 부장님도 고맙다. 선진문학예술협회 이설영 회장님께도 적지 않은 신세를 졌다. 가수 임창희 님도 대박 나시길 빈다. 작년에 아내 간병에 최선을 다해 주신 간병사 정수진 님께도 꾸벅~ 인사드린다. MBC-R 〈여성시대〉 진행자이신 양희은 님과 서미란 PD님, 고지은, 박금

선, 성기애, 양명란 작가님들께도 늘 건강하시라고 인사 올린다. SBS 러브 FM 〈최백호의 낭만시대〉

최백호 님과 이정은 PD님, 배연진, 원주원 작가님께도 감사하다. 불철주야 국민의 익권 보호를 위해 뛰시는 국가인권위 대전사무소 류인덕 소장님과 정연걸 팀장님, 한동안 인권기자 담당을 맡으셨던 김진희 주무관님에 이어 길기순 류승미 정미현 이진백 권도연 주무관님도 "고마워유~!" 최훈 강원대 교수님과 (주)네오넷코리아의 권춘오 사장님과 대덕사 스님께도 감사의 인사를 드린다.

삼성카메라 김환복 사장님께선 사위를 보셨는지 궁금하다. 순서가 바뀌었는데 아산에 사는 내 사촌동생들인 선복이와 제수씨 이민숙 님, 선덕이와 선주, 그리고 성적이 매우 뛰어날 뿐만 아니라 예의도 깍듯한 정환이도 너무너무 감사하고 기특하다. 어떡하면 좀 더 편한 근무환경 조성과 아울러 잘 해줄 수 있을까를 고민하시는 직장의 직속상관 한종범 지역장님과 동료인 이정우 씨와 임완순 씨, 김명서 씨와 김학조 씨도 늘 고맙다. 방재실의 편중범 과장님과 김천일 과장님, 이정구 실장님께도 감사의 머리를 숙인다. 정한철, 명광운, 주남철, 박찬호, 최준혁 과장님들께서 보여주시는 후의에도 감사드린다. 미화팀의 송대영 반장님을 필두로 최창환, 장선화, 유순식, 박태희, 변복섭, 김금자, 고명애, 오미애, 이현자 님들께서도 늘 가내 평안하시길 바란다.

오늘도 우수한 신토불이 식재료로 든든한 식사를 약속하는 박정은 영양사님과 식당팀 여러분들께도 고마움을 전한다. 새벽부터 출근하시어 KT의 더욱 발전을 도모하시는 견인차 KT 대전탄방타워의 안창용 상무님과 늘 인자하시고 겸손하신 이종대 무선운용센터장님도 내가 존경하는 분들이시다. KT대전 탄방타워 진주관 노조위원장님과 항상 스마일과 친절함이 돋보이는 KT올레플라자 대전탄방점 이은주 점장님 역시 뵙는 것만으로도 흐뭇하다. 긍정과 천사표 미소로 매사 열심히 근무하기에 흡사 나의 또 다른 딸과도 같은 한소영 씨와 정하늘 씨도 참 착하고 곱다. 부족하고 못난 사위임에도 불구하고 변함없이 아껴주시는 장모님의 고마움은 하늘에 비교해야 마땅하다. 모든 일을 척척 처리하시기에 내가 별명을 붙여드린 '변호사' 황옥희 처형과 마음씨가 태평양처럼 너른 황금희 처제에게도 감사하긴 물론이다.

처조카인 황정현과 황민서는 좋은 배필을 만나 소중한 가정을 이루었기에 대견하다. 막내인 황선서도 좋은 처자를 만나 어서 결혼했으면 좋겠다. 한규태와 한규영도 각자의 위치에서 최선을 다하고 있는 장래가 보장된 인재들이다. 조미정과 조한승이도 내가 아끼는 처조카들이다. 나를 조카 이상으로 아껴주시는 처 이모 노이두 님과 처제 김유진, 김유경, 그리고 처남 김상민에게도 모든 일이 만사형통길 소망한다. 아이들이 어렸을 적부터 데리고 다니면서 알게 된 분이 현재 대전시 동구 가양도서관에 재직 중인 이중숙 관장님이시다. 언제 찾아가도 반갑게 맞아주시며 손수 커피까지 타 주시는 이 관장님께선 도서관 덕분에 내 아이들이 잘 풀렸음을 진즉부터 잘 알고 계신다. "관장님과 도서관 덕분에 제 딸이 서울대 갔습니다. 고맙습니다~"라는 나의 인사에 자신의 일처럼 너무나 반가워해 주셨던 기억이 생생하다.

서울대 총장 시절 사랑하는 내 딸에게 장학금을 주신 정운찬 전 서울대 총장님과 이후의 총장님들 역시 "대단히 감사합니다!" 아들이 재학 때 장학금을 주셨던 충남대학교 총장님께도 머리를 조아린다.

"딸이 재학 당시 물심양면 큰 도움을 주셨던 대전동신과학고의 교장선생님과 선생님들 모두 복 받으실 겁니다!" 아들이 인재임을 간파하고 채용해 주신 삼성전자의 사장님과 인사팀 관계자분들께도 거듭 납죽 절한다. 월간 〈오늘의 한국〉 지만호 회장님과 오주용 전무님, 조순동 국장님과 한창세 취재본부장님께서도 만사형통하시기 바랍니다.

지난 10월 총동문체육대회에서 40여년 만에 극적의 눈물상봉을 나눈 바 있는 인천 사는 강진철 선배님과 천안의 유철희 선배님도 "이젠 우리 자주 좀 만나자고요!" 전두환 정부의 강압 정치 시절, 자칫했으면 삼청교육대로 끌려갈 뻔 아찔하던 위기의 순간에 적극적으로 변호하여 나를 그 사지에서 빼내주신 유대희 선배님 역시 그 은혜 실로 백골난망입니다! 나의 이 졸저를 근사하게 발간코자 불철주야 고생하신 도서출판 행복에너지의 김정웅 편집장님과 용은순 디자이너 님 외 출판사 가족여러분들께도 심심한 감사를 드린다. 매월 정기적으로 만나 인권 신장 커리큘럼으로 백가쟁명(百家爭鳴)의 열정까지 교환하는 국가인권위원회 대전사무소 인권기자인 강유자, 최비비안, 윤화준, 최세익, 박선희, 신춘희, 이종욱, 권혁조, 이태양, 김병기, 차승현, 최윤진, 서민수, 최홍자 님들께도 감사의 인사를 올린다.

내가 근무하는 빌딩 1층의 815 안경원 김재욱 사장님과 커피니 사장님, 사모님 역시 감사의 대상이다. 주말과 휴일 주간근무 때는 혼자서 일한다. 그럴 때는 김재욱 사장님께서 잠시라도 안내데스크를 봐주신다.

덕분에 잠시라도 짬을 내 편의점에 가서 도시락이라도 사다 먹을 수 있으니 이 어찌 감사한 일이 아니겠는가! 더워서 죽을 지경에 커피니 사장님과 사모님께 부탁하면 아이스커피와 얼음까지 아낌없이 펑펑 퍼주신다. 덕분에 지난 여름의 그 지독한 폭염을 겨우 이겨낼 수 있었다.

"야근할 때 드세요."라며 툭하면 먹을 걸 듬뿍 주시는 탄방미니마트의 원성염 사장님 또한 감사하기 이를 데 없는 분이시다. 특산품 딸기처럼 달콤한 '논산 사나이' 이용원 씨와 형님 같은 전인창 소장님도 꼭 만나야 할 분들이다. 나에게 수필가로의 등단기회를 주신 서정문학의 김호천 회장님과 주해숙, 차영미 시인님 등 운영진 여러분들께도 감사드린다. 공주가 고향인 친구 김원봉은 일전 관람한 영화 〈암살〉의 실제 주인공이었던 약산 김원봉(金元鳳)선생과 이름이 한문과 똑같아 더 그립다. 삼성화재 김기남과도 술을 나눈 지 꽤 되어 만나고 싶다. 왕성한 봉사활동 외 소외된 이웃들까지 보듬으시며 염가에 치료를 해 주시는 대화동 〈푸른치과〉의 신명식 원장님과 올해 나를 독자모니터로 발탁해 주신 이진 동아일보 오피니언 팀장님께도 무거운 감사를 올린다.

사막이 아름다운 건 오아시스가 있기 때문이라 했던가. 지금껏 열거한 나와 가족에게 도움을 주신 참 감사한 분들께서는 모두가 그 '오아시스들'이다. 이외에도 감사한 분들이 많으나 지면상 생략하겠다. 비록 물질적으론 가진 게 없으되 상선약수(上善若水)의 마음가짐과 의리를 신봉하며 살았다고 자부한다. '덕분에'와 '때문에'의 글을 본 적이 있다. '덕분에'라는 말은 결과를 감사하게 받아들이고 타인을 먼저 이해하게 되는 반면 '때문에'는 상대방에게 책임을 전가하고, 자신의 입장에서만 생각하게 만드는 이기주의의 집합이란 뜻이다. 그래서 말인데 지금껏 거론한 참 고마운 분들의 면면이 나로선 '덕분에'의 사람들이다.

그분들은 하나같이 나를 응원해 주었으며 힘들고 어려울 때 역시도 방패가 돼 주었다. 컵에 반이 담긴 물을 보며 '덕분에 주의자'는 "물이 반이나 남았네!"라며 반기지만 '때문에 주의자'는 "에게, 반 밖에 안 남았네."라며 부정적으로 생각한다. 나도 과거에 실은 상당 기간 '때문에 주의자'였다. 나와 아버지를 버리고 떠난 어머니를 용서할 수 없었다. 술에 포로가 되어 중차대한 가장의 책무마저 방기하며 세상을 아무렇게나 사는 아버지의 행위 또한 납득할 수 없었다. 그러다가 나도 나이를 먹어 한 여자를 사랑하고 나의 분신인 두 아이를 낳아 아버지란 명찰을 달고 보니 '때문에'의 협량(狹量) 원망이 시나브로 '덕분에'로 치환되기 시작했다. 즉 어머니가 없었기에 느꼈던 그 지독한 모정의 갈증과 설움을 내 아이들에겐 절대로 물려주지 않으리라 이를 악물었다.

그 방법은 의외로 간단했다. 그건 아내를 더 아끼고 사랑하면 되었으니까. 아버지의 생전 어지럽던 갈지자 행보 또한 반면교사(反面敎師)로 활용했다. 비가 쏟아지면 우산을 펼쳐야 비를 피할 수 있듯 내가 배우지 못한, 그래서 천추의 한으로까지 각인된 교육만큼이라도 반드시 마쳐주리라(대학까지) 결심했다. 비록 세상은 나를 버렸지만 그래서 그에 분개하기보다는 일부러라도 따뜻한 시선으로 바라보고자 노력했다는 주장이다. 그처럼 인자불우(仁者不憂)의 정서에서 기인한 '덕분에'의 시선으로 나 자신을 바꾸니 비로소 희망이 보였다.

아울러 고마운 사람들도 급증했다. 우리 집의 웃음 유발 화수분인 딸이지만 애초엔 이 세상에 못 나올 수도 있었다. 내가 아들을 보았을 당시엔 지금과 달리 정부의 가족계획 기조가 둘도 많다며 하나만 낳으라고 성화였다. 나도 그러려고 했는데 아들이 불과 세 살일 적에 아버지께서 그만 덜컥 운명하셨다. 아무리 고생과 가난만 유산으로 남기고 떠나셨으되 그 헛헛함은 이루 말할 수 없었다. 그래서 아내를 설득해 아이를 하나 더 낳자고 한 그 결실이 바로 지금의 딸인 것이다. 따라서 아버지께선 나에게 '딸'이라는 아주 큰 선물을 주시고 떠나신 셈이다. "아버님~ 고맙습니다!!"

　나는 경비원이다. 주간근무보다 건밤의 야근이 많다. 따라서 많이 피곤하다. 야근을 마치면 이튿날 아침에 퇴근해 귀가한다. 그럼 아내가 차려준 아침밥을 먹자마자 침대에 눕는다. 그러나 숙면은 불가능하다. 아침은 출근하는 이들 외에도 근처의 집들 모두 시끌벅적 하루를 시작하기 때문이다. 따라서 괭이잠으로 한두 시간 억지로 눈을 붙인 뒤 일어난다. 그리곤 거실의 PC앞에 앉아 글을 쓴다.

　글쓰기는 내게 있어 힐링이고 희열이며 이 풍진 세상을 살아오게 만든 원군(援軍)이었다. 주지하듯 작년과 올해는 유독 그렇게 뉴스에서 '경비원 수난시대'가 많이 보도되었다. 아파트 입주민에게 모욕을 당한 경비원이 분신자살했는가 하면 아버지뻘 되는 경비원을 폭행하는 입주민도 있었다. 뉴스 검색창에서 '경비원 모독'을 치면 이와 관련한 우울한 기사가 줄을 잇는다. 그런데 사실은 이러한 사례가 비일비재했었다는 것이다. 다만 뉴스 레이더에 잘 잡히지 않았을 뿐이었다. 내가 경비원이지만 내 직업을 우습게 아는 이들은 실제로도 많은 게 사실이다. 말도 안 되는 억지를 쓰는 손님과 소위 '갑(甲)질'을 하는 진상고객들도 부지기수다. 반말을 날리고 눈을 부라리며 흡사 송충이를 보는 듯 하는 이도 없지 않다.

　그러한 사례를 잠시 밝히겠다. 근무하는 직장이 대전 지하철 탄방역과 연결되어 있다. 따라서 야근을 하는 경우 평일엔 18시에 지하 1층의

지하철 연결 출입문을 닫는다. 이어 이튿날 아침 6시에 개문한다. 물론 토, 일요일과 공휴일엔 개방하지 않는다. 하지만 회사의 건물이 크기도 하거니와 바로 뒤엔 아파트 단지가 위치한 까닭에 무시로 엉뚱한 사람들이 들어오기 일쑤다. 건물 외곽의 좌측으로 돌아서 가면 될 것을 굳이 건물 안까지 들어와서 후문으로 나가는 것이다. 이는 잠시라도 에어컨 바람을 쐬며 더위(겨울엔 마찬가지로 추위를 피할 목적으로)를 식힐 요량임을 모르는 바 아니다. 따라서 그런 사람들은 너그럽게 애교(?)로 봐줄 수 있다.

문제는 다른 사람들, 예컨대 예의 없는 사람들이다. 우선 화장실을 사용하고 나가면서도 일언반구조차 생략하는 사람들이다. 들어설 적엔 "화장실이 어딥니까?"라고 물었으니 나가면서는 최소한 "감사합니다."라고 해야 되는 거 아닌가? 다음은 더위와 추위를 떨칠 요량으로 들어와 후문 쪽에 마련된 로비 스타일의 안락한 소파와 테이블까지 차고앉아서 통화를 하는 사람들이다. 얼마 전 예의에 더하여 경우(境遇)마저 없는 아줌마가 꼭 그런 스타일이었다.

무슨 중계방송을 하는 것도 아닐진대 어찌나 고함을 지르며 통화를 하는지 귀청이 떨어질 지경이었다. 아마도 자신의 딸을 나무라는 듯 보였다. 한데 집안일을 자랑하는 것도 아니거늘 왜 그렇게, 또한 장시간 떠드는 건지 도무지 모를 일이었다. 참다못해 그만 좀 하시라고 했더니 눈을 아래위로 치켜뜨는데 '뺑덕어멈'도 그런 뺑덕어멈이 따로 없었다. 아마도 경비원 주제에 웬 참견이냐는 투였다.

꼴불견은 이뿐만 아니다. 건물밖엔 흡연구역이 있는데 여기선 애고 어른이고 남자든 여자든 죄 몰려와서 담배를 태운다. 침을 퉤퉤 뱉는 건 기본이고 밤이 되면 아예 술판까지 벌어진다. 널브러진 깨진 소주병과 맥주병은 애꿎은 보행인들의 발을 베는 흉기로까지 돌변한다. 기분 좋아지자고 마신 술이었거늘 왜 술병을 깬 것일까? 사람이라면 돈은 없어도 예의(禮儀)만큼은 지녀야 옳다.

나의 자격지심(自激之心)일지 몰라도 내가 경비원이 아니었다면 과연 그들은 나를 우습게 보았을까! 경비원은 그러나 그처럼 무시나 당하고 아무라도 우습게 아는 대상이 되어선 안 되겠다는 생각 역시 이 책을 내게 된 또 다른 계기다. 경비원도 근무를 마치고 집에 돌아가면 한 집안의 아버지요 남편이며 가족의 생계를 책임지는 가장이기 때문이다. 지금도 가난하지만 과거엔 찢어지게 더 못 살았다. 학교라곤 중학교조차 문턱을 넘어보지 못 했다. 따라서 돈을 내고 따로 글쓰기를 배운 적도 없다. 오로지 방대한 독서와 독학으로 글쓰기를 연마했다.

나는 어머니의 얼굴조차 기억 못 한다. 아버지로부터도 사랑을 받아본 세월이 아주 적다. 하지만 그러한 지독한 아픔은 처절한 반면교사의 거울이 되어 나를 자식농사에 성공하지 않으면 안 되게끔 작동시켰다. 이 책의 제목이 『경비원 홍키호테』가 된 건 다 이유가 있다. 아론소 기하노라는 사람은 밤낮으로 기사도 이야기를 탐독한 나머지 정신이 이상해진다. 그리곤 자기 스스로 중세기의 편력(遍歷)기사가 되어 세상의 부정과 비리를 도려내고 학대당하는 사람들을 돕고자 결심한다. 그는 '돈키호테 데 라만차'라고 자칭하며 갑옷을 입은 뒤 로시난테라는 앙상한 말을 타고 편력의 길에 오른다.

현실과 동떨어진 고매한 이상주의자인 돈키호테와 달리 충실한 종자(從者) 산초는 순박한 농사꾼 출신이다. 또한 우직하고 욕심꾸러기이며 애교가 있어 큰 차이를 보인다. 이 두 사람은 가는 곳마다 현실세계와 충돌한다. 또한 주인공들에게 매번 비통한 실패와 패배를 맛보게 한다. 하지만 제아무리 가혹한 패배를 겪어도 돈키호테의 용기와 고귀한 뜻은 조금도 꺾이지 않는다. 돈키호테가 정신병자처럼 행동해도 그가 귀여운 (?) 것은 애초 돈키호테로의 변신 목적이 세상의 부정과 비리 척결이란 커다란 구상과 도모(圖謀) 때문이었다.

나는 학력이 고작 초등학교 졸업뿐이다. 그럼에도 불구하고 감히(!) 용자불구(勇者不懼)의 정신으로 책을 낸다는 발칙한 구상을 한 건 수십 년 동안 쌓아온 독서와 독학의 내공 덕분이다. 본격적으로 글을 쓰기 시작한 건 약 20년 전부터다. 당시엔 지금처럼 컴퓨터가 없었기에 손으로 직접 써서 신문사와 방송사에 투(기)고했다. 다른 것도 마찬가지지만 글을 잘 쓰려면 일기처럼 매일 쓰는 습관을 들여야 했다. 다른 사람이 쓴 좋은 책과 글을 유심히 살피는 것 또한 빠뜨리면 안 되었다. 이런 좋은 습관의 오랜 실천 덕분에 13년 전부터는 언론매체에 시민기자로 글을 써오고 있다.

그동안 글을 써서 받은 상과 상금, 그리고 원고료는 상상을 불허할 정도다. 이런 자본과 저력이 담보되었기에 비로소 이 책이 발간된 것이다. '홍키호테'의 야무진 자랑은 이뿐만이 아니다.

구리 료헤이가 지은 일본 소설인 『우동 한 그릇』을 읽어보셨는가? 이 작품은 찢어지게 가난했던 어린 시절을 체험한 어른들과 가난을 모르고 자란 신세대들에게 '뜨거운' 우동 한 그릇의 의미를 되살려준다. 여기서 아이들의 엄마는 남편을 잃고도 두 아들을 아주 훌륭하게 잘 키워 우동집 주인과 손님들까지 감동시킨다. 『우동 한 그릇』은 소설, 즉 허구(虛構)다. 반면 나는 그 소설의 유사모델처럼 자식농사에도 '실제로' 성공했다. 즉 '돈키호테의 꿈'을 이뤘다는 주장이다. 아들은 대기업에서 촉망받는 '대리님'이다. 딸은 명문대와 대학원을 졸업하고 메이저급 병원에서 근무한다. 내년에 맞는 사위 또한 딸의 대학 동문이다.

내가 이 책을 내기로 결심한 또 하나의 연유는 주변의 권유도 컸다. 어떻게 하였기에 자식농사에 성공했느냐는 걸 혼자서만 독점하지 말고 재능 기부 개념으로 책을 내보라는 것이었다. 더불어 여전히 박봉이며 야근이 주근보다 더 많아 더욱 망가지는 심신 또한 한몫을 했다. 즉 내 직업 경비원에서의 탈출, 몸부림이란 것이다. 아울러 매년마다 이뤄지는 재고용의 계약(그나마 정년이 3년 남았다)이란 피할 수 없는 극도의 '공포감'에서도 탈출하자는 결심이 이 책의 발간 촉매가 되었다.

지금은 사라졌지만 이전 직장에서 처음으로 마주했던 경비원 생활은 정말 힘들었다. 엄동설한이 닥쳐 회사 빌딩 앞에서 의전을 하자면 발이 얼어붙는 듯 했다. 양말을 세 개나 신었어도 소용없었다. 귀는 떨어져 나가는 듯 했고 심지어 눈썹엔 고드름까지 달리는 적도 있었다. 경비원의 숙명이라고 체념하며 묵묵히 참고 견뎠다. 그렇긴 하되 경비원으로 일하면서 마주하는 야근은 여전히 많이 힘들다. 덕분에 낮에 일하고 밤에 잘 수 있다는 것이 얼마나 큰 행복인지를 여실히 깨닫곤 한다. 아내는 지금도 건강이 담보되지 않아 많이 걱정스럽다.

아내가 골병이 든 건 다 나 때문이다. 내가 돈을 잘 벌었다면 아내는 하루 종일 서서 일하는 백화점에 나가지 않았어도 되었다. 아내가 아이들의 교육비까지 벌고자 나섰던 백화점의 알바 주부사원은 본심을 숨기고 어쩔 수 없이 웃어야 하는 감정노동자의 험한 고행이었다. 이런 까닭에 야근을 하자면 본의 아니게 '과부'가 되어 혼자 잘 아내가 염려되어 내 마음은 상처가 우물물보다 더욱 깊어진다. 이 책은 교수와 전문가처럼 내용이 도저(到底)하지 못하다. 고작 부족한 나의 지난 삶의 질곡은 물론이요 각종의 희로애락의 흔적까지를 추적한 수기(手記)다. 그러나 작위적 개연성은 전혀 넣지 않은 나름 마부위침(磨斧爲針)의 기록이다.

한국인의 자녀교육열은 단연 세계 1등이다. 그렇지만 나와 같은 베이비부머 세대는 대부분 퍽이나 빈곤하였기에 중학교 진학마저 사치였다. 따라서 우리들 베이비부머들처럼 가련한 대상이 또 없다. 그럼에도 자녀 1인 당 '3억 원씩이나 들여' 대학까지 가르쳤음에도 불구하고 설상가상 결혼을 시키고 집까지 장만해주자면 베이비부머들에게 남는 건 빚밖에 없다. 고로 이제라도 이런 악순환의 폐습과 고리를 끊어야 한다. 자랑 같지만 내 아이들은 스스로 '내 집 마련'에도 70% 가까이 성공했다. 이는 지독한 가난을 경험하며 살다보니 스스로 체득한 내핍(耐乏)과 알뜰함이 이뤄낸 어떤 업적이라고 본다. 이는 또한 똑똑한 아이들답게 경제적 고립무원의 '가련한' 이 베이비부머 아빠를 고려한 착한 심성이 그 발로였다고 생각한다.

그래서 말인데 이제 은퇴행렬에 선 우리 베이비부머들은 더 이상 과도한 자녀의 학비와 결혼비용 부담으로부터도 해방돼야 마땅하다. 고생만 죽어라 한 우리들에게도 이젠 안락한 노후가 보장돼야 하는 때문이다. 나는 공부를 많이 못 한 탓에 이 풍진 세상을 마치 잡초처럼 밟혀 살았다. 그러나 아무리 밟혔어도 매번 꿋꿋하게 일어섰다. 그러한 질긴 생명력 또한 이 책을 내려는 의도의 한 줄기로 작용했다.

칼 마르크스는 "역사는 두 번 반복된다. 한 번은 비극으로, 한 번은 희극으로"라고 했다. 나의 그동안 삶은 거의 비극에 가까웠다. 하지만 앞으로의 삶은 분명 희극으로 바뀌리라 믿는다. "희망은 어둠 속에서 시작된다. 일어나 옳은 일을 하려 할 때, 고집스런 희망이 시작된다. 새벽은 올 것이다. 기다리고 보고 일하라. 포기하지 말라." 미국 소설가 앤 라모트가 한 말이다. 그 말처럼 이제 나에게서 어둠은 사라졌다. 이는 희망이 그 자리를 메운 덕분이다.

오래도록 나를 지배했던 건 그 어둠 외에도 어머니의 부재에서 비롯된 슬픔과 고통, 그러면서도 그리움과 기다림의 모순된 이중적 파르마콘(pharmakon) 후유증이었다. 그것은 또한 결코 씻어낼 수 없는 트라우마이기도 했다. 신산한 삶의 크레바스는 아무리 빠져나오려 몸부림쳐도 자꾸만 내 전신을 더욱 옭아매곤 했다. 한데 이 책을 내면서 비로소 안전과 힐링의 종착역을 동시에 찾았다는 느낌이다. 책 쓰기를 참 잘 했다! 나이 육십이 코앞인 무지렁이가 이제야 처음으로 책을 냈다.

이 책을 내는 데 있어 처음부터 끝까지 자신의 일처럼 물심양면으로 관심을 주신 한종범 형님께 머리 숙여 묵직한 고마움을 전한다. 특히 한종범 형님께선 내가 이 책을 내려고 서른 군데의 출판사에 원고를 보냈음에도 일언반구조차 없는 냉랭한 현실에 격정과 울분을 토로할 때 술까지 사 주시며 희망과 긍정의 등대 역할까지 해 주셨음에 너무나 감사하다.

거듭 강조하는데 시종여일 나와 잘 살아주고 있는 사랑하는 아내 황복희는 만날 업어줘도 부족하다. 신혼 초기 반 지하의 셋방은 한겨울이면 방안의 자리끼마저 꽁꽁 얼어 동태가 되었다. 숟가락 두 벌과 요강,

비키니 옷장 하나만의 너무도 가난한 신혼살림이었음에도 아내는 그 지독한 빈곤을 한 번도 탓하지 않았다. 따라서 지금의 거개 신세대들처럼 최소한 근사한 아파트(전세일망정)라도 지니고 있지 않으면 아예 거들떠도 안 보는 지독한 에고이즘의 성정을 아내도 지니고 있었더라면 나는 여태 노총각으로 늙었을지도 모르겠다. 이어 나의 '믿음표' 아들 홍관호, 그리고 '금지옥엽' 딸 홍초롱과 듬직한 사윗감 우형진은 진정 부처님과 하느님까지 동맹하여 주신 고귀한 선물이다.

끝으로 진흙 속에 파묻힐 수 있었을 나의 이 졸저를 흔쾌히 고운 책으로 엮어주신 도서출판 행복에너지의 권선복 사장님은 알짜 은인에 다름 아니다. 정말 너무나도 감사하다! 기대에 어긋나지 않게 불변한 의리까지 견지(堅持)할 작정이다.

부록

상 장

제 6320호

홍 초 롱

최우등

위 학생은 본 대학 심리학과에서 수학하는 전
기간을 통하여 학업성적이 우수하고 타의 모범이
되었기 이에 추천함.

2010년 2월 26일

서울대학교 사회과학대학장 임 현

위의 추천에 의하여 본교 우등졸업생으로 결정
하고 본 상장을 수여함.

2010년 2월 26일

서울대학교총장 이 장

딸이 대학 졸업 당시 받은 최우등 상장 (p.21)

신혼여행을 떠나기 전 아내와 함께 (p.34)

딸의 졸업식이 열린 서울대 정문의 모습 (p.45)

두 살이 된 아들을 안고 아내와 함께 처갓집 앞에서 (p.88)

결혼식 날 숙부, 숙모님과 함께 (p.91)

최연소 영업소장 시절 직원들과 계룡산에서의 즐거운 한때 (p.135)

대학원 학위를 수여받은 딸의 기념사진을 찍는 아들의 모습 (p.153)

가짜 고학생 시절, 중학교 교복을 입은 저자의 모습 (p.199)

금강산을 배경으로 한 아내의 모습 (p.224)

평생의 은인이신 숙부, 숙모님과 함께 (p.240)

변함없이 이 부족한 조카를 아껴주시는 숙부님과 찍은 사진 –
"작은아버지, 부디 무병장수하세요~!!" (p.247)

허리 수술로 말미암아 계단이 절벽인 아내를 업고 올라가는 자타·공인의 효자 (p.271)

초등학교 총동문체육대회에서 절친한 동창인 안종헌, 장동주와 함께 (p.291)

하루 5분나를 바꾸는 긍정훈련
행복에너지

'긍정훈련'당신의 삶을
행복으로 인도할
최고의, 최후의'멘토'

'행복에너지
권선복 대표이사'가 전하는
행복과 긍정의 에너지,
그 삶의 이야기!

인터파크
자기계발 분야 주간
베스트 1위

권선복 지음 | 15,000원

권선복

도서출판 행복에너지 대표
지에스데이타(주) 대표이사
대통령직속 지역발전위원회
문화복지 전문위원
새마을문고 서울시 강서구 회장
전) 팔팔컴퓨터 전산학원장
전) 강서구의회(도시건설위원장)
아주대학교 공공정책대학원 졸업
충남 논산 출생

책『하루 5분, 나를 바꾸는 긍정훈련 - 행복에너지』는 '긍정훈련' 과정을 통해 삶을 업그레이드
하고 행복을 찾아 나설 것을 독자에게 독려한다.

긍정훈련 과정은 [예행연습] [워밍업] [실전] [강화] [숨고르기] [마무리] 등 총 6단계로
나뉘어 각 단계별 사례를 바탕으로 독자 스스로가 느끼고 배운 것을 직접 실천할 수 있게
하는 데 그 목적을 두고 있다.

그동안 우리가 숱하게 '긍정하는 방법'에 대해 배워왔으면서도 정작 삶에 적용시키지 못했던
것은, 머리로만 이해하고 실천으로는 옮기지 않았기 때문이다. 이제 삶을 행복하고 아름
답게 가꿀 긍정과의 여정, 그 시작을 책과 함께해 보자.

『하루 5분, 나를 바꾸는 긍정훈련 - 행복에너지』

대한민국의 발전을 이끈 베이비부머 세대들에게
행복과 긍정의 에너지가 가득하시길 기원드립니다!

― **권선복**(도서출판 행복에너지 대표이사, 한국정책학회 운영이사)

　지금의 대한민국이 이루어지기까지, 그 중심에는 베이비부머 세대가 있었습니다. 이제 막 은퇴하거나 은퇴를 앞둔 그들은 대한민국이 경제적으로 급속히 성장하는 과정에서 온몸으로 투신해 온 주역들입니다. 하지만 개개인의 삶을 돌아볼 때 과연 행복하기만 했을까 하는 궁금증도 생깁니다. 어린 시절부터 겪어야 했던 고달픈 가난은 꿈을 접게 만들었고, 오직 사랑하는 가족을 위해 밤낮없이 뛰어야 했기에 자신의 인생을 즐기기도 힘들었을 것입니다. 대한민국 발전의 주역으로서 큰 박수를 받아야 마땅하지만 지금은 경제난과 더불어 사회 뒷전으로 밀려나는 것도 현실입니다. 과연 우리 베이비부머 세대에게 진정한 삶의 의미와 행복이란 무엇이었을까요?

오직 가정의 화목과 자식농사를 위해 평생을 바쳐온, 한 명의 아버지가 있습니다. 가난 때문에 학업에 대한 열망을 어쩔 수 없이 접어야 했지만 자식농사만큼은 대풍(大豊)을 이룬 자랑스러운 아버지입니다. '이 세상에서 가장 행복한 경비원' 홍경석 저자가 바로 그 주인공입니다. 저자는 책『경비원 홍키호테』를 통해 보잘것없는 형편일지라도 어떻게 하면 자식교육을 잘할 수 있는지를 자신의 경험을 통해 생생히 전하고 있습니다. 많은 부모들이 자식교육에 엄청난 금액을 투자하고도 만족할 만한 성과를 이루지 못하는 경우가 많은데, 그에 대한 진심 어린 조언과 독특한 교육론을 전하고 있습니다. 현직 수필가임은 물론 다양한 매체와 기관에서 국민기자로 활동해 왔기에 책에 풍성한 재미와 정보를 동시에 담아내었습니다. 입시지옥이라 불리는 우리 사회에, 지금 이 시점에 가장 필요한 책을 출판하게 해주신 저자에게 큰 응원의 박수를 보냅니다.

　아버지는 늘 힘겨운 하루하루를 살아갑니다. 가족을 위한 희생이 또 다른 직업이기 때문입니다. 하지만 가족이 있기에 희망이 있고 행복이 있다고 그분들은 이야기합니다. 책『경비원 홍키호테』의 출간이 우리 베이비부머 세대들의 미래에 큰 힘과 열정을 보태길 바라오며, 이 책을 읽는 모든 분들의 삶에 행복과 긍정의 에너지가 팡팡팡 샘솟으시길 기원드립니다.

가슴 설렌다, 오늘 내가 할 일들!

김종호 지음 | 값 15,000원

국내 대표 회계법인인 KPMG삼정회계법인의 대표이사를 역임한, 세종CSV경영연구소 김종호 소장이 말하는 '프로페셔널로서의 삶과 열정'! 37년 내내 걸어온 프로회계사로서의 외길 인생을 바탕으로, '진정한 프로정신과 열정의 의미, 사회생활의 묘妙'와 같이 취업을 준비하는 청년들과 사회초년생들은 물론 한창 사회생활 중인 베테랑 직장인들까지 누구에게나 귀감이 될 만한 내용들을 담았다.

내 마음 안아주기

김소희 지음 | 값 15,000원

책 『내 마음 안아주기』는 순간순간 찾아오는 삶의 고비들을 어떻게 넘겨야 하는가를, 생생한 경험을 토대로 한 노하우를 통해 풀어내고 있다. 이미 저자 본인이 강의의 달인인 만큼 책 내용들 역시 바로 곁에서 애정과 진심을 담아 전하는 조언처럼 친근하고 상냥하다.

중년의 고백

이 채 지음 | 값 13,500원

이채 시인의 제8시집 『중년의 고백』은 노을이 물드는 가을날 들판을 수놓은 코스모스처럼, 어딘지 수줍은 모습이지만 한편으로는 당당한 중년의 고백들을 담아내고 있다. 중년이 되어야만 비로소 얻을 수 있는 깨달음이 따스한 감동으로 독자의 마음에 은은히 퍼져 흐른다.

성공하고 싶은 여자, 결혼하고 싶은 여자

김나위 지음 | 값 13,800원

현재 조직성장, 인재양성, 라이프 컨설팅 전문가로 활동 중인 김나위 소장의 책 『성공하고 싶은 여자, 결혼하고 싶은 여자』는 이제 막 사회에 발을 들여놓은 2, 30대 여성은 물론 지금까지의 인생을 돌아보고 앞으로의 삶에 새로운 활력을 불어넣을 계기를 찾고 있는 4, 50대 여성들까지 꼭 한 번은 유심히 읽어봐야 할 내용들을 담아냈다.

사람이 행복이다

최세규 지음 I 값 13,800원

책 『사람이 행복이다』는 총 26장으로 구성되어 저자 최세규, 그가 걸었던 인생길의
곳곳을 담담하게 보여주고 있다. 그것은 한 개인의 역사에 머물 수 있으나 그가 건네
는 인생길을 천천히 더듬어 가다 보면 그곳에 저자가 열망하고 행복을 느끼고 성공
을 보는 사람의 아름다운 기운을 감지할 수 있을 것이다.

눈부신 희망

이건수 지음 I 값 15,000원

182 실종아동찾기센터 '이건수 추적팀장'은 평생 실종자를 찾기 위해 모든 열정과 에
너지를 쏟아 온 참된 경찰관으로 평가받는다. 그의 책 『눈부신 희망』 역시 실종자 가
족들에게 마음의 평온과 희망을 전달하기 위해 저자가 평소 가졌던 생각들과 신앙에
대한 이야기들을 담아냈다.

대학생이 바라본 파워리더 국회의원 33인

권선복 엮음 I 값 20,000원

책 『대학생이 바라본 파워리더 국회의원 33인』은 대학생과의 인터뷰를 통해 열심히
의정활동을 펼치고 있는 국회의원 33인의 숨겨진 이야기, 생생히 다가오는 그들의
진솔한 삶과 열정을 담아 낸 책이다. 우리 청년들과 국회의원들의 작은 만남으로 엮
은 이 한 권의 책이, 온 국민의 행복한 삶을 이룩할 작은 씨앗이 되어 줄 것이다.

명강사 25시: 고려대 명강사 최고위과정 2기

구자현 외 22인 지음 I 값 20,000원

『고려대 명강사 최고위과정 2기 – 명강사 25시』는 고려대 명강사 최고위과정 2기 수
료생의 각기 다른 인생 여정 속 풀어내지 못한 무수한 질문들을 함께 고민하고 그
결과물을 함께 들려주는 자리라고 할 수 있다. 다양한 분야, 다양한 이야기로 삶의
지혜와 노하우, 혜안과 성찰을 전한다.

인생의 향기가 느껴지는 풍경
박형수 지음 | 값 13,500원

책 『인생의 향기가 느껴지는 풍경』은 30여 년을 공무원으로 살아온 박형수 저자가 온기 어린 시선으로 바라본 세상, 그 아름다운 풍경을 담아 낸 시집이다. 대형서점 베스트셀러 올랐던 에세이집 『인생 뭐 있어』에 이어 1년여 만에 선보인 신작은, 우리네 평범한 삶의 매 순간순간을 소박하면서도 따뜻한 시편을 통해 전하고 있다.

일어나다
박성배 지음 | 값 15,000원

책 『일어나다』는 '고난은 신이 주신 선물'이라는 명제 아래, 이 힘겨운 삶을 이겨내고 행복을 품에 안기 위해 반드시 갖춰야 할 태도와 노하우를 담은 책이다. 풍부한 경험과 학문적 연구를 바탕으로 '책, 사람, 꿈, 믿음'이라는 네 가지 주제를 든든한 삶의 버팀목으로 제시한다.

수근수근 싸이뉴스
곽수근 지음 | 값 17,000원

『수근수근 싸이뉴스』는 중학교 1, 2, 3학년 과학 과목을 아우르는 책이다. 국내외에서 일어난 다양한 뉴스로 과학 현상을 들여다보면서, 대화형식의 구성을 통해 아이들의 이해를 돕는다. 교과서에 있는 내용을 다루지만 지루하지 않고 새롭게 다가오는 이야기들이 무척 흥미롭게 느껴진다.

중국 사회 각 계층 분석
양효성 지음, 이성권 번역 | 값 27,000원

"한중 수교 20여 년, 우리는 과연 중국에 대해 얼마나 깊이 알고 있는가?" 중국의 발자크라 불리는, 중국 최고의 知靑 양효성의 10년에 걸친 역작! 이 책은 모택동 사후 시기의 중국(中國) 사회를 가장 심층적으로 분석하고 있다. 인문학적 시각으로 들여다본 중국사회에 대한 깊은 연구는 대한민국의 성장과 밝은 미래를 위한 하나의 전환점을 제시하고 있다.